A MÁSCARA DE DIMITRIOS

Título original:
The Mask of Dimitrios

Tradução:
Miguel Mata

Revisão:
Ana Pinto Mendes

Capa:
Paper Talk

Biblioteca Nacional de Portugal – Catalogação na Publicação

AMBLER, Eric, 1909-1998

A máscara de Dimitrios. – 1ª ed. – (Álibi)

ISBN 978-989-9027-72-5

CDU 821.111-312.4"19"

Depósito Legal n.º AAAAAA/22

Paginação:
Patrícia Boleto

Impressão e acabamento:
?????

para
Minotauro
janeiro de 2022

MINOTAURO, uma chancela de Edições Almedina, S.A.
LEAP CENTER – Espaço Amoreiras – Rua D. João V, n.º 24, 1.03
1250-091 Lisboa – Portugal
e-mail: editoras@grupoalmedina.net

A MÁSCARA DE DIMITRIOS

ERIC AMBLER

MINOTAURO

ÍNDICE

INTRODUÇÃO
de Mark Mazower

A *Máscara de Dimitrios* é a criação de um escritor no auge das suas capacidades. Este livro, saturado do desespero de um mundo em rápida decadência, é também o manifesto de um novo tipo de romance policial, uma bomba destinada a rebentar com o género tradicional de modo tão decisivo como as cinquenta toneladas de TNT que mandaram pelos ares o depósito de Silvertown, em 1917, um acontecimento presenciado por Eric Ambler, então com oito anos — foi a maior explosão jamais ocorrida em Londres. Este livro parece ter sido escrito ontem, com os seus narcotraficantes balcânicos, os seus empresários euroasiáticos corruptos e os seus refugiados andrajosos que vagueiam pelo continente. Na verdade, deslocando-se entre Londres, Paris e Nova Iorque, Eric Ambler terminou a escrita na primavera de 1939, quando os nazis entraram em Praga. No entanto, embora a ameaça da guerra seja uma constante e as intrigas internacionais confiram tensão ao ritmo acelerado do enredo, a verdadeira ação decorre alhures, nos esforços de um inglês ingénuo por descartar os valores provincianos da sua terra natal e aceitar a dura realidade do mundo do outro lado do canal da Mancha. Enquanto os ingleses jogam críquete nos relvados banhados pelo sol, a ação decorre em hotéis baratos e bares de baixa condição com nomes como La Vièrge Sainte-Marie e Le Kasbah, com personagens como Grodek, Marukakis, Madame Prevenza e o sinistro Sr. Peters — os verdadeiros indicadores da «civilização em desaparecimento» que é a Europa.

O herói, Charles Latimer, é esboçado com a frugalidade característica de Ambler: é um ex-professor de uma pequena universidade e ganha a vida a escrever policiais à moda antiga. Contudo, tal como o próprio Ambler, tem curiosidade acerca do mundo, precisa do sol e do Mediterrâneo, e sente-se atraído pelo desconhecido. Será uma coincidência que o catalisador das suas investigações, o cortês coronel Haki, tenha um nome evocativo da palavra que, em turco, significa «verdade» (*hakk*)? Este oficial da polícia kemalista, cansado do mundo que o rodeia, pede a Latimer a sua opinião sobre o manuscrito de um livro policial da sua lavra, e o que lhe oferece em troca desencadeia a viagem de Latimer ao coração das trevas da Europa: a realidade sob a forma do cadáver inchado de um homem chamado Dimitrios estendido numa mesa de autópsias de uma nauseabunda morgue de Istambul. À medida que o curioso Latimer segue o périplo criminoso de Dimitrios, surgem as dúvidas; as interrogações e as perguntas vão-se acumulando, e pouco depois ele próprio começa a ser seguido.

Ambler escreveu o livro sem ter visitado os Balcãs, mas o texto é tão seguro que parece que o fez. À falta de melhor, frequentou cafés turcos de baixa condição nas ruelas escondidas de Nice, onde os refugiados lhe contaram as suas histórias num francês macarrónico — e ele escutou-os seguramente com muita atenção. Os *émigrés* neste livro viram muita coisa e não estão para grandes conversas: relatam a sua via-sacra, mas sem muitos pormenores. «Odessa, 1918. Istambul, 1919. Esmirna, 1921. Bolcheviques. Exército de Wrangel. Kiev. Uma mulher à qual chamam "Carniceira"». Londres é um longínquo porto de abrigo do outro lado do mar, e a poeira ainda está a assentar depois do desabamento do Império Otomano e da guerra civil na Rússia. Os refugiados e os vigaristas ensinam ao ex-professor as suas duras verdades de trapaças e violência. A polícia enterra as suas declarações nos arquivos, ciente das suas falsidades. As fichas indexadas do funcionário público são uma ficção: nomes e datas mudam a troco de algumas notas de banco. Os burocratas internacionais falam grandiosamente do combate ao tráfico de drogas e de mulheres, mas o verdadeiro poder reside noutro lado e a esperança de um mundo racional e benigno é uma ilusão. A violência — homicídios, limpezas étnicas, golpes militares, guerras — é uma constante no livro, mas não é o maior problema, é antes o dinheiro e o que os homens estão dispostos a fazer por ele.

Latimer descobre rapidamente que por detrás dos homens armados e dos espiões está o misterioso Banco de Crédito Euroasiático, que aposta nos mercados financeiros e faz lucros colossais com o tráfico de heroína. A grande finança internacional, acima da Esquerda e da Direita, puxa os cordelinhos. Um desconhecido aconselha Latimer a aceitar a vontade do Ser Supremo: os assuntos dos homens são determinados pelo acaso, às vezes são necessários atos desagradáveis e o melhor é aceitar tudo estoicamente. Latimer objeta. O seu impulso ainda é demasiado racional: ele não vê o criminoso como um homem, mas antes como «um elemento de um sistema social em desintegração». Todavia, as pessoas que ele encontra, que sabem muito mais do que ele acerca do misterioso Dimitrios, acham o seu raciocínio superficial: um chantagista cativante diz-lhe que os homens são como as ratazanas — toda a gente tem um impulso que se sobrepõe a todos os outros. Entretanto, o malévolo Peters diz a Latimer que achou um dos seus livros aterrorizante devido à sua «feroz retidão moral».

E, sempre nos bastidores, a questão da verdadeira identidade de Dimitrios. Grego, muçulmano, judeu? Nasceu nos Balcãs otomanos, em Salónica, em 1889, um tempo e um espaço de identidades instáveis, e explorou o caos da guerra e as insanas paixões nacionalistas dos estúpidos que o rodeavam para fazer uma pequena fortuna. «Traficante de drogas, chulo, ladrão, espião, esclavagista de brancas, rufião e financeiro»: Dimitrios fora tudo isto. Faz-nos lembrar o vilão-mor dos pacifistas do período entre guerras mundiais, o negociante de armamento Basil Zaharoff, cuja rápida ascensão ao poder disfarçou a sua origem nebulosa. Em Paris, no clímax do livro, um Latimer abalado é confrontado com a realidade da sua época amoral. Além do Bem e do Mal, só existe lógica e consistência; além dos quartetos de Beethoven e do *David* de Miguel Ângelo, há o gás venenoso e «os corpos despedaçados das crianças mortas no bombardeamento de uma cidade». A Europa é uma selva cujas regras são definidas pelo *Anuário da Bolsa* e o *Mein Kampf.*

A prosa de Ambler, tensa e cáustica, ainda choca. O seu estilo combina a precisão do químico e do engenheiro — duas profissões que admirava profundamente — com o instinto dramático que herdou dos pais, artistas de variedades na Londres eduardina. O facto de Ambler ter crescido num meio de classe média-baixa não teve nada de romântico, mas também não limitou uma imaginação alimentada pelas histórias atrativamente inquietantes de violência, guerra e terras longínquas com que os seus tios regressaram a casa em 1918. À medida que o talento de Ambler impulsionava a sua ascensão entre as guerras mundiais, o seu olhar penetrante descortinou a hipocrisia de um continente em queda. Ambler, cortês, mas sem ilusões, continua a ser um dos melhores guias para aquela década vil e desonesta, e é sem qualquer dúvida o mais agradável.

Mark Mazower, 2009

Para Alan e Felice Harvey

Mas a iniquidade do oblívio dispersou cegamente a sua papoila e trata a memória dos homens sem distinguir o mérito ou a perpetuidade... Sem o favor do registo eterno, o primeiro homem é tão desconhecido como o último, e a longa vida de Matusalém foi a sua única Crónica.

Sir Thomas Browne, *Hydriotaphia*

— 1 —

A origem de uma obsessão

Um francês chamado Chamfort, que devia ter sido mais inteligente, disse em tempos que o acaso é uma alcunha da Providência.

É um daqueles aforismos convenientes e que suscitam perguntas, inventados para desacreditar a verdade desagradável de que o acaso tem uma influência importante — mas não predominante — na vida dos homens. Mas não é inteiramente injustificado. É verdade que o acaso funciona ocasionalmente com uma espécie de coerência desajeitada que se confunde com o funcionamento de uma Providência autoconsciente.

A história de Dimitrios Makropoulos é disso exemplo.

O simples facto de um homem como Latimer se inteirar da existência de alguém como Dimitrios é, por si só, grotesco. E o facto de ele chegar inclusivamente a ver o seu cadáver, de passar semanas do seu precioso tempo a sondar a história nebulosa do homem e de acabar por dever a vida ao bizarro gosto de um criminoso pela decoração de interiores é espantosamente absurdo.

Todavia, ao vermos estes factos ao lado dos outros factos do caso, é difícil não nos perdermos num espanto supersticioso. O absurdo dos factos parece proibir o uso das palavras «acaso» e «coincidência». Aos céticos, resta um único consolo: se existe algo como uma Lei sobre-humana, ela é aplicada com uma ineficiência sub-humana. A escolha de Latimer para seu instrumento só pode ter sido feita por um idiota.

Durante os quinze primeiros anos da sua vida de adulto, Charles Latimer foi professor de Economia Política numa pequena universidade inglesa. Aos trinta e cinco anos, já tinha escrito três livros. O primeiro foi um estudo acerca da influência de Proudhon no pensamento político italiano do século XIX. O segundo foi *O Programa de Gotha de 1875*. O terceiro foi uma avaliação das implicações económicas do livro *Der Mythus des zwanzigsten Jahrhunderts*, de Alfred Rosenberg.

Pouco depois de ter revisto as volumosas provas da sua obra mais recente, e na esperança de sair da depressão resultante do seu contacto temporário com a filosofia do nacional-socialismo e o seu profeta, o Dr. Rosenberg, Latimer escreveu o seu primeiro romance policial.

Pá Ensanguentada foi um êxito imediato. Seguiram-se *«Eu», Disse o Escarabeu* e *Braços de Assassino*. Por entre grande exército de professores universitários que escrevem policiais nos seus tempos livres, Latimer não tardou a afirmar-se como um dos poucos que ganham envergonhadamente dinheiro com a escrita. Por conseguinte, talvez fosse inevitável que, mais cedo ou mais tarde, ele se tornasse escritor profissional. A transição foi acelerada por três acontecimentos. O primeiro foi um desentendimento com a administração da universidade sobre uma questão de princípio. O segundo foi uma doença. O terceiro foi o facto de ser solteiro. Pouco depois da publicação de *A Porta Cravejada* e da doença que lhe corroeu a saúde, Latimer redigiu, com pouca relutância, a carta de demissão e partiu para o estrangeiro para terminar o seu quinto policial ao sol.

Na semana depois de ter concluído o livro seguinte, Latimer partiu para a Turquia. Passara um ano em Atenas e arredores e queria mudar de cenário. Estava muito melhor de saúde, mas a perspetiva de um outono inglês não era convidativa. Seguiu a sugestão de um dos seus amigos gregos e embarcou no Pireu rumo a Istambul.

E foi em Istambul, pelo coronel Haki, que ouviu falar de Dimitrios pela primeira vez.

* * *

Uma carta de apresentação é um documento incómodo. Na maioria das ocasiões, o portador conhece apenas superficialmente o autor da carta, que por sua vez talvez conheça ainda menos a pessoa a quem é endereçada. As hipóteses de a apresentação ter um desfecho satisfatório para os três envolvidos são mínimas.

Uma das cartas de apresentação que Latimer levou para Istambul estava endereçada a uma certa Madame Chávez, que vivia, segundo lhe haviam dito, numa *villa* no Bósforo. Três dias depois de chegar, Latimer escreveu-lhe, e recebeu um convite para uma festa de quatro dias na *villa*. Ele aceitou, mas com alguma apreensão.

Para a Madame Chávez, o caminho de Buenos Aires à Turquia fora tão prodigamente próspero como o caminho no sentido inverso. Era uma mulher turca muito bela e, tendo-se casado e divorciado com êxito de um abastado comerciante de carnes argentino, com uma parte dos ganhos destas transações adquirira um pequeno palácio que pertencera a membros menores da realeza turca. O edifício, remoto e de difícil acesso, dava para uma baía de uma beleza fantástica e, apesar de as reservas de água potável serem insuficientes para servir uma única das nove casas de banho, a decoração era luxuosa. Não fossem os outros convidados e o hábito da anfitriã de esbofetear violentamente os criados quando estes lhe desagradavam (o que era frequente), Latimer, para quem aquele desconforto grandioso era uma novidade, ter-se-ia divertido.

Os outros convidados eram dois marselheses muito ruidosos, três italianos, dois jovens oficiais da marinha turcos e as suas «noivas» do momento, e um grupo de empresários de Istambul e as respetivas mulheres. Passaram a maior parte do tempo a beber as reservas aparentemente inesgotáveis do gim holandês da Madame Chávez e a dançar ao som de um gramofone operado ininterruptamente por um criado, mesmo que os convidados não estivessem a dançar. A pretexto de não estar bem de saúde, Latimer esquivou-se a uma grande parte da bebida e da dança, e foi em geral ignorado.

Ao fim da tarde do último dia, quando estava sentado ao fundo do terraço coberto de videiras — e longe do som do gramofone —, Latimer viu um grande descapotável conduzido por um motorista a subir hesitantemente pela estrada longa e poeirenta rumo à *villa*. Quando o carro deu ruidosamente entrada no pátio, o passageiro abriu a porta de rompante e saltou do veículo antes de este se imobilizar.

Era um homem alto, de bochechas secas e musculadas e um leve bronzeado que ficava bem com o cabelo grisalho à escovinha. A fronte estreita, o nariz longo como um bico e os lábios finos conferiam-lhe um ar algo predatório. Não podia ter menos de cinquenta anos, pensou Latimer, estudando a cintura do elegantíssimo uniforme de oficial na esperança de vislumbrar um espartilho.

Ficou a observar o oficial enquanto este tirou um lenço de seda da manga, limpou o pó invisível das imaculadas botas de montar, pôs o boné de lado, em pose algo libertina, e se sumiu. Algures no interior da *villa*, soou estrepitosamente uma campainha.

O coronel Haki, assim se chamava o oficial, foi um sucesso imediato junto do grupo. Um quarto de hora depois da sua chegada, a Madame Chávez, com um ar de confusão tímida claramente destinado a informar os seus convidados de que se considerava irremediavelmente comprometida com o aparecimento inesperado do coronel, conduziu-o ao terraço e apresentou-o. O coronel, todo sorrisos e galanteios, bateu os calcanhares, beijou mãos, fez vénias, recebeu a continência dos oficiais da marinha e fez olhinhos às mulheres dos empresários. Latimer ficou tão fascinado com aquela atuação que, quando chegou a sua vez de ser apresentado, se sobressaltou com o som do seu nome. O coronel apertou-lhe calorosamente a mão, como se estivesse a dar à bomba.

— Estou contentíssimo por conhecê-lo, caríssimo — disse ele.

— *Monsieur le Colonel parle bien anglais* — explicou a Madame Chávez.

— *Quelques mots* — retorquiu o coronel Haki.

Latimer fixou amistosamente os olhos cinzento-claros do coronel.

— Como está?

— *Cheerio*... Tudo... bom? — retorquiu o coronel com uma cortesia solene, passando em revista uma rapariga anafada de fato de banho que por ali andava.

Latimer só voltou a falar com o coronel à noite. O coronel injetara uma vitalidade exuberante na festa: contara anedotas, rira-se a bandeiras despregadas e fizera avanços hilariantemente descarados às mulheres casadas e outros mais subtis às solteiras. De vez em quando, o seu olhar cruzava-se com o de Latimer e ele sorria como que a desculpar-se: «Tenho de fazer de palhaço, é o que esperam de mim», dizia-lhe o esgar, «mas não pense que gosto». Muito depois do jantar, quando os convidados começaram a desinteressar-se pela dança e a seguir um jogo de *strip poker* misto, o coronel deu o braço a Latimer e conduziu-o ao terraço.

— Queira desculpar-me, Sr. Latimer — disse ele em francês —, mas gostava muito de falar consigo. Aquelas mulheres, apre! — o coronel encostou uma cigarreira ao nariz de Latimer. — Um cigarro?

— Obrigado.

O coronel Haki olhou por cima do ombro.

— A outra ponta do terraço é mais isolada — disse ele.

E então, quando começaram a andar, disse:

— Sabe, vim de propósito para o ver. A madame disse-me que estava cá e não resisti à tentação de falar com um escritor cujos livros admiro muito.

Latimer murmurou um agradecimento prudente porque não sabia se o coronel se referia aos livros de economia política ou aos policiais. Uma vez, tinha espantado e irritado um simpático catedrático que mostrara interesse pelo seu «último livro» ao perguntar ao velhote se ele preferia as vítimas mortas a tiro ou à mocada. Mas pareceu-lhe pretensioso perguntar ao coronel a que livros se estava ele a referir.

No entanto, o coronel Haki não ficou à espera de que lhe perguntassem nada.

— Mando vir de Paris os *romans policiers* mais recentes — prosseguiu ele. — Só leio *romans policiers*. Gostava que visse a minha coleção. Gosto especialmente dos ingleses e americanos. Os melhores estão traduzidos para francês. Mas não aprecio muito os autores franceses. A cultura francesa não é capaz de produzir um *roman policier* de primeira água. Acabei de acrescentar *Une Pelle ensanglantée* à minha biblioteca. É formidável! Mas não percebo muito bem o significado do título.

Latimer passou algum tempo a tentar explicar em francês o significado de «chamar as coisas pelos nomes» e a traduzir o jogo de palavras que oferecia (aos leitores perspicazes) a pista essencial para a identidade do assassino logo no título do livro.[1]

O coronel Haki escutou atentamente, fazendo que sim com a cabeça e dizendo «Sim, estou a ver, agora estou a ver», antes de Latimer chegar à explicação.

— *Monsieur* — disse ele, quando Latimer desistiu —, dá-me a honra de almoçar comigo esta semana?

E acrescentou misteriosamente:

— Creio que o posso ajudar.

Latimer não imaginava em que poderia o coronel Haki ajudá-lo, mas disse que teria todo o gosto em almoçar com ele. Combinaram encontrar-se no Pera Palace Hotel daí a três dias.

Latimer só voltou a pensar no almoço na véspera à noite. Estava sentado no salão do hotel com o gerente da filial do seu banco em Istambul.

Latimer achava Collinson simpático, mas uma companhia entediante. A sua conversa consistia quase integralmente em mexericos em torno das comunidades inglesa e americana de Istambul.

— Conhece os Fitzwilliams? — perguntava ele. — Não? É pena, ia gostar deles. Pois bem, há dias...

Já quanto às reformas económicas de Kemal Ataturk, Collinson revelara-se nulo enquanto fonte de informações.

— Já agora — perguntou Latimer depois de um relato sobre a turca que era casada com um vendedor de automóveis americano —, conhece um tal de coronel Haki?

— Haki? A que propósito vem o Haki?

---

[1] No original, jogo de palavras em torno da palavra *shovel* (pá, *pelle* em francês), com a expressão idiomática *to call a spade a bloody shovel* (que significa «chamar as coisas pelos nomes») e o nome do livro escrito pela personagem, *A Bloody Shovel/ Pá Ensaguentada*. [*N. do T.*]

— Vou almoçar com ele amanhã.

Collinson franziu o sobrolho.

— *Não* me diga! — coçou o queixo. — Bem, já *ouvi* falar dele — Collinson hesitou. — O Haki é uma daquelas pessoas de quem ouvimos falar muito, mas sobre as quais nunca se conseguem informações. É um dos que se mexem nos bastidores, se é que me entende. Tem mais influência do que muitos dos que estão supostamente no topo em Ancara. Foi um dos homens do Ataturk na Anatólia, em 1919, representante do Governo Provisório. Ouvi histórias sobre ele dessa altura. Parece que era um demónio sanguinário. Falou-se em torturas a prisioneiros. Mas ambos os lados faziam isso e eu atrevo-me a dizer que quem começou foi a malta do sultão. E também ouvi dizer que ele é capaz de beber duas garrafas de uísque sem cair para o lado. Mas não acredito. Como é que o conheceu?

Latimer contou-lhe.

— Que faz ele na vida? — perguntou Latimer. — Não percebo nada dos uniformes daqui.

Collinson encolheu os ombros.

— Bom, *ouvi* dizer de fonte segura que ele é o chefe da polícia secreta, mas talvez seja apenas mais uma história. É o que este sítio tem de pior, não acredito em nada do que se diz no Clube. Ainda no outro dia...

No dia seguinte, Latimer foi para o almoço bastante mais entusiasmado. Tinha achado o coronel Haki um tanto ou quanto rufião, e as informações vagas de Collinson tinham confirmado a sua impressão.

O coronel chegou com vinte minutos de atraso, desfez-se em desculpas e conduziu apressadamente o seu convidado para o restaurante.

— Temos de beber já um uísque com gasosa — disse ele, e pediu aos gritos uma garrafa de «Johnnie».

Durante a maior parte da refeição, o coronel falou dos policiais que lera, das suas reações, das suas opiniões acerca das personagens e da sua preferência pelos assassinos que matavam a tiro. Por fim, com uma garrafa de uísque quase vazia ao seu lado e um gelado de morango à sua frente, inclinou-se sobre a mesa.

— Creio, Sr. Latimer — repetiu ele —, que o posso ajudar.

Durante um instante de delírio, Latimer interrogou-se se lhe ia oferecer emprego nos serviços secretos turcos, mas disse:

— É muito simpático da sua parte.

— Tinha a ambição — continuou o coronel Haki — de eu próprio escrever um *roman policier*. Pensei muitas vezes que conseguiria, se tivesse tempo. Ora, o problema é mesmo esse: o tempo. Foi a conclusão a que cheguei. Mas… — e fez uma pausa dramática.

Latimer ficou à espera. Estava sempre a encontrar pessoas que achavam que conseguiriam escrever policiais se tivessem tempo.

— Mas — repetiu o coronel — já tenho o enredo. E gostava de lho oferecer.

Latimer disse-lhe que era extremamente simpático da sua parte.

Com um gesto de mão, o coronel dispensou os agradecimentos.

— Os seus livros deram-me tanto prazer, Sr. Latimer. Agrada-me oferecer-lhe a ideia para um novo livro. Não tenho tempo para a usar e, em todo o caso — acrescentou magnanimamente —, o senhor pode usá-la muito melhor do que eu.

Latimer balbuciou incoerentemente.

— O cenário da história — prosseguiu o seu anfitrião, com os olhos cinzentos fixados em Latimer — é a mansão rural inglesa do abastado lorde Robinson. Há uma festa num fim de semana. A meio da festa, o lorde Robinson é encontrado na biblioteca, sentado à sua secretária, com um tiro numa têmpora. O ferimento está chamuscado. Formou-se uma poça de sangue em cima da secretária, empapando uma folha de papel: o novo testamento do lorde, que estava prestes a assinar. O testamento anterior repartia equitativamente o seu dinheiro por seis pessoas suas parentes, todas presentes na festa. O novo, que a bala do assassino o impediu de assinar, deixava tudo a um desses parentes. Ou seja — prosseguiu ele, apontando acusadoramente com a colher do gelado —, o culpado é um dos outros cinco parentes. É lógico, não é?

Latimer abriu a boca, mas fechou-a e disse que sim com a cabeça.

O coronel Haki sorriu triunfantemente.

— Pois aí é que está o truque.

— O truque?

— O lorde não foi assassinado por nenhum dos suspeitos, mas sim pelo mordomo, cuja mulher ele tinha seduzido! Que tal?

— Muito engenhoso.

O coronel recostou-se com satisfação e alisou o uniforme.

— É só um truque, mas fico contente de que tenha gostado. É óbvio que desenvolvi pormenorizadamente o enredo. O *flic* é um comissário-chefe da Scotland Yard. Ele seduz uma das suspeitas, uma mulher muito bonita, e é para a ajudar que resolve o mistério. É bastante artístico. Mas como lhe disse, já tenho tudo escrito.

— Gostaria muito de ler as suas notas — disse Latimer com sinceridade.

— Era o que eu queria ouvir. Tem tempo?

— Todo o tempo do mundo.

— Então vamos até ao meu escritório e eu mostro-lhe o que escrevi. Está em francês.

Latimer hesitou apenas um instante. Não tinha nada melhor para fazer e talvez fosse interessante ver o escritório do coronel Haki.

— Com todo o gosto — disse ele.

O escritório do coronel ficava em Gálata, no último andar do que parecia ter sido um hotel barato, mas que por dentro era inegavelmente um edifício público. Era uma grande sala ao fundo de um corredor. Quando entraram, um amanuense fardado debruçava-se sobre a secretária. Endireitou-se, bateu os calcanhares e disse algo em turco. O coronel respondeu-lhe e, com um gesto de cabeça, mandou-o sair. Latimer olhou em volta. Além da secretária, havia algumas cadeiras pequenas e um refrigerador de água americano. As paredes estavam nuas e o chão coberto de esteiras de fibra de coco. Do lado de fora das janelas, grandes gelosias verdes bloqueavam a maior parte da luz. Depois do calor no carro que os tinha trazido, estava muito fresco.

O coronel indicou-lhe uma cadeira, ofereceu-lhe um cigarro e começou a remexer numa gaveta. Por fim, tirou uma ou duas folhas de papel datilografadas e estendeu-as.

— Aqui tem, Sr. Latimer. Chamei-lhe *A Pista do Testamento Ensanguentado*, mas não estou convencido de que seja o melhor título. Acho que os melhores títulos já foram todos escolhidos. Mas vou pensar em alternativas. Leia, e não tenha medo de dizer francamente a sua opinião. Se achar que há pormenores que devem ser alterados, eu altero-os.

Latimer pegou nas folhas e começou a ler, com o coronel sentado na esquina da secretária, abanando a perna comprida com a bota reluzente.

Latimer leu as folhas duas vezes e pousou-as. Sentiu-se envergonhado porque tinha tido vontade de se rir mais do que uma vez. Não devia ter vindo ao escritório do coronel. Mas *tinha* vindo, e agora o melhor que podia fazer era sair dali o mais rapidamente possível.

— De momento, não me ocorre nenhuma alteração para melhor — disse ele lentamente. — Mas é evidente que ainda carece de reflexão; é tão fácil cometer erros com problemas deste género. Tem de se pensar em tanta coisa... Por exemplo, nas questões relacionadas com os procedimentos judiciais britânicos...

— Sim, é claro que sim — o coronel Haki deslizou da secretária abaixo e sentou-se na sua cadeira. — Mas acha que pode usar, certo?

— Agradeço-lhe imenso a sua generosidade — respondeu Latimer, sem se comprometer.

— Não tem de quê. Quando o livro for publicado, envia-me um exemplar — o coronel rodou na cadeira e pegou no telefone. — Vou mandar fazer uma cópia para que possa levar.

Latimer recostou-se na cadeira. Pronto, missão cumprida! Fazer uma cópia não demoraria seguramente muito tempo. Ouviu o coronel a falar com alguém ao telefone e viu-o franzir o sobrolho. O coronel desligou e virou-se para ele.

— Importa-se que eu trate de um pequeno assunto?

— De maneira nenhuma.

O coronel pegou numa volumosa pasta de cartão e começou a vasculhar os documentos no seu interior. Escolheu então um documento e deu-lhe uma vista de olhos. Nessa altura, o amanuense fardado bateu à porta e entrou por ali adentro com um fino dossiê amarelo debaixo do braço. O coronel pegou no dossiê e pô-lo em cima da secretária, à sua frente; de seguida, com uma ordem, entregou *A Pista do Testamento Ensanguentado* ao amanuense, que bateu os calcanhares e saiu. Fez-se silêncio na sala.

Latimer, fingindo-se atento ao cigarro, olhou para o outro lado da secretária. O coronel Haki estava a folhear lentamente os documentos do dossiê com uma expressão que Latimer nunca lhe tinha visto. Era a cara do especialista a tratar de um assunto que dominava na perfeição. O rosto ostentava uma expressão de repouso vigilante que lembrou a Latimer um gato muito velho e experiente a olhar para um rato muito novo e inexperiente. Nesse momento, Latimer reviu as suas ideias acerca do coronel Haki. Tinha tido alguma pena dele, como se tem de alguém que faz figura de tolo sem se dar conta. Mas via agora que o coronel não precisava de comiseração. Enquanto os seus dedos compridos e amarelados viravam as páginas do dossiê, Latimer lembrou-se de uma frase de Collinson: «Falou-se em torturas a prisioneiros.» Latimer apercebeu-se de repente de que estava a ver o verdadeiro coronel Haki pela primeira vez. O coronel levantou a cabeça e fixou pensativamente os seus olhos pálidos na gravata de Latimer.

Por um instante, Latimer teve uma suspeita desconfortável de que, embora o homem sentado do outro lado da secretária parecesse estar a olhar para a sua gravata, estava na verdade a olhar para a sua mente. Então, os olhos do coronel foram-se erguendo e ele esboçou um ligeiro sorriso, de uma forma que fez Latimer sentir que tinha sido apanhado a roubar alguma coisa.

O coronel disse:

— Será que se interessa por assassinos *a sério*, Sr. Latimer?

— 2 —

O dossiê de Dimitrios

Latimer sentiu-se corar. Tinha passado subitamente de profissional condescendente a um ridículo amador. Era um pouco desconcertante.

— Bem, sim — disse ele lentamente —, suponho que sim.

O coronel Haki franziu os lábios.

— Sabe, Sr. Latimer, acho o assassino do *roman policier* muito mais simpático do que o assassino real. No policial, há um cadáver, vários suspeitos, um detetive e uma forca. Isso é arte. O assassino real não é artístico. Eu, que sou uma espécie de polícia, digo-lhe isto sem papas na língua — o coronel bateu levemente com o dossiê na secretária. — Temos aqui um assassino real. Há quase vinte anos que sabemos da sua existência. Isto é o seu dossiê. Sabemos que terá cometido um homicídio, mas de certeza que cometeu outros que desconhecemos. Este homem é típico. Um tipo sujo, ordinário, cobarde, escumalha. Homicídio, espionagem, drogas... É esta a história. E há também dois casos de assassinato por encomenda.

— Assassinar por encomenda! Isso exige alguma coragem, não?

O coronel riu-se de modo desagradável.

— Meu caro amigo, de certeza que não foi o Dimitrios quem premiu o gatilho. Não! A laia dele nunca arrisca a pele assim. Mantém-se nas margens do enredo. São os profissionais, são os «empreendedores», a ligação entre os empresários e os políticos, que pretendem o fim, mas têm medo dos meios, e os fanáticos, os idealistas que estão dispostos a morrer pelas suas convicções. O que importa saber acerca de um assassinato ou de uma tentativa de assassinato não é quem disparou, mas sim quem pagou a bala. E para saber isto, não há como falar com ratazanas como o Dimitrios. Estão sempre dispostos a falar para se pouparem à cadeia. O Dimitrios teria feito a mesma coisa. Coragem! — riu-se novamente. — Mas admito que o Dimitrios era mais esperto do que alguns deles. Tanto quanto sei, nunca foi apanhado por nenhum governo e o dossiê não tem nenhuma fotografia dele. Mas nós sabíamos dele, como também sabiam em Sófia, Belgrado, Paris e Atenas. Era um grande viajante, o Dimitrios, lá isso era.

— Fala dele como se tivesse morrido.

— Morreu, sim — o coronel Haki franziu os cantos da boca com desprezo. — Um pescador tirou-lhe o cadáver do Bósforo ontem à noite. Julga-se que foi esfaqueado e atirado de um navio. Estava a boiar, como escuma que era.

— Pelo menos — disse Latimer —, teve uma morte violenta. Parece que foi feita justiça.

— Ah! — o coronel inclinou-se para a frente. — Fala o escritor. Tudo tem de ser arrumadinho, artístico, como num *roman policier*. Muito bem! — o coronel puxou o dossiê para si e abriu-o. — Ouça isto, Sr. Latimer, e depois diga-me se é artístico.

E começou a ler.

— Dimitrios Makropoulos — parou e olhou para Latimer. — Nunca conseguimos descobrir se era o apelido da família que o adotou ou se era um nome falso. Mas ele era conhecido por Dimitrios — e prosseguiu. — Dimitrios Makropoulos. Nascido em 1889, em Larissa, na Grécia. Encontrado abandonado. Pais desconhecidos. Mãe provavelmente romena. Registado como grego e adotado por uma família grega. Cadastro na Grécia. Não foi possível obter pormenores — o coronel ergueu os olhos na direção de Latimer. — Isto foi antes de termos dado por ele. A primeira vez que ouvimos falar dele foi em Esmirna, em 1922, dias depois de as nossas tropas ocuparem a cidade.

Um *deunmé*[2] chamado Sholem foi encontrado no seu quarto com a garganta cortada: era um usurário e escondia o dinheiro debaixo do soalho. As tábuas foram arrancadas e o dinheiro já lá não estava. Naquela altura, havia muita violência em Esmirna e as autoridades militares não terão dado muita atenção ao caso. O autor podia ter sido um dos nossos soldados. Mas depois, outro judeu, um parente do Sholem, denunciou aos militares um negro chamado Dhris Mohammed, que andava a gastar dinheiro nos cafés e a gabar-se de que lhe tinha sido emprestado por um judeu, mas sem juros. Depois de uma investigação, o Dhris foi detido. As explicações que ofereceu ao tribunal militar foram insatisfatórias e ele foi condenado à morte. E então confessou. Era embalador de figos e disse que um dos seus colegas de trabalho, a quem chamou Dimitrios, lhe tinha falado do tesouro que o Sholem escondia debaixo do soalho do seu quarto. Planearam o assalto e, à noite, entraram no quarto do Sholem. Mas fora o Dimitrios, disse ele, quem matou o judeu. Achava que o Dimitrios, sendo grego, tinha escapado, comprando uma passagem num dos barcos de refugiados que esperavam em locais secretos ao longo da costa.

O coronel encolheu os ombros.

— As autoridades não acreditaram na história. Estávamos em guerra com a Grécia e era o tipo de história que um homem culpado inventaria para escapar à forca. Descobriram a existência de um embalador de figos chamado Dimitrios, com quem os outros trabalhadores antipatizavam, e que tinha desaparecido — o coronel sorriu. — Nessa altura, desapareceram muitos gregos chamados Dimitrios. Viam-se os cadáveres nas ruas e a flutuarem no porto. A história do negro era improvável, e ele foi enforcado.

O coronel fez uma pausa. Durante o relato, não consultara uma única vez o dossiê.

— O senhor coronel tem muito boa memória para factos — observou Latimer.

[2] Judeu convertido ao islão.

O coronel sorriu de novo.

— Fui eu quem presidiu ao tribunal militar. Foi por isso que consegui detetar o Dimitrios mais tarde. Um ano depois, fui transferido para a polícia secreta. Em 1924, foi descoberta uma conspiração para assassinar o Ataturk. Foi o ano em que aboliu o califado e a conspiração aparentava ser obra de um grupo de fanáticos religiosos. Mas, na realidade, os homens que estavam nos bastidores eram agentes de indivíduos que estavam nas boas graças de um governo vizinho amistoso. Tinham bons motivos para quererem o Ataturk fora do caminho. A conjura foi descoberta. Os pormenores não são importantes. Mas um dos agentes que escapou foi um homem conhecido por Dimitrios — o coronel empurrou a cigarreira na direção de Latimer. — Pode fumar à vontade.

Latimer recusou, abanando a cabeça.

— Era o mesmo Dimitrios?

— Era. Agora, diga-me francamente, Sr. Latimer. Isto tem alguma coisa de artístico? Conseguia transformar isto num bom *roman policier*? Há aqui alguma coisa que tenha o mínimo interesse para um escritor?

— O trabalho policial interessa-me muito, naturalmente. Mas o que aconteceu ao Dimitrios? Como é que acabou a história?

O coronel Haki estalou os dedos.

— Ah! Estava à espera de que perguntasse isso. Eu sabia que ia perguntar. E a minha resposta é: *não* acabou!

— Então o que aconteceu?

— Vou contar-lhe. O primeiro problema era ligar o Dimitrios de Esmirna ao Dimitrios de Edirne[3]. Por conseguinte, ressuscitámos o caso do Sholem, emitimos um mandado de captura em nome de um embalador de figos grego de nome Dimitrios por acusação de homicídio e, com esta desculpa, solicitámos a colaboração de autoridades policiais estrangeiras. Não descobrimos muita coisa, mas

[3] Adrianópolis.

o suficiente. O Dimitrios tinha estado relacionado com o atentado à vida de Stamboliyski[4], na Bulgária, que antecedeu o golpe dos oficiais macedónios, em 1923. A polícia de Sófia não sabe muita coisa, mas ele era conhecido na cidade como um grego de Esmirna. Uma mulher com quem ele se relacionara em Sófia foi interrogada e disse que pouco tempo antes tinha recebido uma carta dele. Não lhe tinha dado uma morada, mas ela, como tinha muita urgência em entrar em contacto com ele, tinha olhado para o carimbo. Era de Edirne. A polícia de Sófia obteve uma descrição aproximada dele, que era consentânea com a do negro em Esmirna. A polícia grega disse que ele tinha cadastro anterior a 1922 e forneceu os detalhes sobre a sua origem. O mandado ainda deve estar em vigor, mas não foi assim que encontrámos o Dimitrios.

«Só voltámos a ouvir falar nele dois anos depois. Recebemos um pedido de informações do governo jugoslavo relacionado com um cidadão turco de nome Dimitrios Talat. Disseram que era procurado por roubo, mas um agente nosso em Belgrado informou-nos de que o roubo tinha que ver com documentos navais secretos e que os jugoslavos pretendiam acusá-lo de espionagem por conta da França. Com base no nome próprio e na descrição fornecidos pela polícia de Belgrado, adivinhámos que o Talat era provavelmente o Dimitrios de Esmirna. Pela mesma altura, o nosso cônsul na Suíça renovou o passaporte, aparentemente emitido em Ancara, de um homem chamado Talat. É um nome comum na Turquia, mas aquando do registo da renovação descobriu-se que não tinha sido emitido nenhum passaporte com aquele número. Era um passaporte falsificado — o coronel abriu as mãos. — Está a ver, Sr. Latimer? Eis a sua história. Incompleta. Inartística. Sem trabalho detetivesco, sem suspeitos, sem motivos escondidos, é apenas sórdida.»

— Mas não deixa de ser interessante — contrapôs Latimer. — E o que aconteceu no caso do Talat?

---

[4] Primeiro-ministro da Bulgária entre 1919 e 1923. [*N. do T.*]

— Ainda está à procura do fim da sua história, Sr. Latimer? Muito bem, então. Não aconteceu nada com nenhum Talat. Era apenas um nome. Não voltámos a ouvi-lo. Não sabemos se ele usou o passaporte. Não interessa. Temos o Dimitrios. Como cadáver, é certo, mas temo-lo. É provável que nunca venhamos a saber quem o matou. A polícia vai seguramente investigar e depois vai-nos dizer que não tem hipótese nenhuma de descobrir o assassino. E este dossiê vai ser arquivado. É apenas um entre muitos casos assim.

— O senhor coronel falou em drogas.

O coronel Haki começou a parecer entediado.

— Pois, sim. Julgo que em tempos o Dimitrios terá ganhado muito dinheiro. É outra história inacabada. Cerca de três anos depois do caso de Belgrado, ouvimos falar dele outra vez. A coisa não tinha nada que ver connosco, mas as informações foram incluídas no dossiê por uma questão de rotina — apontou para o dossiê. — Em 1929, a Comissão Consultiva da Sociedade das Nações para o tráfico de estupefacientes recebeu um relatório do governo francês acerca da apreensão de uma grande quantidade de heroína na fronteira com a Suíça. Estava escondida num colchão de uma carruagem-cama proveniente de Sófia. Descobriram que o contrabandista era um dos camareiros, mas tudo o que ele soube ou quis dizer à polícia foi que a droga seria recolhida em Paris por um homem que trabalhava no terminal ferroviário. Não sabia o nome dele nem nunca tinha falado com ele, mas descreveu-o. O homem foi detido e, ao ser interrogado, admitiu a acusação, mas disse que desconhecia por completo o destino da droga. Recebia um carregamento por mês, que era recolhido por um terceiro homem. A polícia montou uma armadilha ao terceiro homem e apanhou-o, mas descobriu que afinal havia um quarto intermediário. No total, prenderam seis indivíduos, mas só conseguiram uma pista a sério: o chefe desta vil organização era um homem conhecido por Dimitrios. Através da Comissão, as autoridades búlgaras revelaram que tinham descoberto um laboratório de heroína clandestino em Radomir e que tinham apreendido duzentos e trinta quilos de heroína prontos para distribuição. O nome do destinatário era Dimitrios. Ao longo do ano seguinte, os franceses apreenderam um ou dois grandes carregamentos de heroína destinados ao Dimitrios, mas não conseguiram chegar perto dele. Havia dificuldades. O material parecia nunca fazer o mesmo percurso duas vezes seguidas e, no fim de 1930, não tinham nada para mostrar a não ser a captura de vários contrabandistas e de alguns traficantes de meia tigela. A julgar pela quantidade de heroína que encontraram, o Dimitrios devia estar a ganhar muito dinheiro. Mas, de repente, cerca de um ano depois, o Dimitrios deixou o tráfico de drogas. A primeira indicação que a polícia teve disto foi uma carta anónima com os nomes dos principais membros do bando, as histórias das suas vidas e a maneira de obter provas contra eles. Na altura, a teoria da polícia francesa era que o Dimitrios se tinha tornado heroinómano. Verdade ou não, o facto é que, em dezembro, o bando já estava todo atrás das grades. Um dos membros, uma mulher, já era procurada por fraude. Alguns ameaçaram matar o Dimitrios quando saíssem da prisão, mas todos eles só conseguiram dizer à polícia que o apelido dele era Makropoulos e que tinha um apartamento no 17.º *arrondissement*. Nunca encontraram o apartamento, nem o Dimitrios.

O amanuense entrara e esperava junto da secretária.

— Ah — disse o coronel —, tem aqui a sua cópia.

Latimer pegou nos papéis e agradeceu-lhe, meio distraído.

— E foi a última vez que ouviu falar no Dimitrios? — perguntou.

— De maneira nenhuma. A última vez foi cerca de um ano depois. Um croata tentou assassinar um político jugoslavo em Zagreb. Na confissão que fez à polícia, disse que os seus amigos tinham obtido a pistola de um homem chamado Dimitrios, em Roma. Se era o Dimitrios de Esmirna, deve ter regressado à sua antiga profissão. Um tipo sujo. Há mais alguns como ele que deviam estar a boiar no Bósforo.

— Disse-me que nunca conseguiram uma fotografia dele. Como é que o identificaram?

— Ele tinha uma *carte d'identité* francesa cosida dentro do forro do casaco. Foi emitida há coisa de um ano, em Lyon, em nome de

Dimitrios Makropoulos. É uma *carte* de estada temporária, e ele foi registado como não tendo ocupação. Pode significar muita coisa. Mas o cartão tinha, obviamente, uma fotografia. Passámo-lo aos franceses e eles disseram que era genuíno — pôs o dossiê de lado e levantou-se. — Amanhã há uma averiguação. Tenho de ir à morgue da polícia para ver o cadáver. É uma coisa com que o Sr. Latimer não tem de lidar nos seus livros: um rol de regulamentos. Um homem é encontrado a boiar no Bósforo. É obviamente um caso de polícia. Mas como o indivíduo consta dos meus processos, a minha organização também é obrigada a lidar com o caso. Tenho o carro à espera. Quer que o leve a algum lado?

— Ao hotel, se não lhe ficar muito fora de mão.

— Com certeza. Guardou bem o enredo do seu novo livro? Ótimo. Então vamos.

No carro, o coronel alongou-se nas virtudes de *A Pista do Testamento Ensanguentado*. Latimer prometeu-lhe que se manteria em contacto para o ter a par dos progressos na escrita do livro. O carro encostou à porta do hotel. Despediram-se e Latimer estava prestes a ir-se embora, mas hesitou e voltou a sentar-se no banco de trás.

— Senhor coronel — disse ele —, vou fazer-lhe um pedido, mas vai-lhe parecer bastante estranho.

O coronel gesticulou expansivamente.

— Peça o que quiser.

— Gostava de ver o cadáver desse Dimitrios. Pergunto-me se seria de algum modo possível levar-me consigo.

O coronel franziu o sobrolho e encolheu os ombros.

— Se quer vir, venha. Mas não estou a ver...

Latimer foi lesto a mentir.

— Nunca vi um cadáver, nem uma morgue. Acho que todos os escritores de policiais deviam ver estas coisas.

O rosto do coronel descontraiu-se.

— Meu caro amigo, é claro que devem. Não se pode escrever sobre o que nunca se viu — o coronel fez sinal ao motorista para arrancar. — Se calhar — acrescentou enquanto se punham de novo em movimento — podíamos incluir uma cena numa morgue no seu novo livro. Vou pensar nisso.

A morgue era num pequeno edifício de chapa ondulada adjacente a uma esquadra situada perto da mesquita de Nouri Osmanieh. Um agente da polícia, que o coronel apanhou pelo caminho, conduziu-os através do pátio entre o edifício principal e a morgue. O calor vespertino fazia tremer o ar por cima do betão e Latimer começou a desejar não ter ido. O tempo não estava propício para se visitar uma morgue de chapa ondulada.

O agente destrancou a porta e abriu-a. Foram atingidos por uma baforada quente e carregada de fenol, como que emanada de um forno. Latimer tirou o chapéu e entrou atrás do coronel.

Não havia janelas e a iluminação provinha de um único candeeiro elétrico com refletor de esmalte, que lançava uma luz intensa. De ambos os lados de um corredor central, havia quatro mesas de cavalete altas de madeira. Estavam vazias, exceto três. Estas últimas estavam tapadas com lonas tesas e pesadas um tudo nada mais protuberantes do que as outras mesas. O calor era esmagador e Latimer sentiu o suor a empapar-lhe a camisa e a escorrer pelas pernas abaixo.

— Está muito calor — disse.

O coronel encolheu os ombros e acenou na direção dos cavaletes.

— Eles não se queixam.

O agente dirigiu-se ao mais próximo dos três cavaletes, debruçou-se e puxou a lona para trás. O coronel aproximou-se e olhou para baixo. Latimer forçou-se a acompanhá-lo.

O cadáver deitado no cavalete pertencia a um homem baixo e de ombros largos, na casa dos cinquenta. Do sítio onde estava, junto aos pés da mesa, Latimer não conseguia ver bem o rosto, somente um pouco de carne cor de mástique e um bocado de cabelo grisalho esguedelhado. O corpo estava embrulhado num lençol de borracha impermeável. Junto dos pés, havia um monte de roupa amarrotada: roupa interior, uma camisa, peúgas, uma gravata às flores e um fato de sarja azul, agora quase cinzenta, sob o efeito da água do mar.

Ao lado da pilha via-se um par de sapatos bicudos, com as solas deformadas depois de secarem.

Latimer deu um passo em frente para ver o rosto.

Ninguém se tinha dado ao trabalho de fechar as pálpebras e o branco dos olhos fixava a luz. A mandíbula inferior estava ligeiramente descaída. Não era exatamente o rosto que Latimer imaginara, era bastante mais redondo e com lábios grossos, e não finos, um rosto sujeito a movimentos e frémitos sob a pressão das emoções. As bochechas eram flácidas e profundamente enrugadas. Mas era tarde demais para fazer julgamentos sobre a mente por detrás do rosto. Já não havia mente.

Entretanto, o agente estava a falar com o coronel. E agora parara.

— Morto com uma facada no estômago, segundo o médico — traduziu o coronel. — Já estava morto quando caiu à água.

— De onde são as roupas?

— De Lyon, exceto o fato e os sapatos, que são gregos. De segunda categoria.

O coronel pôs-se novamente à conversa com o agente.

Latimer fixou os olhos no cadáver. Então aquele era o famoso Dimitrios. Aquele era o homem que, talvez, degolara Sholem, o judeu convertido ao islão. Era o homem que conspirara assassinatos, que espiara por conta da França. Era o homem que traficara droga, que fornecera a arma a um terrorista croata e que, no fim, tivera, também ele, sofrido uma morte violenta. Aquela massa cor de mástique era o fim de uma odisseia. Dimitrios regressara, por fim, ao país de onde partira tantos anos antes.

Tantos anos. A Europa, em plenas dores de parto, vislumbrara momentaneamente uma nova glória, para depois soçobrar de novo na agonia da guerra e do medo. Governos ascenderam e caíram; homens e mulheres trabalharam, passaram fome, proferiram discursos e combateram, foram torturados, morreram. A esperança nasceu e morreu, qual fugitiva no seio perfumado da ilusão. Os homens aprenderam a inalar a inebriante essência da alma e a esperar impavidamente enquanto as máquinas produziam as armas para a sua destruição.

E durante aqueles anos, Dimitrios vivera e respirara e reconciliara-se com os seus estranhos deuses. Fora um homem perigoso. Agora, na solidão da morte, junto do esquálido monte de roupa que era o seu património, era um miserável.

Latimer observou os dois homens enquanto discutiam o preenchimento de um formulário que o agente trouxera. Viraram-se para as roupas e começaram a inventariá-las.

No entanto, em dada altura da sua vida, Dimitrios ganhara muito, muito dinheiro. Que lhe acontecera? Gastara-o ou perdera-o? «Chapa ganha, chapa gasta», costuma dizer-se. Mas seria Dimitrios homem para gastar todo o dinheiro assim facilmente, independentemente do modo como o tivesse adquirido? Sabiam tão pouco sobre ele! O dossiê continha apenas meia dúzia de factos relacionados com meia dúzia de incidentes da sua vida! Mais nada. Davam-nos alguns indícios. Que ele fora inescrupuloso, implacável e traiçoeiro. Que o seu modo de vida fora consistentemente criminoso. Mas não havia indício nenhum que permitisse ver o homem vivo que degolara Sholem e que vivera num apartamento no 17.º bairro, em Paris. E por cada crime registado no dossiê, teria havido outros, talvez ainda mais graves. Que acontecera naqueles intervalos de dois e três anos que o dossiê ignorava? E que acontecera desde que estivera em Lyon um ano antes? Que trajeto fizera ele para o seu encontro com Némesis?

Eram perguntas que o coronel Haki nem se daria sequer ao trabalho de fazer, e muito menos responder. Ele era o profissional, preocupava-se exclusivamente com a questão banal de dar destino a um cadáver em decomposição. Mas certamente haveria quem tivesse conhecido Dimitrios, amigos (se é que os tivera) e inimigos, pessoas de Esmirna, de Sófia, de Belgrado, de Edirne, de Paris, de Lyon, pessoas de toda a Europa, que *podiam* responder a estas perguntas. Se se conseguisse encontrar essas pessoas, obter-se-ia material para aquela que seria, sem dúvida, a mais estranha das biografias.

O coração de Latimer quase deixou de bater. Seria obviamente absurdo sequer tentar. Incrivelmente ridículo. Mas se se tentasse, podia-se começar por Esmirna, por exemplo, e talvez seguir as pisadas do homem usando o dossiê como guia. Seria, na verdade, uma experiência de trabalho de detetive. Não se descobriria certamente nada, mas mesmo um fracasso ofereceria informações valiosas. Seria necessário fazer pessoalmente as investigações de rotina que se descartavam tão facilmente nos romances. Ninguém no seu perfeito juízo pensaria em embarcar numa tal caça aos gambozinos — nem pensar! Mas era divertido brincar com a ideia, e estando um pouco farto de Istambul...

Olhou para cima e deu com o coronel a olhar para ele. O coronel sorriu e falou no calor que ali fazia. Terminara os assuntos que tinha a tratar com o agente.

— Já viu tudo o que queria?

Latimer assentiu.

O coronel Haki virou-se e olhou para o cadáver como se fosse um objeto da sua criação do qual se estava a despedir. Durante um momento, permaneceu imóvel. Depois, estendeu o braço direito e, agarrando no cabelo do morto, levantou-lhe a cabeça até que os olhos cegos ficaram a mirar diretamente os seus.

— Feio como as cobras, não é? — disse ele. — A vida é muito estranha. Ouço falar dele há quase vinte anos, mas é a primeira vez que estamos frente a frente. Estes olhos viram coisas que eu gostava de ter visto. É uma pena que a boca nunca possa falar sobre elas.

O coronel deixou cair a cabeça, que bateu com estrondo na mesa. Puxou então do seu lenço de seda e limpou cuidadosamente os dedos.

— Quanto mais depressa for para o caixão, melhor — acrescentou ele, enquanto saíam.

— 3 —

1922

Numa madrugada de agosto de 1922, o Exército Nacionalista turco, comandado por Mustafá Kemal Paxá, atacou o centro do exército grego em Dumlupinar, no planalto localizado a pouco mais de 300 quilómetros a oeste de Esmirna. Na manhã seguinte, o exército grego cedeu e bateu precipitadamente em retirada rumo a Esmirna e ao litoral. Nos dias que se seguiram, a retirada transformou-se numa debandada. Os gregos, incapazes de destruir o exército turco, dedicaram-se selvaticamente à tarefa de destruir a população turca no caminho por onde passaram na sua fuga. De Alashehr a Esmirna, tudo queimaram e chacinaram. Nem uma aldeia ficou de pé. Por entre os escombros fumegantes, os perseguidores turcos foram encontrando os cadáveres dos aldeãos. Ajudados pelos poucos camponeses anatólios semienlouquecidos que haviam sobrevivido, vingaram-se nos gregos que conseguiram apanhar. Aos cadáveres de mulheres e crianças turcas juntaram-se as carcaças mutiladas de gregos que haviam sido deixados para trás. Sem conseguirem saciar a sua sede de sangue infiel, os turcos continuaram a avançar. No dia 9 de setembro, ocuparam Esmirna.

Durante quinze dias, fugindo dos turcos que se aproximavam, torrentes de refugiados acorreram à cidade, engrossando as comunidades grega e arménia de Esmirna, já de si populosas. Pensaram que o exército grego daria meia-volta e defenderia a cidade. Contudo, fugiram e deixaram-nos encurralados. E começou o holocausto.

As tropas ocupantes apoderaram-se dos registos da Organização de Defesa da Ásia Menor[5] e, na noite de 10 de setembro, um grupo de soldados entrou no bairro arménio para encontrar e matar aqueles cujos nomes constavam dos registos. Os arménios resistiram e os turcos perderam a cabeça. O massacre que se seguiu foi uma espécie de sinal. No dia seguinte, a soldadesca turca, incentivada pelos oficiais, abateu-se sobre os bairros não turcos da cidade e começou a matar sistematicamente. Arrastados das suas casas e esconderijos, homens, mulheres e crianças foram chacinados nas ruas, onde rapidamente se amontoaram cadáveres mutilados. As paredes de madeira das igrejas, repletas de refugiados, foram regadas com benzina e incendiadas. Os que não foram queimados vivos acabaram por ser mortos à baioneta quando tentavam fugir. Em muitas zonas da cidade, as casas saqueadas também foram incendiadas e, agora, as chamas começavam a propagar-se.

Fizeram-se tentativas iniciais de isolar as labaredas. Mas depois o vento mudou de direção, afastando o fogo do bairro turco, e as tropas foram ateando outros focos de incêndio. Em breve toda a cidade, com exceção do bairro turco e de algumas casas próximas da estação ferroviária de Kassamba, ardia ferozmente. O massacre prosseguiu com uma ferocidade sem tréguas. As tropas formaram um cordão em torno da cidade para manter os refugiados na zona em chamas. As torrentes de fugitivos em pânico eram implacavelmente mortas a tiro ou empurradas de volta para o inferno. As ruas estreitas e apertadas estavam tão estranguladas de cadáveres que, mesmo que potenciais equipas de socorro tivessem conseguido aguentar o fedor, não teriam conseguido abrir caminho. A cidade de Esmirna transformou-se num matadouro. Muitos refugiados tentaram chegar aos navios fundeados no porto interior. Alvejados, afogados e retalhados pelas hélices, os seus corpos boiavam hediondamente na água tingida de sangue. Todavia, permanecia no cais uma multidão de gente que

[5] Organização nacionalista grega sediada em Esmirna. [*N. do T.*]

tentava freneticamente escapar ao litoral em chamas, com edifícios a desmoronar-se em cima deles, poucos metros atrás de si. Diz-se que os seus gritos foram ouvidos no mar, a um quilómetro de distância. A *giaur Izmir* («Esmirna infiel») havia expiado os seus pecados.

Até ao alvorecer do dia 15 de setembro, mais de cento e vinte mil pessoas haviam perecido; mas algures, no meio daquele horror, estava Dimitrios, vivo.

Dezasseis anos depois, quando o comboio em que seguia chegou a Esmirna, Latimer concluiu que estava a ser um idiota. Não chegara precipitadamente àquela conclusão desagradável sem ter pesado cuidadosamente todas as provas disponíveis. Desagradava-o por demais aquela constatação. Havia, contudo, dois factos incontornáveis. Em primeiro lugar, poderia ter pedido ajuda ao coronel Haki para aceder aos registos do tribunal marcial e à confissão de Dhris Mohammed, mas não lhe ocorrera nenhum pretexto razoável. Em segundo lugar, sabia tão pouco turco que, mesmo que conseguisse aceder aos registos sem a ajuda do coronel Haki, não os conseguiria ler. Ter-se sequer lançado naquela sua fantasiosa e pouco digna caça aos gambozinos já era suficientemente mau; mas tê-lo feito sem uma arma e munições para caçar — metaforicamente falando — era uma idiotice crassa. Se, apenas uma hora após a sua chegada, não tivesse sido instalado num hotel excelente, se o quarto não tivesse uma cama muito confortável e uma vista para os montes castanho-claros banhados de sol do outro lado do golfo e, sobretudo, se o proprietário francês do hotel não lhe tivesse oferecido um Martini seco quando o veio receber, Latimer teria desistido da sua experiência de trabalho de detetive e regressado de imediato a Istambul. Assim sendo... Com ou sem Dimitrios, já que lá estava, podia aproveitar para conhecer um pouco Esmirna. Por conseguinte, Latimer desfez parcialmente as malas.

Dissemos já que Latimer era senhor de uma mente tenaz, mas talvez seja mais correto dizer que não tinha aquela espécie de sistema de válvulas mentais que permite a alguns felizardos resolverem os seus problemas simplesmente esquecendo-os. Latimer era capaz de expulsar um problema da sua cabeça, mas este regressava pouco depois para lhe mordiscar furtivamente a consciência. Ficava com a sensação desconfortável de que se tinha esquecido de alguma coisa, sem saber ao certo o que era. Os seus pensamentos desviavam-se do assunto que tivesse em mãos. Punha-se a olhar fixamente para o vazio e, de súbito, lá reaparecia o problema. E não valia a pena raciocinar que, se ele o tinha criado, devia conseguir eliminá-lo. Não valia a pena argumentar que o problema era fútil e que a sua solução, afinal de contas, não era importante. Era preciso enfrentá-lo. Na sua segunda manhã em Esmirna, Latimer encolheu os ombros com irritação, foi ter com o proprietário do hotel e pediu que lhe arranjasse um bom intérprete.

Fedor Muishkin era um russo baixote e pomposo com cerca de sessenta anos, de lábio inferior grosso e descaído que abanava e tremia quando falava. Tinha escritório na zona das docas e ganhava a vida a traduzir documentos de negócios e a fazer de intérprete para os mestres e comissários de bordo dos cargueiros estrangeiros que fundeavam no porto. Muishkin era um ex-menchevique e fugira de Odessa em 1919; contudo, apesar de, como lhe dissera sardonicamente o proprietário do hotel, ele agora declarar a sua simpatia pelos soviéticos, preferira não regressar à Rússia. Era evidentemente um intrujão, mas, ao mesmo tempo, um bom intérprete. Se era preciso um intérprete, Muishkin era o homem certo.

E o próprio Muishkin também disse que sim, era o homem certo. Tinha uma voz estridente e rouca, e coçava-se muito. O seu inglês era correto, mas carregado de expressões em calão que pareciam sempre fora do contexto: «Se precisar de alguma coisa, apite. Só custo meia dúzia de torrões.»

— Pretendo — explicou Latimer — obter informações sobre o rasto de um grego que saiu daqui em setembro de 1922.

O sobrolho do outro ergueu-se.

— 1922, é isso? Um grego que saiu daqui? — riu-se tanto que ficou sem fôlego. — Saíram muitos daqui nessa altura — cuspiu num dos indicadores e passou-o à frente da garganta. — Assim! Os turcos deram aos gregos um tratamento horrível. Sanguinário!

— Este homem conseguiu sair num navio de refugiados. Chamava-se Dimitrios. Julga-se que conspirou com um negro chamado Dhris Mohammed para assassinar um usurário de nome Sholem. O negro foi julgado num tribunal militar e enforcado. O Dimitrios safou-se. Pretendo analisar, se possível, os registos das provas apresentadas no julgamento, a confissão do negro e as investigações sobre o Dimitrios.

Muishkin olhou fixamente para Latimer.

— Dimitrios?

— Sim.

— 1922?

— Sim — o coração de Latimer deu um salto. — Porquê? Por acaso conhecia-o?

Pareceu que o russo ia mesmo dizer alguma coisa, mudando depois de ideias. Abanou a cabeça.

— Não. Estava a pensar que é um nome muito comum. Tem autorização para aceder ao arquivo da polícia?

— Não. Estava com esperança de que o senhor me aconselhasse sobre a melhor maneira de obter autorização. Compreendo obviamente que o seu trabalho é apenas traduzir, mas se me ajudar, ficar-lhe-ei muito grato.

Muishkin mordeu pensativamente o lábio inferior.

— Talvez se contactasse o vice-cônsul britânico e lhe pedisse para obter a autorização...? — Muishkin interrompeu-se. — Mas, desculpe — disse ele —, para que quer os registos? Se lhe pergunto, não é que me queira meter na sua vida, mas porque a polícia lhe pode perguntar a mesma coisa. Vejamos — prosseguiu ele lentamente —, se se tratar de uma questão *legal*, e se for tudo direitinho e às claras, tenho um amigo influente que talvez consiga a coisa por bastante barato.

Latimer sentiu-se corar.

— Por acaso — disse ele o mais descontraidamente possível —, *é* uma questão legal. É claro que posso falar com o cônsul, mas se você tratar do assunto, poupa-me o trabalho.

— Com todo o gosto. Vou falar com o meu amigo hoje mesmo. A polícia, compreende, é terrível e se for eu a falar com eles, vai sair muito caro. Eu gosto de proteger os meus clientes.

— É muito simpático da sua parte.

— Ora essa — um olhar vago assomou-lhe ao rosto. — Sabe, eu gosto dos britânicos. Vocês sabem fazer negócio. Não se põem a regatear como o raio dos gregos. Quando um homem diz pagamento adiantado, vocês pagam adiantado. Um depósito? O. K. Os britânicos não fazem jogo sujo. Há confiança mútua entre as partes. Nestas circunstâncias, um tipo pode dar o seu melhor. Sente que…

— Quanto?

— Quinhentas piastras? — respondeu Muishkin, com hesitação. Tinha os olhos pesarosos. Ali estava um artista sem confiança em si mesmo, uma criança no mundo dos negócios, que só se sentia feliz a fazer o seu trabalho.

Latimer pensou durante um momento. Quinhentas piastras era menos do que uma libra. Bastante barato. Mas detetou um brilho nos olhos pesarosos.

— Duzentas e cinquenta — disse ele com firmeza.

Muishkin atirou as mãos ao ar em desespero. Tinha de ganhar a vida. E era preciso contar com o amigo, que era muito influente.

Pouco depois, tendo pagado um adiantamento de cento e cinquenta piastras sobre o preço acordado de trezentas (incluindo cinquenta para o amigo influente), Latimer foi-se embora. Ficou combinado que ele o contactaria no dia seguinte para saber do resultado das negociações com o amigo. Latimer regressou, caminhando pelo cais, nada desagradado com o seu trabalho matinal. É certo que teria preferido analisar pessoalmente os registos e estar presente enquanto a tradução fosse feita. Ter-se-ia sentido mais um investigador do que um turista curioso, mas não havia nada a fazer. É claro que existia a possibilidade de Muishkin ter a intenção de meter facilmente ao bolso cento e cinquenta piastras, mas Latimer estava convencido de que isso não ia acontecer. Ele era suscetível às impressões e o russo parecera-lhe, na essência — embora não à superfície —, honesto. Além disso, Latimer não seria enganado com documentos forjados. O coronel Haki contara-lhe o suficiente sobre o julgamento de Dhris Mohammed no tribunal marcial para conseguir detetar esse tipo de fraude. A única coisa que podia correr mal era o amigo não merecer as cinquenta piastras.

No dia seguinte, Latimer deu com o escritório de Muishkin fechado. Esperou uma hora no imundo patamar de madeira, mas o intérprete não apareceu. Uma segunda visita mais adiante nesse dia revelou-se igualmente infrutífera. Latimer encolheu os ombros. Não era credível alguém dar-se ao trabalho de roubar piastras no valor de cinco xelins. Mas começou a sentir-se menos confiante.

A sua confiança acabou por ser restaurada por uma missiva que o aguardava quando chegou ao hotel. Uma página cheia de gatafunhos explicou-lhe que o autor da missiva fora chamado para fazer de intérprete num litígio entre um contramestre romeno e a polícia marítima por causa da morte de um estivador grego com um pé-de-cabra, que tinha vontade de arrancar as unhas dos dedos uma a uma por ter causado semelhante incómodo ao Sr. Latimer, que o seu amigo tinha tratado de tudo e que ele entregaria a tradução no dia seguinte, ao fim da tarde.

Muishkin chegou todo suado, pouco antes do jantar, quando Latimer estava a beber um aperitivo. Muishkin aproximou-se a esbracejar e a revirar os olhos em desespero e, deixando-se cair numa cadeira, arquejou de exaustão alto e bom som.

— Que dia! Que calor! — disse ele.

— Tem a tradução?

Muishkin, com ar cansado e de olhos fechados, disse que sim com um aceno de cabeça. Com um esforço aparentemente doloroso, foi ao bolso e tirou um maço de papéis presos por um clipe. Depositou-os então nas mãos de Latimer, qual mensageiro moribundo a entregar a sua última missiva.

— Toma uma bebida? — perguntou Latimer.

O russo abriu de rompante os olhos e observou em redor como quem recupera os sentidos.

— Pode ser. Um absinto, por favor. *Avec de la glace.*

O empregado tomou nota do pedido e Latimer recostou-se para inspecionar a sua aquisição.

A tradução era manuscrita e cobria doze folhas grandes de papel. Latimer deu uma vista de olhos pelas primeiras duas ou três folhas. Não havia dúvida, era tudo genuíno. Começou a ler com muita atenção.

GOVERNO NACIONAL DA TURQUIA
TRIBUNAL DA INDEPENDÊNCIA

Por ordem do oficial comandante da guarnição de Esmirna, no âmbito do Decreto-lei promulgado em Ancara no décimo oitavo dia do sexto mês de 1922 do novo calendário[6].

Sumário das provas recolhidas perante o vice-presidente do Tribunal, o major de brigada Zia Haki, no sexto dia do décimo mês de 1922 do novo calendário.

O judeu Zakari queixou-se de que o assassinato do seu primo, Sholem, foi obra do negro Dhris Mohammed, um embalador de figos de Buja.

Na semana passada, uma patrulha do 16.º Regimento encontrou o cadáver de Sholem, um usurário *deunmé*, no seu quarto, numa rua sem nome perto da Mesquita Velha. Tinha sido degolado. Embora este homem não fosse filho de Verdadeiros Crentes nem tivesse uma boa reputação, a nossa vigilante polícia investigou e descobriu que o seu dinheiro tinha sido roubado.

Vários dias depois, o queixoso, Zakari, informou o comandante da polícia de que tinha visto num café o indivíduo Dhris a mostrar dinheiro grego às mãos cheias. Ele sabia que Dhris era pobre e ficou admirado. Mais tarde, tendo Dhris ficado embriagado, ele ouviu-o gabar-se de que o judeu Sholem lhe tinha emprestado dinheiro sem

[6] O calendário gregoriano, adotado em 1917. [*N. do T.*]

juros. Na altura, ele não sabia da morte de Sholem, mas quando os parentes lhe contaram, lembrou-se do que tinha visto e ouvido.

O proprietário do Bar Cristal, Abdul Hakk, depôs que Dhris lhe mostrou o dinheiro grego, algumas centenas de dracmas, e que se gabou de que Sholem lho tinha emprestado sem juros. Ele achou estranho porque Sholem tinha fama de homem duro.

Um estivador chamado Ismail também depôs que ouviu o preso dizer a mesma coisa.

Ao ser-lhe pedido que explicasse como tinha obtido o dinheiro, o assassino começou por negar que tinha estado na posse do dinheiro e que alguma vez tivesse visto Sholem, e disse que, por ser um Verdadeiro Crente, era odiado pelo judeu Zakari. E disse que Abdul Hakk e Ismail também tinham mentido.

Depois de ser interrogado implacavelmente pelo vice-presidente do Tribunal, acabou por admitir que tinha estado na posse do dinheiro e disse que lhe tinha sido dado por Sholem para pagar um serviço. Mas não conseguiu explicar que serviço tinha sido, e começou a comportar-se de forma estranha e agitada. Negou ter matado Sholem e, em tom de blasfémia, invocou o Verdadeiro Deus como testemunha da sua inocência.

O vice-presidente ordenou o enforcamento do preso e os demais membros do Tribunal consideraram a sentença correta e justa.

Latimer chegou ao fim de uma página. Olhou para Muishkin. O russo tragara o absinto e examinava o copo. Muishkin olhou para Latimer.

— O absinto é uma bebida excelente — disse ele —, muito refrescante.

— Toma outro?

— Pode ser — Muishkin sorriu e apontou para os papéis que Latimer tinha na mão. — Está tudo bem, não está?

— Sim, sim, parece estar tudo bem. Mas são um bocadinho vagos em relação a datas, não são? E também não há nenhum relatório do médico-legista, nem nenhuma tentativa de determinar a hora do homicídio. E as provas parecem-me espantosamente fracas. Nada ficou provado.

Muishkin pareceu admirado.

— Mas porque se haviam de dar ao trabalho de provar? O negro era obviamente culpado. O melhor que fizeram foi enforcá-lo.

— Estou a ver. Se não se importa, vou continuar a ler.

Muishkin encolheu os ombros, refastelou-se na cadeira e fez sinal ao empregado. Latimer virou a página e continuou a ler.

DEPOIMENTO DO ASSASSINO, DHRIS MOHAMMED,
NA PRESENÇA DO COMANDANTE DA GUARDA
DO QUARTEL DE ESMIRNA E DE OUTRAS
TESTEMUNHAS AUTÊNTICAS

Está escrito no Grande Livro que aquele que mente não prospera, e eu faço estas declarações para provar a minha inocência e para me salvar da forca. Menti, mas agora vou dizer a verdade. Sou um Verdadeiro Crente. Não há outra divindade senão Deus.

Não matei o Sholem. Repito, não matei. Porque haveria eu de mentir agora? Sim, sim, vou explicar. Quem matou o Sholem não fui eu, foi o Dimitrios.

Vou falar-vos sobre o Dimitrios e vocês vão acreditar em mim. O Dimitrios é um grego. Para os gregos, é grego, mas aos Verdadeiros Crentes ele diz que também é um Crente e que só é grego para as autoridades por causa de um papel qualquer que os pais adotivos assinaram.

O Dimitrios trabalhou comigo e com outros no barracão de embalamento e muitos de nós detestávamo-lo por ser violento e pelos seus modos agressivos. Mas eu sou um homem que ama os outros como irmãos e, às vezes, quando o Dimitrios estava a trabalhar, falava-lhe na religião de Deus. E ele ouvia-me.

Depois, quando os gregos fugiram do exército vitorioso do Verdadeiro Deus, o Dimitrios apareceu em minha casa e pediu-me para o esconder do terror dos gregos. Disse que era um Verdadeiro Crente, e eu ajudei-o. Depois, o nosso Glorioso Exército veio em nosso auxílio. Mas o Dimitrios não saiu porque, segundo o papel assinado pelos pais adotivos, era grego, e receava pela vida. Por isso, ficou em minha casa e, quando saía, vestia-se de turco. Um dia, contou-me que havia um judeu chamado Sholem que tinha muito dinheiro. Moedas gregas e algum ouro, escondidos debaixo do soalho do quarto. O Dimitrios disse que era chegada a altura de nos vingarmos dos que tinham insultado o Verdadeiro Deus e o Seu Profeta. Disse que era errado que um porco judeu tivesse dinheiro que pertencia por direito aos Verdadeiros Crentes. E propôs que fôssemos furtivamente a casa do Sholem, o atássemos e lhe roubássemos o dinheiro.

De início, tive medo, mas ele encorajou-me, lembrando-me de que no Livro está escrito que quem combater pela religião de Deus, quer seja morto ou saia vitorioso, terá uma grande recompensa. E agora a minha recompensa é esta: ser enforcado como um cão.

Sim, sim, vou continuar. Naquela noite, depois do recolher obrigatório, fomos a casa do Sholem e subimos furtivamente as escadas até ao quarto dele. A porta estava trancada. O Dimitrios bateu à porta e disse que éramos uma patrulha com a missão de revistar a casa, e o Sholem abriu a porta. Estava na cama e começou a resmungar por ter sido acordado. Quando nos viu, invocou Deus e tentou fechar a porta. Então, o Dimitrios agarrou-o e manietou-o, enquanto eu, tal como tínhamos combinado, procurava a tábua solta que dissimulava o dinheiro. O Dimitrios arrastou o velho para a cama e imobilizou-o com o joelho.

Encontrei rapidamente a tábua solta e virei-me todo contente para dizer ao Dimitrios. Ele estava de costas para mim e empurrava o Sholem com o cobertor, para abafar os gritos. Ele disse que ia atar o Sholem com a corda que tínhamos levado. Vi-o então sacar da faca. Julguei que ele ia cortar a corda, por alguma razão, e não disse nada. De repente, antes de eu conseguir dizer alguma coisa, ele espetou a faca no pescoço do velho e arrastou-a ao longo da garganta.

Vi o sangue gorgolejar e jorrar, parecia uma fonte, e o Sholem rolou para o lado. O Dimitrios afastou-se e ficou por momentos a olhar para ele, e depois olhou para mim. Perguntei-lhe o que tinha feito e ele respondeu que tinha sido obrigado a matar o Sholem para ele não nos denunciar à polícia. O Sholem ainda se estava a mexer em cima da cama e o sangue continuava a gorgolejar, mas o Dimitrios garantiu que ele estava morto. Depois, tirámos o dinheiro.

O Dimitrios disse então que era melhor não sairmos juntos, cada um tirava a sua parte e saíamos um de cada vez. Foi o que combinámos. Eu entretanto estava com medo, porque o Dimitrios tinha uma faca e eu não tinha nenhuma, e julguei que ele me queria matar. Fiquei a pensar porque é que ele me tinha falado no dinheiro. Ele disse que precisava de um comparsa para procurar o dinheiro enquanto ele segurava o Sholem, mas percebi que tinha sido sempre a sua intenção matar o Sholem. Nesse caso, porque me tinha levado com ele? Podia ter descoberto o dinheiro sozinho depois de matar o judeu. Mas dividimos o dinheiro em partes iguais e ele sorriu e não tentou matar-me. Saímos um de cada vez. No dia anterior, ele tinha-me dito que havia navios gregos fundeados ao largo de Esmirna e que tinha ouvido um homem dizer que os capitães aceitavam refugiados, desde que pudessem pagar. Acho que ele fugiu num desses navios.

Agora percebo que fui o maior dos idiotas e porque é que ele sorriu para mim. Ele sabia que, quando a minha bolsa se enche, a minha cabeça esvazia-se. Ele sabia — que Deus o amaldiçoe — que quando eu peco, embebedando-me, dou à língua. Eu não matei o Sholem, quem o matou foi o grego Dimitrios. O Dimitrios... (*seguiu-se uma sucessão de obscenidades indignas de serem transcritas*). Não há dúvidas sobre o que digo. Assim como Deus é Deus e Maomé é o Seu Profeta, juro que disse a verdade. Pelo amor de Deus, tende misericórdia.

Segundo uma nota apensa, a confissão fora feita na presença de testemunhas e assinada com o polegar. O registo continuava:

Ao ser-lhe solicitado que descrevesse fisicamente Dimitrios, o assassino disse:

«Tem a aparência de grego, mas não acho que seja, porque detesta os seus compatriotas. É mais baixo do que eu e tem o cabelo comprido e liso. A cara é muito tranquila e ele é de poucas falas. Tem olhos castanhos, cansados. Muitos homens têm medo dele, mas não percebo porquê, dado que não é forte; eu seria capaz de o partir ao meio com as mãos.»

N. B.: O indivíduo mede 1,85 m.

Foram feitas investigações sobre o indivíduo Dimitrios nos barracões de embalamento. Ele é conhecido e não colhe simpatias. Há semanas que ninguém sabe nada dele e presume-se que tenha morrido no incêndio. Parece provável.

O assassino foi executado no nono dia do décimo mês de 1922 do novo calendário.

Latimer releu a confissão e analisou-a pensativamente. Parecia, sem dúvida, verdadeira. Havia algo de circunstancial em toda a história. O negro, Dhris, fora obviamente muito estúpido. Seria possível ele ter inventado todos aqueles pormenores da cena no quarto de Sholem? Um homem culpado que inventasse uma história tê-la-ia decerto adornado de maneira diferente. Além disso, ele receara que Dimitrios o quisesse matar. Se fosse ele o responsável pelo assassínio, não lhe teria ocorrido tal coisa. O coronel Haki dissera que era o tipo de história que uma pessoa inventaria para salvar a pele. É verdade que o medo podia estimular uma imaginação estéril, mas será que a estimulava daquela maneira? Era evidente que as autoridades não se tinham importado muito com a veracidade da história. As investigações haviam sido deploráveis, sem motivação alguma; ainda assim, tendiam a confirmar a história do negro. Presumira-se que Dimitrios morrera no incêndio, mas não havia provas que confirmassem essa suposição. Fora, sem dúvida alguma, mais fácil enforcar Dhris Mohammed do que levar a cabo, no meio da terrível confusão daquele mês de outubro, uma busca de um hipotético grego chamado

Dimitrios. E era evidente que Dimitrios contara com isso. Não fosse o acaso da transferência do coronel para a polícia secreta, ele nunca teria sido relacionado com o caso.

Em tempos, Latimer vira um amigo seu, que era anatomista, a construir o esqueleto de um animal pré-histórico a partir de um fragmento de osso fossilizado. Demorara dois anos e Latimer, o economista, ficara maravilhado com o entusiasmo incansável do amigo com a tarefa. Agora, pela primeira vez, compreendeu aquele entusiasmo. Latimer desenterrara um só fragmento retorcido da mente de Dimitrios e agora queria completar a estrutura. O fragmento, apesar da sua pequenez, era substancial. O desgraçado Dhris não tivera hipótese alguma. Dimitrios aproveitara-se da imbecilidade, do fanatismo religioso, da simplicidade e da ganância de Dhris com uma perícia assustadora. *Dividimos o dinheiro em partes iguais e ele sorriu e não tentou matar-me.* Dimitrios sorrira. E o negro estava tão cheio de medo do homem que poderia ter partido ao meio com as mãos, que só muito mais tarde percebeu o porquê do sorriso. Os olhos castanhos e cansados haviam observado e compreendido Dhris Mohammed na perfeição.

Latimer dobrou as folhas, meteu-as no bolso e virou-se para Muishkin.

— Devo-lhe cento e cinquenta piastras.

— Certo — disse Muishkin, falando para dentro do copo.

Já estava a terminar o terceiro absinto. Pousou o copo e pegou no dinheiro.

— Gosto de si — disse ele com seriedade. — Você não tem *snobisme*. Agora vai tomar uma bebida comigo, está bem?

Latimer olhou para o relógio. Já se ia fazendo tarde e ele não tinha comido nada.

— Gostaria muito — respondeu —, mas porque não janta antes comigo?

— Ótimo! — Muishkin levantou-se com dificuldade. — Ótimo — repetiu, e Latimer viu que ele tinha os olhos invulgarmente brilhantes.

* * *

Por sugestão do russo, foram a um restaurante, um lugar de luzes ténues e estofos vermelhos e dourados e espelhos manchados, onde se servia comida francesa. A sala estava à cunha. Havia muitos oficiais da marinha, mas a maioria eram oficiais do exército. Havia alguns civis com mau aspeto e as mulheres eram muito poucas. Num canto, um trio tocava um *foxtrot*. A atmosfera estava densa de fumo de tabaco. Um empregado, que parecia muito zangado com alguma coisa, encontrou-lhes uma mesa e eles sentaram-se em cadeiras estofadas que soltavam um odor bafiento.

— Classe! — disse Muishkin, olhando em redor.

Pegou na ementa e, depois de alguma reflexão, escolheu o prato mais caro. Acompanharam a refeição com um vinho licoroso e resinoso de Esmirna. Muishkin começou a falar sobre a sua vida. Odessa, 1918. Istambul, 1919. Esmirna, 1921. Bolcheviques. Exército de Wrangel. Kiev. Uma mulher à qual chamavam «Carniceira». Usavam o matadouro como prisão porque a prisão se tinha tornado um matadouro. Atrocidades terríveis, horríveis. Exército de ocupação aliado. O desportivismo dos ingleses. A ajuda americana. Percevejos. Tifo. Metralhadoras *Vickers*. Os gregos... Meu Deus, os gregos! Fortunas à mão de semear. Kemalistas. A sua voz prosseguia monotonamente enquanto, lá fora, por entre o fumo do tabaco, para lá dos estofos vermelhos, dos dourados e das toalhas brancas, o crepúsculo cor de ametista ia dando lugar à noite.

Veio outra garrafa de vinho xaroposo. Latimer começou a sentir-se sonolento.

— E depois de tanta loucura, onde nos encontramos agora? — exigiu saber Muishkin.

O seu inglês deteriorava-se a um ritmo constante. Agora, com o lábio inferior húmido e a tremer de emoção, assentou em Latimer o olhar resoluto do bêbedo prestes a filosofar.

— Onde? — repetiu ele, batendo na mesa.

— Em Esmirna — respondeu Latimer, dando subitamente conta de que tinha abusado do vinho.

Muishkin abanou a cabeça com irritação.

— Estamos a descer rapidamente ao maldito inferno — declarou ele. — Você é marxista?

— Não.

Muishkin inclinou-se para a frente com um ar de confidência.

— Eu também não — puxou a manga de Latimer. O lábio tremia-lhe violentamente. — Eu sou um vigarista.

— Ai é?

— Sou — lágrimas começaram a aflorar-lhe aos olhos. — Vigarizei-o bem vigarizado.

— Ai foi?

— Sim — enfiou a mão no bolso. — Você não é um snobe. Tem de aceitar cinquenta piastras de volta.

— Porquê?

— Aceite-as — as lágrimas começaram a escorrer-lhe pelo rosto, misturando-se com o suor concentrado na ponta do queixo. — Meu caro senhor, eu vigarizei-o. Não houve nenhum amigo a quem pagar, nenhuma autorização, nada.

— Está a dizer que inventou aquilo tudo?

Muishkin endireitou-se repentinamente.

— *Je ne suis pas un faussaire* — declarou, abanando um dedo à frente do rosto de Latimer. — Há três meses, um tipo veio ter comigo. Com subornos consideráveis — o dedo esticou-se enfaticamente —, subornos consideráveis, tinha conseguido autorização para procurar nos arquivos o dossiê do assassinato do Sholem. O dossiê estava redigido em escrita árabe antiga e ele trouxe-me fotografias das páginas para eu traduzir. Ele levou as fotografias, mas eu fiquei com a tradução. Percebe? Vigarizei-o. Você pagou cinquenta piastras a mais. Que vergonha! — estalou os dedos. — Se eu lhe tivesse pedido quinhentas piastras, você tinha pagado. Sou demasiado brando.

— Para que queria ele estas informações?

Muishkin fez um ar amuado.

— Eu não me ando a meter na vida dos outros.

— Que aspeto tinha?

— Tinha ar de francês.

— Que tipo de francês?

Mas a cabeça de Muishkin caiu-lhe sobre o peito e ele não respondeu. Depois, passados uns instantes, levantou a cabeça e olhou inexpressivamente para Latimer. Estava lívido e Latimer adivinhou que ele vomitaria muito em breve. Os lábios de Muishkin mexeram-se.

— *Je ne suis pas un faussaire* — murmurou. — Trezentas piastras, é quase de borla! — levantou-se de um salto, murmurou «excusez-moi» e dirigiu-se rapidamente para a casa de banho.

Latimer esperou algum tempo, mas depois pagou a conta e foi ver o que se passava. A casa de banho tinha outra porta e Muishkin tinha-se ido embora. Latimer caminhou de volta até ao hotel.

Da varanda do quarto, Latimer via os montes do outro lado da baía. A Lua erguera-se no céu e o seu reflexo cintilava por entre o emaranhado de gruas ao longo das docas, onde estavam ancorados os barcos a vapor. Os holofotes de um cruzador turco fundeado no ancoradouro fora do porto interior oscilaram como grandes dedos brancos, afloraram o cimo das colinas e apagaram-se. No porto e nas encostas sobranceiras à cidade, viam-se luzinhas cintilantes. Uma brisa leve e quente vinda do mar começara a agitar as folhas de uma árvore da borracha no jardim lá em baixo. Num outro quarto do hotel, uma mulher ria-se. Algures, ao longe, um gramofone tocava um tango. O prato girava depressa demais e o som era estridente e deformado.

Latimer acendeu um último cigarro e tentou imaginar, pela centésima vez, o que o homem com ar de francês quereria com o dossiê do assassinato de Sholem. Por fim, deitou fora o cigarro e encolheu os ombros. Uma coisa era certa: não era possível que tivesse estado interessado em Dimitrios.

— 4 —

O Sr. Peters

Dois dias depois, Latimer partiu de Esmirna. Não voltou a ver Muishkin.

A situação em que uma pessoa, imaginando ingenuamente que tem o destino nas mãos, é na realidade um joguete de circunstâncias que não controla é sempre fascinante. É o elemento essencial da maioria das boas peças de teatro, da *Odisseia* de Sófocles a *East Lynne*. Quando, contudo, essa pessoa somos nós e olhamos para a situação *a posteriori*, o fascínio torna-se um tudo nada mórbido. Por conseguinte, quando, mais tarde, Latimer revisitava aqueles dois dias que passara em Esmirna, o que mais o horrorizava não era tanto a sua ignorância do papel que estava a desempenhar, mas sim a beatitude que acompanhou essa ignorância. Ele metera-se naquilo a pensar que tinha os olhos bem abertos, quando na realidade estavam bem fechados. Fora obviamente inevitável, mas vexava-o ter levado tanto tempo a aperceber-se. É verdade que estava a ser demasiado duro consigo mesmo, mas a sua autoestima fora ferida; ele transitara, sem o saber, do papel de um sofisticado e impessoal analista de factos para o de participante ativo num melodrama.

Contudo, não suspeitava de todo da iminência de tal humilhação quando, na manhã a seguir ao jantar com Muishkin, se sentou munido de um lápis e de um bloco de notas para organizar o material para o seu trabalho de detetive.

Num qualquer dia no início de outubro de 1922, Dimitrios partira de Esmirna. Com dinheiro e provavelmente com uma passagem de um navio grego. Quando o coronel Haki voltou a ter notícias suas, ele estivera em Edirne, dois anos mais tarde. Todavia, naquele intervalo, a polícia búlgara tivera problemas com ele em Sófia, em relação ao atentado à vida de Stamboliyski. Latimer estava um pouco confuso quanto à data do atentado, mas fez um esboço da cronologia:

DATA	LOCAL	OBSERVAÇÕES	FONTE DA INFORMAÇÃO
1922 (outubro)	Esmirna	Sholem	Arquivo Polícia
1923 (início)	Sófia	Stamboliyski	Coronel Haki
1924	Edirne	Atentado Ataturk	Coronel Haki
1926	Belgrado	Espionagem pela França	Coronel Haki
1926	Suíça	Passaporte Talat	Coronel Haki
1929–1931 (?)	Paris	Drogas	Coronel Haki
1932	Zagreb	Assassino croata	Coronel Haki
1937	Lyon	*Carte d'identité*	Coronel Haki
1938	Istambul	Assassinado	Coronel Haki

Por conseguinte, o problema imediato era bastante claro. Nos seis meses depois do assassinato de Sholem, Dimitrios fugira de Esmirna e fora para Sófia, onde se envolvera numa conspiração para assassinar o primeiro-ministro búlgaro. Latimer tinha alguma dificuldade em estimar o tempo necessário para alguém se envolver numa conjura para assassinar um primeiro-ministro, mas era praticamente certo de que Dimitrios teria chegado a Sófia pouco depois de partir de Esmirna. Se tivesse efetivamente fugido num navio grego, teria ido primeiro ao Pireu e a Atenas. De Atenas, poderá ter rumado a Sófia por terra, via Salónica, ou por mar, pelo Dardanelos ou o Corno de Ouro, desembarcando em Bourgaz ou em Varna, o porto búlgaro no mar Negro. Na altura, Istambul estava nas mãos dos Aliados, dos quais Dimitrios não teria nada a recear. A pergunta era: o que o levara a Sófia?

Contudo, agora, o rumo lógico era ir a Atenas e enfrentar a tarefa de aí lhe encontrar o rasto. Não seria fácil. Mesmo que se tivesse tentado registar a presença de cada refugiado entre as dezenas de milhares que haviam chegado, era mais do que provável que os registos que ainda existissem estivessem incompletos. Mas não valia a pena antever o fracasso. Latimer tinha bons amigos em Atenas e, se existisse algum registo, era praticamente certo de que ele conseguiria aceder-lhe. Fechou então o bloco de notas.

No dia seguinte, quando o navio que fazia a ligação semanal entre Esmirna e o Pireu zarpou, Latimer ia a bordo.

Nos meses após a ocupação turca de Esmirna, mais de oitocentos mil gregos regressaram ao seu país. Chegaram em barcos lotados, uns após os outros, amontoados nos conveses e nos porões. Muitos estavam nus e famintos. Alguns ainda traziam nos braços as crianças mortas que não tiveram tempo de sepultar. E com eles trouxeram também os germes do tifo e da varíola.

Cansada da guerra e arruinada, a braços com escassez de comida e de medicamentos, a pátria acolheu-os. Nos campos de refugiados improvisados, morriam como moscas. Nos arredores de Atenas, no Pireu, em Salónica, massas humanas apodreciam no gélido inverno grego. A Quarta Assembleia da Sociedade das Nações, reunida em Genebra, aprovou a canalização de cem mil francos de ouro para a Organização Internacional para os refugiados de Nansen, para uso imediato na Grécia. Começou a operação de socorro. Foram criadas povoações enormes para os refugiados. Chegaram alimentos, roupa e medicamentos. As epidemias foram contidas. Os sobreviventes começaram a organizar-se em novas comunidades. Pela primeira vez na história, um desastre em grande escala fora travado com a boa vontade e a razão. Parecia que o animal humano estava, por fim, a descobrir uma consciência, como se estivesse finalmente a ter noção da sua humanidade.

Latimer ouviu falar em tudo isto, e mais, pela boca de um amigo, Siantos, em Atenas. Quando, todavia, falou no registo, Siantos franziu os lábios.

— Um registo completo dos que chegaram de Esmirna? Isso é pedir muito. Se os tivesse visto chegar... Eram tantos e estavam em tão mau estado...

E seguiu-se a pergunta inevitável:

— Mas qual é o seu interesse?

Ocorrera a Latimer que aquela pergunta surgiria constantemente e preparara uma explicação. Dizer a verdade, explicar que estava a tentar, por razões puramente académicas, descobrir a história de um criminoso morto chamado Dimitrios seria longo e desagradável. Em todo o caso, ele não estava interessado numa segunda opinião sobre as suas perspetivas de sucesso — a sua já era bastante deprimente. O que lhe parecera uma ideia fascinante numa morgue turca podia parecer, à luz resplandecente e quente de um outono grego, simplesmente absurda. Era muito mais simples fugir completamente à questão.

Latimer respondeu:

— Tem que ver com um livro que estou a escrever. Tenho de verificar uma questão de pormenor. Quero saber se é possível descobrir um determinado refugiado passado tanto tempo.

Siantos disse que compreendia e Latimer sorriu descaradamente. Ser escritor servia para explicar as mais curiosas extravagâncias.

Latimer contactara Siantos porque sabia que ele ocupava um cargo público relativamente importante em Atenas, mas esperava-o a sua primeira desilusão. A semana foi passando e, quando chegou ao fim, Siantos apenas lhe conseguiu dizer que existia um registo à guarda das autoridades municipais e que não estava acessível para consulta por pessoas não autorizadas. Foi necessária outra semana, uma semana de espera, sentado nos *kefenios*, a ser apresentado a cavalheiros sequiosos que tinham conhecimentos na câmara municipal. Por fim, a autorização chegou e, no dia seguinte, Latimer apresentou-se no gabinete que conservava o registo.

O serviço de consulta ficava numa sala nua e ladrilhada com um balcão numa extremidade. Atrás do balcão, estava sentado o funcionário responsável. Este encolheu os ombros diante da informação que

Latimer tinha para lhe dar. Um embalador de figos chamado Dimitrios? Outubro de 1922? Era impossível. O registo estava compilado por ordem alfabética, mas por apelido.

Latimer ficou de rastos. Tanto trabalho para nada. Agradeceu ao homem e estava já a dar meia-volta quando lhe surgiu uma ideia. Era apenas uma possibilidade muito remota...

Latimer virou-se de novo para o funcionário.

— É possível — disse ele — que o apelido seja Makropoulos.

No momento em que o disse, teve vaga consciência, atrás dele, da entrada de um homem pela porta que dava para a rua. O sol entrava obliquamente na sala e, durante um instante, uma sombra comprida e distorcida ondulou nos ladrilhos quando o recém-chegado passou à frente da janela.

— Dimitrios Makropoulos — repetiu o funcionário. — Assim é melhor. Se houver uma pessoa com esse nome no registo, vamos encontrá-la. É uma questão de paciência e organização. Venha comigo, por favor.

O funcionário levantou a tampa do balcão para Latimer passar e olhou de soslaio por cima do seu ombro.

— Foi-se embora! — exclamou. — Não tenho ajuda no meu trabalho de organização. Cai-me tudo em cima, mas as pessoas não têm paciência. Estou momentaneamente ocupado e não conseguem esperar — encolheu os ombros. — É lá com eles. Eu cumpro o meu dever. Siga-me, por favor.

Latimer seguiu-o enquanto desciam um lanço de escada de pedra, entrando depois numa grande cave com filas e filas de arquivadores de metal.

— Organização — observou o funcionário. — É o segredo da governação moderna. A organização vai fazer da Grécia um país mais grandioso, um novo império. Mas é preciso paciência.

Seguiu então à frente, até uma série de pequenos arquivadores num canto da cave, abriu uma gaveta e, com uma unha, começou a virar rapidamente uma série de fichas. Por fim, parou numa ficha e estudou-a cuidadosamente antes de fechar a gaveta.

— Makropoulos. Se houver algum registo deste homem, está na gaveta n.º 16. Organização é isto.

Mas na gaveta n.º 16 não encontraram nada. O funcionário ergueu as mãos em desespero e voltou a procurar, mas sem sucesso. Latimer, inspirado, teve então uma ideia.

— Tente com o apelido Talat — disse ele, em desespero de causa.

— Mas isso é um nome turco.

— Eu sei. Mas tente.

O funcionário encolheu os ombros. Havia outra referência para o índice principal.

— Gaveta n.º 27 — anunciou ele, com alguma impaciência. — Tem a certeza de que ele veio para Atenas? Muitos foram para Salónica. Porque não este embalador de figos?

Era precisamente a pergunta que Latimer vinha fazendo a si próprio. Não disse nada e ficou a ver a unha do funcionário a passar as fichas. De repente, parou.

— Encontrou? — perguntou Latimer rapidamente.

— Está aqui um — disse ele, tirando uma ficha. — Era embalador de figos, mas o nome é Dimitrios Tala*dis*.

— Deixe-me ver.

Latimer pegou na ficha. Dimitrios Taladis! Lá estava, em preto e branco. Ele descobrira algo que o coronel Haki não sabia. Dimitrios usara o apelido Talat antes de 1926. Não havia dúvida nenhuma de que *era* Dimitrios. Ele tinha apenas acrescentado o sufixo grego ao nome. Latimer olhou para a ficha. E estavam ali mais coisas que o coronel Haki não sabia.

Latimer olhou para o funcionário, que estava todo satisfeito.

— Posso copiar isto?

— Mas é claro. Paciência e organização, como vê. A minha organização tem utilidade. Mas o registo não pode sair de ao pé de mim. É o regulamento.

Sob o olhar agora algo perplexo do apóstolo da organização e da paciência, Latimer começou a copiar o que estava escrito na ficha para o seu livro de apontamentos, traduzindo para inglês:

Número T-53462
ORGANIZAÇÃO NACIONAL DE SOCORRO
Secção de Refugiados: ATHINAI

Sexo: Masculino. *Nome*: Dimitrios Taladis. *Nascimento*: Salónica, 1889. *Profissão*: Embalador de figos. *Pais*: Presumidos mortos. *Documentos de Identidade ou Passaporte*: Bilhete de identidade perdido. Terá sido emitido em Esmirna. *Nacionalidade*: Grego. *Chegada*: 1 de outubro de 1922. *Proveniência*: Esmirna. *Observações*: Saudável. Sem doenças. Sem dinheiro. Enviado para o campo de Tabouria. Emitido bilhete de identidade provisório. *Nota*: Deixou Tabouria por iniciativa própria, a 29 de novembro de 1922. Mandado de captura por roubo e tentativa de homicídio emitido em Athinai, a 30 de novembro de 1922. Terá fugido por mar.

Não havia dúvida, era Dimitrios. A data de nascimento era consonante com a fornecida ao coronel Haki pela polícia grega (e com base em informações obtidas antes de 1922). Mas o local de nascimento era diferente. Segundo o dossiê turco, era Larissa. Porque se tinha Dimitrios dado ao trabalho de o alterar? Se deu um nome falso, sabia certamente que as possibilidades de ser descoberto através do registo eram tão grandes no caso de Salónica como no de Larissa.

Salónica, 1889! Porquê Salónica? Foi então que Latimer se lembrou. É claro! Era bastante simples. Em 1889, Salónica era território turco, pertencia ao Império Otomano. Com toda a probabilidade, os registos dessa época não estariam disponíveis para as autoridades gregas. Dimitrios não fora estúpido. Mas porque escolhera ele o nome Taladis e não um nome grego típico? O «Talat» turco devia ter um significado especial para ele. Quanto ao bilhete de identidade emitido em Esmirna, tinha-o obviamente «perdido», dado que teria sido presumivelmente emitido com o nome de Makropoulos, pelo qual ele já era conhecido entre a polícia grega.

A data da chegada encaixava-se nas vagas alusões temporais feitas no tribunal marcial. Ao contrário da maioria dos outros refugiados,

Dimitrios era saudável e não tinha doenças à chegada. Naturalmente. Graças ao dinheiro grego de Sholem, pudera comprar uma passagem para o Pireu e viajar com relativo conforto em vez de ser metido num navio com milhares de refugiados. Dimitrios soubera tomar conta de si próprio. O embalador de figos tinha embalado figos suficientes. Dimitrios, o homem, fora saindo da sua crisálida. Não restam dúvidas de que, quando chegou a Atenas, ainda tinha uma parte considerável do dinheiro de Sholem. Contudo, para as autoridades, chegou «sem dinheiro». Esperto. Caso contrário, poderia ter sido obrigado a comprar comida e roupa para os estúpidos que, ao contrário dele, não se tinham preparado para o futuro. As suas despesas já eram de todos os modos bem pesadas. Tão pesadas, que fora necessário outro Sholem. Seguramente arrependeu-se de ter dado metade do espólio a Dhris Mohammed.

«Terá fugido por mar.» Juntando os ganhos do segundo roubo ao que restava do primeiro, Dimitrios tivera seguramente a possibilidade de pagar a sua passagem para Bourgaz. É evidente que teria sido demasiado arriscado viajar por terra. Tinha apenas documentos de identificação provisórios e podia ser parado na fronteira, ao passo que, em Bourgaz, os mesmos documentos, emitidos por uma comissão internacional de socorro bastante prestigiada, ter-lhe-iam permitido seguir viagem.

A alardeada paciência do funcionário estava a dar sinais de se esgotar. Latimer entregou-lhe a ficha, agradeceu-lhe de modo apropriado e regressou pensativamente ao hotel.

Latimer estava satisfeito consigo mesmo. Descobrira novas informações acerca de Dimitrios — e descobrira-as com diligências suas. Fora uma investigação de rotina, é certo; mas, na melhor tradição da Scotland Yard, exigira paciência e persistência. Além disso, se ele não tivesse pensado no nome Talat... Latimer teria gostado de informar o coronel Haki sobre as suas investigações, mas estava fora de questão. Era provável que o coronel não compreendesse o espírito subjacente à sua experiência de detetive. Em todo o caso, Dimitrios estava naquele momento a apodrecer debaixo de terra, e o seu dossiê estava selado e esquecido no arquivo da polícia secreta turca. Agora, impunha-se atacar a questão de Sófia.

Latimer procurou recordar o que sabia acerca da política búlgara do pós-guerra e chegou rapidamente à conclusão de que era muito pouco. Sabia que, em 1923, Stamboliyski liderara um governo de tendência liberal, mas não fazia ideia até que ponto eram liberais essas tendências. Houvera um atentado à vida do primeiro-ministro e depois um golpe de Estado militar levado a cabo por instigação — se não mesmo sob a liderança — da ORIM, a Organização Revolucionária Interna da Macedónia. Stamboliyski fugira de Sófia, tentara organizar uma contrarrevolução e fora morto. Era essencialmente aquilo, penso. Mas não sabia praticamente nada acerca dos prós e contras (se é que era possível fazer a distinção) e da natureza das forças políticas envolvidas. Havia que remediar este estado de coisas e o lugar certo para fazê-lo era Sófia.

Nessa noite, Latimer convidou Siantos para jantar. Latimer sabia que ele era uma alma vaidosa e generosa que gostava de falar sobre os problemas dos amigos e que se sentia lisonjeado quando, usando judiciosamente o seu cargo oficial, os conseguia ajudar. Depois de lhe agradecer a ajuda com o registo dos refugiados, Latimer aflorou o assunto de Sófia.

— Meu caro Siantos, vou abusar mais uma vez da sua generosidade.

— Ainda bem.

— Conhece alguém em Sófia? Preciso de uma carta de apresentação para um jornalista que seja inteligente e que me possa fornecer algumas informações privilegiadas sobre a cena política búlgara em 1923.

Siantos alisou o cintilante cabelo branco e sorriu com admiração.

— Vocês, escritores, têm gostos bizarros. Talvez se consiga fazer alguma coisa. Quer um grego ou um búlgaro?

— Grego, de preferência. Não sei falar búlgaro.

Siantos pensou durante um momento.

— Há um homem em Sófia, chama-se Marukakis — disse ele, por fim. — É o correspondente em Sófia de uma agência noticiosa francesa. Não o conheço pessoalmente, mas talvez consiga de um amigo meu uma carta para chegar a ele.

Estavam sentados num restaurante e então Siantos olhou furtivamente em redor e baixou a voz.

— Mas, na sua perspetiva, ele tem apenas um problema. Por acaso sei que ele tem... — baixou ainda mais a voz. Latimer estava preparado para nada menos horrível do que lepra. — ... simpatias comunistas — sussurrou Siantos.

Latimer ergueu as sobrancelhas.

— Não considero isso uma desvantagem. Todos os comunistas que conheci eram extremamente inteligentes.

Siantos parecia chocado.

— Como assim? É perigoso falar assim, meu amigo. O pensamento marxista é proibido na Grécia.

— Quando poderei ter a carta?

Siantos suspirou.

— Bizarro! — exclamou. — Vou tratar disso amanhã. Escritores...!

Passada uma semana, Latimer tinha em sua posse a carta de apresentação e, depois de obter os vistos de saída da Grécia e de entrada na Bulgária, apanhou o comboio da noite para Sófia.

O comboio não estava cheio e ele tivera esperança de ter um compartimento-cama só para si, mas, cinco minutos antes da hora prevista da partida, um camareiro entrou com bagagem e depositou-a por cima da cama vazia. Pouco depois, chegou o dono da dita.

— Peço desculpa por esta intromissão na sua privacidade — disse ele, em inglês.

Era um homem gordo com ar doente, teria uns cinquenta e cinco anos. Antes de falar, virara-se de costas para dar uma gorjeta ao camareiro e a primeira coisa que impressionou Latimer foi o fundo das calças absurdamente descaído, que tornava a sua maneira de andar parecida com as pernas traseiras de um elefante. Mas quando Latimer viu o rosto, esqueceu-se das calças. Tinha o seu quê de informe e macilento que se associa ao excesso de comida e à falta de sono.

Do cimo de duas pesadas bolsas de carne espreitavam dois olhos azuis e raiados de sangue que pareciam estar sempre a chorar. O nariz parecia de borracha e era indefinido. Era a boca que dava expressão ao rosto. Os lábios eram pálidos e indefinidos, parecendo mais grossos do que realmente eram. Encostados sobre uma dentadura postiça anormalmente branca e regular, formavam um permanente sorriso melífluo. Em conjunto com os olhos lacrimosos, transmitia uma sensação de doce abnegação perante a adversidade, com uma intensidade alarmante. Dizia: eis um homem que sofrera, que fora fustigado por Parcas vingativas e demoníacas, mas que não perdera a sua crença humilde na bondade essencial do homem; diziam: eis um mártir que sorrira por entre as chamas — que sorrira, mas, enquanto sorrira, não lhe restara senão chorar a desgraça dos outros. Recordava a Latimer um clérigo anglicano ortodoxo que conhecera na Inglaterra e que fora expulso da Igreja por roubar o dinheiro das esmolas.

— A cama estava desocupada, não há intromissão alguma — disse Latimer. Reparou, suspirando para si próprio, que o homem respirava pesada e ruidosamente pelas narinas congestionadas. Provavelmente, ressonava.

O recém-chegado sentou-se na cama e abanou lentamente a cabeça.

— É muito simpático da sua parte ver as coisas assim! Hoje em dia, não há bondade nenhuma neste mundo! Quase ninguém pensa nos outros! — os olhos raiados de sangue encontraram os de Latimer. — Posso perguntar qual é o seu destino?

— Sófia.

— Ai sim? Sófia. Uma cidade muito, muito bonita. Eu sigo para Bucareste. Espero que façamos uma viagem agradável.

Latimer disse que também esperava. O inglês do homem gordo era muito correto, mas falava com um sotaque atroz que Latimer não conseguia identificar. Era espesso e ligeiramente gutural, como se falasse com a boca cheia de bolo. Além disso, de vez em quando, o inglês correto soçobrava a meio de uma frase difícil, que ele terminava num francês ou alemão muito fluente. Latimer ficou com a impressão de que o homem aprendera inglês através dos livros.

O gordo virou-se e começou a desfazer uma maleta que continha um pijama de lã, algumas peúgas de dormir e um livro brochado com uma página dobrada à guisa de marca. Latimer conseguiu vislumbrar o título. Chamava-se *Pérolas da Sabedoria Quotidiana* e era em francês. O gordo dispôs tudo cuidadosamente na prateleira e depois mostrou um maço de cigarrilhas gregas.

— Dá-me licença que fume? — perguntou, oferecendo o maço.

— Faça favor. Mas não me apetece fumar agora, obrigado.

O comboio começara a acelerar e o camareiro apareceu para fazer as camas. Depois de ele se ir embora, Latimer despiu-se parcialmente e estendeu-se na cama.

O gordo pegou no livro, mas depois voltou a pousá-lo.

— Sabe — disse ele —, quando o camareiro me disse que havia um inglês no comboio, soube logo que ia ter uma viagem agradável — e lá apareceu o sorriso, doce e compassivo, uma espécie de festinha espiritual na cabeça.

— É muito simpático da sua parte dizer isso.

— De todo, é a minha opinião — os seus olhos lacrimejaram por causa do fumo e ele limpou-os com uma peúga de dormir. — É um disparate eu fumar — lamentou-se. — Os meus olhos não são grande coisa. O Ser Supremo, com a Sua sabedoria, achou por bem dar-me olhos fracos. Mas de certeza que foi por alguma razão. Talvez tenha sido para eu apreciar mais avidamente as belezas da Sua criação, a Mãe Natureza, com as suas belíssimas vestes, as árvores, as flores, as nuvens, o céu, as montanhas cobertas de neve, os panoramas maravilhosos, o pôr-do-sol, com a sua magnificência dourada.

— Devia usar óculos.

O gordo abanou a cabeça.

— Se eu precisasse de óculos — disse ele solenemente —, o Ser Supremo ter-me-ia levado a obtê-los.

Inclinou-se para a frente, e disse com convicção:

— O meu amigo não acha que, algures, por cima de nós, à nossa volta, dentro de nós, existe um poder, um destino, que nos leva a fazer as coisas que fazemos?

— Isso é uma pergunta e peras.

— Só porque nós não somos suficientemente simples nem humildes para compreender. Um homem não precisa de muita educação para ser filósofo. Basta que seja simples e humilde — olhou para Latimer com simplicidade e humildade. — Viver e deixar viver: é o segredo da felicidade. Deixemos ao Ser Supremo a resposta às questões que estão além da nossa fraca compreensão. Não é possível lutar contra o Destino. Se o Ser Supremo quiser que façamos coisas desagradáveis, acredite que Ele tem um motivo, mesmo que nem sempre seja claro para nós. Se é a vontade do Ser Supremo que alguns enriqueçam e outros permaneçam pobres, temos de aceitar a Sua vontade — arrotou levemente e olhou para as malas por cima da cabeça de Latimer. O sorriso tornou-se ternamente excêntrico. — Penso muitas vezes que um comboio convida à reflexão. Não acha? Uma mala, por exemplo. É tão parecida com um ser humano! Na sua viagem pela vida, coleciona muitas etiquetas coloridas. Mas as etiquetas são apenas o que se vê de fora, a face que a mala apresenta ao mundo. O que é importante é o que está no *interior*. Mas acontece tantas vezes — e abanou a cabeça com tristeza —, tantas vezes, que a mala está vazia de Coisas Belas. Não concorda?

Aquilo dava náuseas. Latimer emitiu um grunhido pouco convencido, e acrescentou:

— O senhor fala inglês muito bem.

— Acho o inglês uma língua lindíssima. Shakespeare, H. G. Wells… Vocês têm grandes escritores. Mas ainda não consigo expressar todas as minhas ideias em inglês. Como já deve ter reparado, estou mais à vontade com o francês.

— E a sua língua materna é…?

O gordo abriu as grandes mãos macias, numa das quais cintilava um anel de diamantes todo sujo.

— Sou cidadão do mundo — respondeu. — Para mim, todos os países e todas as línguas são lindos. Quem dera que os homens conseguissem viver como irmãos, sem ódio, vendo apenas as coisas belas. Mas não! Tem de haver sempre comunistas, etc. Mas é certamente a vontade do Ser Supremo.

Latimer disse:

— Acho que vou dormir.

— O sono! — exclamou arrebatadamente o seu companheiro. — A grande mercê outorgada aos pobres humanos. O meu nome — disse ele inconsequentemente — é Sr. Peters.

— Foi um prazer conhecê-lo, Sr. Peters — retorquiu Latimer com firmeza. — Vamos chegar a Sófia tão cedo que nem me vou despir.

Apagou a luz principal do compartimento, deixando apenas a luz azul-escura de emergência e as pequenas luzes de leitura sobre as camas. De seguida, tirou um cobertor da cama e embrulhou-se nele.

O Sr. Peters assistiu aos preparativos de Latimer num silêncio pensativo. Começou então a despir-se, equilibrando-se habilmente entre os solavancos do comboio enquanto vestia o pijama. Por fim, subiu para a cama e permaneceu quieto por instantes, a respiração a assobiar pelas narinas. Depois, virou-se de lado, tateou à procura do livro e começou a ler. Latimer apagou a sua luz de leitura. Pouco depois, estava a dormir.

O comboio chegou à fronteira de madrugada e Latimer foi despertado pelo camareiro, que lhe pedia os documentos. O Sr. Peters ainda estava a ler. Os documentos dele já haviam sido examinados pelos revisores grego e búlgaro postados no corredor, pelo que Latimer não teve a possibilidade de descobrir a nacionalidade do cidadão do mundo. Um funcionário aduaneiro búlgaro meteu a cabeça no compartimento, franziu o sobrolho para as bagagens e foi-se embora. Pouco depois, o comboio atravessou a fronteira. Dormitando aos soluços, Latimer viu através das persianas a fina faixa do céu transformar-se em azul-preta e depois em cinzenta. A chegada a Sófia estava prevista para as sete. Quando, por fim, se levantou para se vestir e recolher os seus pertences, viu que o Sr. Peters apagara a luz de leitura e tinha os olhos fechados. Quando o comboio começou a chocalhar ao passar pela rede de agulhas dos arredores de Sófia, Latimer correu devagarinho a porta do compartimento.

O Sr. Peters mexeu-se e abriu os olhos.

— Peço desculpa — disse Latimer —, tentei não o acordar.

Na penumbra do compartimento, o sorriso do gordo pareceu uma careta de palhaço.

— Não se preocupe comigo — disse ele. — Não estava a dormir. Queria só dizer-lhe que o melhor hotel para ficar é o Slavyanska Beseda.

— É muito simpático da sua parte, mas fiz a reserva em Atenas, no Grand Palace. Foi-me recomendado. Conhece?

— Sim. Acho que é bastante bom — o comboio começou a abrandar. — Adeus, Sr. Latimer.

— Adeus.

Na pressa de tomar um banho e o pequeno-almoço, não ocorreu a Latimer questionar-se como teria o Sr. Peters descoberto o seu nome.

— 5 —

1923

Latimer refletira aturadamente sobre o problema que o aguardava em Sófia.

Em Esmirna e Atenas, tratara-se simplesmente de conseguir o acesso a registos. Qualquer detetive privado competente teria descoberto a mesma coisa. Mas, agora, a situação era diferente. Dimitrios teria, seguramente, cadastro em Sófia, mas, segundo o coronel Haki, a polícia búlgara sabia pouco sobre ele. Considerara-o aliás pouco importante, uma vez que só depois de ter recebido o pedido de informações do coronel se dera ao trabalho de obter a sua descrição junto da mulher com quem, sabia-se, mantivera contactos. Como é evidente, o interessante não seria o que constava do registo da polícia, mas sim o que *não* constava. Como referira o coronel, o que era importante saber acerca de um assassinato não era quem tinha disparado, mas sim quem pagara a bala. Quaisquer que fossem as informações na posse da polícia comum, teriam certamente utilidade, mas ter-se-iam centrado no disparo e não na compra da bala. A primeira coisa que Latimer tinha de descobrir era quem teria ganhado com a morte de Stamboliyski. Enquanto não estivesse na posse dessa informação básica, não valia a pena especular sobre o envolvimento de Dimitrios. O facto de essa informação, mesmo que Latimer a obtivesse, se poder vir a revelar completamente inútil para seja o que for que não um panfleto comunista era uma contingência que ele não estava, por enquanto, disposto a considerar. Latimer começava a gostar da sua experiência e não queria desistir facilmente. A coisa poderia não dar em nada, mas ele lutaria até ao fim.

Na tarde da chegada a Sófia, Latimer dirigiu-se à agência noticiosa francesa e entregou a sua carta de apresentação a Marukakis.

O grego era um homem moreno e magro, de meia-idade, com olhos inteligentes e algo bulbosos, e tinha o hábito de fechar os lábios no fim de uma frase, como que espantado com a sua própria indiscrição. Cumprimentou Latimer com a cortesia vigilante do negociador de uma trégua num conflito armado. Falou em francês.

— Que informações pretende, *monsieur*?

— Todas as que me puder dar acerca do caso Stamboliyski, em 1923.

Marukakis ergueu as sobrancelhas.

— Há tanto tempo? Vou ter de refrescar a memória. Não, não é incómodo nenhum. Ajudo-o com todo o gosto. Dê-me uma hora.

— Dá-me o prazer de jantar comigo hoje, no meu hotel?

— Onde está alojado?

— No Grand Palace.

— Podemos jantar melhor e mais barato. Se quiser, vou ter consigo às oito e levo-o a outro sítio. Combinado?

— Combinado.

— Ótimo. Às oito, então. *Au 'voir.*

Marukakis apareceu às oito em ponto e foi mostrando o caminho em silêncio pela Avenue Marie-Louise e pela Rue Alabinska acima, metendo por uma ruela lateral. A meio da ruela, havia uma mercearia. Marukakis parou. Parecia subitamente confrangido.

— Não tem grande aspeto — disse ele, com um ar de dúvida —, mas a comida por vezes é de primeira. Ou prefere ir a um sítio melhor?

— Não, não, fica ao seu critério.

Marukakis pareceu aliviado.

— Achei melhor perguntar-lhe — disse ele e empurrou a porta da mercearia. O sininho tocou musicalmente.

O interior estava tão atulhado de mercadorias que parecia pouco maior do que uma cabina telefónica. Em todos os lados, erguiam-se velhas prateleiras de pinho onde tinham sido enfiadas descuidadamente garrafas e mercearias de aspeto curioso. A engrinaldar as prateleiras e suspensas no teto como luxuriantes frutos exóticos havia salsichas de quase todos os tamanhos e cores imagináveis. No meio de tudo aquilo, encostada a uma muralha de sacas de farinha atrás da balança, uma mulher anafada amamentava um bebé. Ela sorriu e disse-lhes alguma coisa. Marukakis respondeu e, fazendo sinal a Latimer para o seguir, contornou uns potes com pepinos em conserva, baixou-se para passar por baixo de uma fiada de queijos de cabra e empurrou uma porta que dava para um corredor. No fim do corredor, ficava o restaurante.

Era pouco maior do que a mercearia, mas, por artes extraordinárias, tinham conseguido encaixar cinco mesas lá dentro. Duas estavam ocupadas por um grupo de homens e mulheres ruidosamente a comer sopa. Latimer e Marukakis sentaram-se na terceira. Um homem de bigode, em mangas de camisa e com um avental de baeta verde, dirigiu-se-lhes num búlgaro fluente.

— Acho que é melhor ser você a pedir — disse Latimer.

Marukakis disse algo ao empregado, que revirou o bigode e se foi embora gritando para uma abertura escura na parede que parecia a entrada para a adega. Ouviu-se uma voz abafada a aceitar o pedido. O homem regressou com uma garrafa e três copos.

— Pedi vodca — disse Marukakis. — Espero que goste.

— Muito.

— Ótimo.

O empregado encheu os três copos, pegou num, acenou na direção de Latimer, inclinou a cabeça para trás, emborcou a vodca e foi-se embora.

— *À votre santé* — disse educadamente Marukakis. — Bem — prosseguiu ele enquanto pousavam os copos —, agora que bebemos juntos e que somos camaradas, já posso ser franco — fechou os lábios e franziu o sobrolho. — Não suporto — explodiu ele subitamente — quando as pessoas não são francas comigo. Sou grego e os gregos sabem detetar mentiras. É por isso que os empresários gregos têm tanto sucesso na França e na Inglaterra. Quando li a carta que o senhor me entregou, cheirou-me a mentira. Mas não foi só uma mentira. Dizer que a informação que o senhor procura pode ser usada num *roman policier* é um insulto à inteligência.

— Peço desculpa — disse Latimer, pouco à vontade. — A verdadeira razão pela qual quero estas informações é tão peculiar que hesitei em expressá-la.

— A última pessoa à qual dei informações desta forma — disse Marukakis friamente — estava a escrever um guia sobre política europeia *à l'Américaine*. Quando o li, fiquei doente uma semana. Não doente do corpo, compreende-me, mas da cabeça. Eu respeito muito os factos e aquele livro custou-me muito.

— Eu não estou a escrever nenhum livro.

Marukakis sorriu.

— Os ingleses são tão inibidos. Olhe, faço um negócio consigo: dou-lhe as informações e o senhor explica-me a sua razão peculiar. Pode ser assim?

— Pode.

— Muito bem, então.

Serviram-lhes sopa. Era espessa e muito condimentada, misturada com natas ácidas. Enquanto comiam, Marukakis começou a falar.

Numa civilização moribunda, o prestígio político não recompensa quem tenha os mais perspicazes dotes de diagnóstico, mas sim o homem com as melhores maneiras na sua relação com os outros. É a condecoração que a ignorância atribui à mediocridade. Contudo, resta ainda um tipo de prestígio político que pode ser usado com alguma dignidade patética: é o conferido ao líder liberal de um partido de extremistas doutrinários antagónicos. A sua dignidade é a de todos os homens condenados: quer os extremos se destruam mutuamente ou um saia vencedor, ele está condenado a sofrer o ódio do povo ou a morrer como um mártir.

Foi o que aconteceu com o Sr. Stamboliyski, líder da União Agrária, primeiro-ministro e ministro dos Negócios Estrangeiros. A União

Agrária, confrontada com uma reação organizada, foi imobilizada e manietada pelas suas disputas internas. Morreu sem disparar um tiro para se defender.

O fim começou pouco depois de Stamboliyski regressar a Sófia, no princípio de janeiro de 1922, vindo da Conferência de Lausana.

No dia 23 de janeiro, o governo jugoslavo (na altura, sérvio) protestou oficialmente junto de Sófia contra uma série de incursões armadas levadas a cabo por *comitadji*, milícias revolucionárias búlgaras, na fronteira jugoslava. Dias depois, em 5 de fevereiro, durante um espectáculo de comemoração da fundação do Teatro Nacional, em Sófia, que contou com a presença do rei e das princesas, foi lançada uma bomba para o camarote ocupado por vários ministros. A bomba explodiu. Várias pessoas ficaram feridas.

Os autores e os objetivos destes ultrajes foram desde logo evidentes.

Desde a primeira hora, a política de Stamboliyski em relação à Jugoslávia fora de apaziguamento e conciliação. As relações entre os dois países estavam a melhorar rapidamente, mas os autonomistas macedónios, representados pelo famigerado Comité Revolucionário Secreto da Macedónia, que operava na Jugoslávia e na Bulgária, eram contra. Os macedónios, receando que as relações amigáveis entre os dois países levassem a uma ação concertada contra eles, trataram de envenenar sistematicamente a relação e de destruir o seu inimigo, Stamboliyski. Os ataques das *comitadji* e o incidente no teatro inauguraram um período de terrorismo organizado.

No dia 8 de março, Stamboliyski jogou o seu trunfo: anunciou a dissolução da Assembleia Nacional para o dia 13 e a realização de eleições em abril.

Era um desastre para os partidos reacionários. A Bulgária prosperava com o governo liderado pela União Agrária. Stamboliyski tinha o apoio inequívoco dos camponeses e as eleições consolidariam a sua posição. De repente, o financiamento do Comité Revolucionário Secreto da Macedónia aumentou.

Quase imediatamente, houve uma tentativa de assassinato de Stamboliyski e do ministro dos Caminhos de Ferro, Atanazov, em

Haskovo, na fronteira com a Trácia. O atentado foi frustrado apenas no último momento. Vários oficiais da polícia responsáveis pela repressão das atividades das *comitadji*, incluindo o prefeito de Petrich, foram ameaçados de morte. Perante estas ameaças, as eleições foram adiadas.

Seguidamente, no dia 4 de junho, a polícia de Sófia descobriu uma conspiração para assassinar Stamboliyski, Muraviev, o ministro da Guerra, e Stoyanov, o ministro do Interior. Um jovem oficial do exército, que se acreditava ter sido incumbido do assassinato de Stoyanov, foi morto pela polícia durante um tiroteio. Sabia-se que tinham chegado a Sófia outros jovens oficiais, também às ordens do comité terrorista, e foram desencadeadas buscas para os encontrar. A polícia começou a perder o controlo da situação.

Teria sido o momento para a União Agrária agir, armar os camponeses. Mas não o fez. Ao invés, continuou com as politiquices internas. Para eles, o inimigo era o Comité Revolucionário da Macedónia, um gangue terrorista, uma pequena organização totalmente incapaz de derrubar um governo entrincheirado em centenas de milhares de votos dos camponeses. Não perceberam que as atividades do Comité não passavam de uma cortina de fumo atrás da qual os partidos reacionários vinham preparando solidamente a sua ofensiva. Não tardaram a pagar pela sua falta de perspicácia.

No dia 8 de junho, à meia-noite, reinava a calma. Às quatro da manhã do dia 9, todos os membros do governo de Stamboliyski, com exceção do próprio, estavam na cadeia e fora declarada a lei marcial. Os líderes do golpe de Estado foram os reacionários Tsankov e Rusev, sem que nenhum tivesse ligações ao Comité da Macedónia.

Stamboliyski tentou mobilizar os camponeses em sua defesa, mas era tarde demais. Semanas depois, foi cercado com alguns apoiantes numa casa de campo a centenas de quilómetros de Sófia, e capturado. Pouco depois, em circunstâncias ainda hoje obscuras, foi morto a tiro.

* * *

Foi assim, ao ouvir Marukakis, que Latimer foi organizando os factos na sua cabeça. O grego era uma matraca e, quando via uma oportunidade, passava dos factos à teoria revolucionária. Latimer ia no terceiro copo de chá quando o relato terminou.

Permaneceu em silêncio uns instantes. Por fim, perguntou:

— Sabe quem financiou o Comité?

Marukakis sorriu.

— Pouco depois, começaram a circular boatos. Foram avançadas muitas explicações, mas, na minha opinião, a mais razoável (aliás, a única para a qual consegui encontrar provas) é o dinheiro ter sido avançado pelo banco onde estavam depositados os fundos do Comité, o Banco de Crédito Euroasiático.

— Está a dizer que o banco avançou o dinheiro em nome de terceiros?

— Não, não estou a dizer isso. O banco avançou o dinheiro por iniciativa própria. Por acaso descobri que o banco tinha sido duramente afetado pela valorização do Lev durante o governo de Stamboliyski. No princípio de 1923, antes de a turbulência começar a sério, o valor do Lev duplicou em dois meses. Passou de 800 para 400 em relação à libra esterlina. Se quiser, posso procurar os números. Quem estivesse a vender o Lev a três meses ou mais, a contar com uma queda, enfrentaria perdas colossais. O Banco de Crédito Euroasiático não era, nem é, o género de banco que aceitasse este tipo de perdas.

— Que tipo de banco é?

— Está registado no Mónaco, o que significa que não só não paga impostos nos países em que opera, como não publica as suas contas, logo, é impossível descobrir seja o que for sobre o banco. Há muitos bancos assim na Europa. Este tem a sede em Paris, mas opera nos Balcãs. Entre outras coisas, financia a produção clandestina de heroína na Bulgária para exportação ilícita.

— Acha que o banco financiou o golpe de Estado de Tsankov?

— É possível. No mínimo, financiou as condições que possibilitaram o golpe. Toda a gente sabia que o atentado contra Stamboliyski e Atanazov em Haskovo foi obra de atiradores estrangeiros importados e pagos por alguém, especialmente para o efeito. E muita gente também disse que, apesar de todas as conversas e ameaças, a agitação teria amainado se não fossem os *agents provocateurs* estrangeiros.

Era melhor do que Latimer esperara.

— Haverá alguma possibilidade de se obter pormenores sobre o atentado de Haskovo?

Marukakis encolheu os ombros.

— Foi há mais de vinte anos. É possível que a polícia lhe diga alguma coisa, mas duvido. Se eu soubesse o que o senhor pretende saber...

Latimer tomou uma decisão.

— Muito bem, eu disse que lhe explicaria o motivo pelo qual pretendo obter estas informações, e vou fazê-lo — Latimer prosseguiu apressadamente. — Há algumas semanas, em Istambul, almocei com um homem que, por acaso, era o chefe da polícia secreta turca. Tinha interesse em livros policiais e queria que eu usasse um enredo da sua autoria. Estávamos nós a discutir os méritos de assassinos reais e ficcionais quando, para sustentar a sua opinião, me leu o dossiê de um homem chamado Dimitrios Makropoulos ou Dimitrios Talat. Era um patifório e um assassino da pior espécie. Assassinou um homem em Esmirna, mas fez com que outro fosse parar à forca por ele. Esteve envolvido em três tentativas de homicídio, incluindo a de Stamboliyski. Foi espião por conta da França e chefe de um bando de traficantes de droga em Paris. Na véspera de eu ouvir falar dele, foi encontrado a boiar no Bósforo. Tinha sido morto com uma facada na barriga. Não sei porquê, mas fiquei com curiosidade de o ver e convenci o coronel a deixar que o acompanhasse até à morgue. O Dimitrios estava deitado em cima de uma mesa, com a roupa amontoada ao lado dele.

«Talvez tenha sido por eu ter almoçado bem e estar a sentir-me meio estúpido, mas de repente tive o desejo bizarro de saber mais acerca do Dimitrios. Como sabe, eu escrevo livros policiais. Disse para comigo que se, uma vez na vida, eu tentasse conduzir uma investigação a sério, em vez de apenas escrever acerca de outros que o fazem, talvez obtivesse alguns resultados interessantes. A minha ideia foi tentar preencher algumas das lacunas do dossiê. Mas foi apenas uma desculpa. Eu não quis admitir a mim próprio na altura que o meu interesse não tinha nada que ver com trabalho de detetive. Não é fácil de explicar, mas agora percebo que a minha curiosidade acerca do Dimitrios é mais a do biógrafo do que a do detetive. E também houve um elemento emocional. Eu quis explicar o Dimitrios, justificá-lo, compreender a sua mente. Não bastava pôr-lhe um rótulo negativo. Não o vi como um cadáver numa morgue, mas sim como um homem, não como um caso isolado, um fenómeno, mas como um elemento de um sistema social em desintegração.»

Latimer fez uma pausa.

— Bem, é isto, Marukakis! É por isto que estou em Sófia e a tomar o seu tempo com perguntas sobre coisas que aconteceram há quinze anos. Estou a reunir material para uma biografia que nunca será escrita, quando devia estar a escrever um policial. Se a mim me soa improvável, a si deve soar-lhe fantástico. Mas é a minha explicação.

Recostou-se na cadeira, sentindo-se tolo. Teria sido melhor contar uma mentira bem pensada.

Marukakis ouvira tudo de olhos postos no chá. Agora, levantou a cabeça.

— E qual é a explicação pessoal para o seu interesse nesse Dimitrios?

— Acabei de lhe dizer.

— Não. Acho que não. Você está a enganar-se a si próprio. *Au fond*, espera que, racionalizando o Dimitrios, explicando-o, consiga também explicar o tal sistema social em desintegração a que se referiu.

— Isso é uma observação bastante engenhosa, mas, e não me leve a mal, um tanto ou quanto simplista. Acho que não a posso aceitar.

Marukakis encolheu os ombros.

— É a minha opinião.

— Fico muito contente por acreditar em mim.

— Porque não? É uma história demasiado absurda para não ser credível. Que sabe sobre as atividades do Dimitrios na Bulgária?

— Muito pouco. Segundo me disseram, agiu como intermediário no atentado contra o Stamboliyski, isto é, não existem provas de que fosse ele pessoalmente a disparar. Fugiu de Atenas, procurado pela polícia por roubo e tentativa de homicídio, no fim de novembro de 1922. Isto descobri eu. E julgo também que chegou à Bulgária por mar. Era conhecido da polícia de Sófia. Sei isto porque, em 1924, a polícia secreta turca pediu informações sobre ele no âmbito de outro caso. A polícia búlgara interrogou uma mulher que se sabia ter mantido contactos com ele.

— Se ela estivesse viva e ainda residisse aqui, seria interessante falar com ela.

— Seria. Eu encontrei o rasto do Dimitrios em Esmirna e em Atenas, onde ele se apresentou com o nome Taladis, mas até agora não falei com ninguém que o tivesse visto com vida. Infelizmente, nem sequer sei o nome da mulher.

— Deve constar do registo da polícia. Se quiser, posso investigar.

— Não lhe posso pedir tanto incómodo. Eu não me importo de perder o meu tempo a ler documentos policiais, nada me impede de o fazer, mas não há motivo para desperdiçar também o seu tempo.

— Há muitas coisas que lhe evitam que perca tempo a ler documentos policiais. Primeiro, o senhor não sabe búlgaro; segundo, a polícia iria colocar-lhe dificuldades. Eu sou, valha-me Deus!, um jornalista acreditado que trabalha para uma agência noticiosa francesa. Tenho alguns privilégios. Além disso — sorriu ele —, por mais absurda que seja, a sua investigação deixou-me intrigado. O elemento barroco dos assuntos humanos é sempre interessante, não acha?

Marukakis olhou em redor. O restaurante estava vazio. O empregado estava sentado, a dormir, com os pés em cima de uma mesa. Marukakis suspirou.

— Vamos ter de acordar o desgraçado para lhe pagar.

No seu terceiro dia em Sófia, Latimer recebeu uma carta de Marukakis.

Passara o tempo de forma agradável. Vira fotografias e a estátua de Alexandre II, frequentara cafés e deambulara pelas ruas, subira à montanha de Sófia, Vitocha, fora ao teatro e ao cinema, onde vira um filme alemão legendado em búlgaro. Forçara-se a pensar muito pouco em Dimitrios e muito no novo livro que tinha de escrever, mas ficara levemente irritado por a primeira intenção se ter revelado mais difícil de cumprir do que a segunda.

E a carta de Marukakis tirou-lhe completamente o novo livro da cabeça.

Meu caro Sr. Latimer, [escreveu em francês]

Tal como prometi, anexo uma súmula de todas as informações existentes acerca de Dimitrios Makropoulos que consegui obter da polícia. Não são, como verá, completas. O que é interessante, não acha?! Só saberei se poderemos encontrar a mulher ou não depois de fazer amizade com mais alguns polícias. Podemos encontrar-nos amanhã?

Com elevada estima,

N. Marukakis

A súmula anexada continha:

ARQUIVO DA POLÍCIA, SÓFIA 1922–1924

Dimitrios Makropoulos. *Nacionalidade*: Grega. *Local de nascimento*: Salónica. *Data*: 1889. *Profissão*: Descrito como embalador de figos. *Entrada*: Varna, 22 de dezembro de 1922, no navio italiano *Isola Bella*. *Passaporte ou Bilhete de Identidade*: Bilhete de Identidade N.º T53462 emitido pela Comissão de Socorro.

Aquando da inspeção policial dos documentos, no Café Spetzi, na Rua Perotska, em Sófia, em 6 de junho de 1923, o indivíduo estava na companhia de uma mulher chamada Irana Preveza, uma grega nascida na Bulgária. D. M. tem ligações conhecidas a criminosos estrangeiros. Designado para deportação em 7 de junho de 1923. Libertado a pedido e com garantias de A. Vazov, 7 de junho de 1923.

Em setembro de 1924, foi recebido, das autoridades turcas, um pedido de informações sobre um embalador de figos chamado «Dimitrios», procurado por homicídio. As informações solicitadas foram fornecidas um mês depois. Irana Preveza, ao ser interrogada, disse que tinha recebido uma carta de Makropoulos, enviada de Edirne, e fez a seguinte descrição:

Altura: 1,82 m. *Olhos*: castanhos. *Compleição*: moreno, sem barba. *Cabelo*: escuro e liso. *Sinais especiais*: nenhum.

No fim da súmula, havia uma nota manuscrita de Marukakis:

N. B.: Este é apenas um dossiê normal da polícia. Existe uma referência a um segundo dossiê secreto, mas é de acesso restrito.

Latimer suspirou. De certeza que o segundo dossiê continha os pormenores do envolvimento de Dimitrios nos acontecimentos de 1923. Era óbvio que as autoridades búlgaras sabiam mais acerca de Dimitrios do que estavam dispostas a partilhar com a polícia turca. Saber da existência dessas informações, mas não lhes poder aceder, era muitíssimo irritante.

Contudo, as informações disponíveis davam muito que pensar. O detalhe evidentemente com mais interesse era que a bordo do navio italiano *Isola Bella*, em dezembro de 1922, entre o Pireu e Varna, no mar Negro, o bilhete de identidade n.º T53462, emitido pela Comissão de Socorro, fora modificado: «Dimitrios Taladis» transformara-se em «Dimitrios Makropoulos». Ou Dimitrios adquirira talento para a falsificação, ou conhecera e pagara a alguém com esse talento.

Irana Preveza! Uma pista real e que devia ser seguida com todo o cuidado. Se ela ainda fosse viva, haveria certamente forma de a encontrar. Mas, por enquanto, essa tarefa teria de ser deixada ao cuidado de Marukakis. E, já agora, o facto de ela ser grega talvez indicasse que Dimitrios provavelmente não falava búlgaro.

«Ligações conhecidas a criminosos estrangeiros» era bastante vago. Que tipo de criminosos? De que nacionalidade? Que tipo de ligações? E porque o haviam tentado deportar dois dias apenas antes do golpe de Estado de Tsankov? Será que Dimitrios foi um dos suspeitos procurados pela polícia búlgara naquela semana crítica? O coronel Haki ridicularizara a ideia de Dimitrios ser, de todo, um assassino. «A laia dele nunca arrisca a pele assim.» Mas o coronel Haki não sabia tudo sobre Dimitrios. E quem seria o generoso A. Vazov que tinha pronta e eficazmente intervindo em prol de Dimitrios? As respostas a estas perguntas estariam seguramente no dossiê secreto. Que irritação!

A descrição, como acontece com a maior parte das descrições condensadas, podia encaixar-se em dezenas de milhares de homens. Para a maioria das pessoas, o reconhecimento, mesmo de alguém íntimo, assentava na perceção de qualidades vagas e semiobservadas que, no seu conjunto, resultavam numa caricatura que dizia mais do observador do que do observado. Um homem baixo, ciente da sua pequenez, descreveria como alto alguém de tamanho mediano. Este tipo de caricatura era suficiente nas vidas comuns de amor e ódio e para fazer o percurso do berço ao túmulo com o menor desconforto possível, mas Latimer precisava de mais. Precisava de um retrato de Dimitrios, um retrato feito por um artista, uma disposição de linhas características que, por alquimia, estivessem imbuídas do espírito do retratado. E se esse retrato não estivesse disponível, Latimer teria de fazer ele próprio um retrato de Dimitrios a partir das pinceladas toscas que encontrasse em dossiês policiais, sobrepondo-as na esperança de duas dimensões se tornarem três. Por exemplo, o negro, com medo, fizera uma descrição com algum significado. Mas não havia nada na descrição da mulher que acrescentasse algo às suas vagas pinceladas. Talvez a polícia a tivesse intimidado. «*Nada de mentiras! Descreve-o. Que altura tem? Qual é a cor dos olhos? Do cabelo? Tu conhece-lo bem. Nós sabemos. É melhor seres sincera connosco...*» E assim por diante.

De qualquer modo, era estranho que a polícia, estando na posse do segundo dossiê, não tivesse outra descrição nem uma fotografia. Dimitrios estivera preso, talvez durante horas, até ser sido salvo por A. Vazov.

E havia outra coisa estranha. Como podia a mulher saber a sua altura ao centímetro? Não era coisa que se soubesse, mesmo em relação aos amigos mais íntimos. Aliás, muitas vezes, nem em relação a nós próprios.

Uma ideia começou a formar-se na mente de Latimer. E se o truquezinho do coronel Haki para obter informações sobre Dimitrios (e sobre a conspiração para assassinar Ataturk), sem que aparentasse fazê-lo, não tivesse tido tanto êxito como ele julgara? Suponhamos que as autoridades búlgaras tinham percebido a esperteza. Segundo o coronel, a polícia de Sófia sabia muito pouca coisa sobre Dimitrios, mas a existência do segundo dossiê indicava que sabia muito e que não estava interessada em partilhá-lo com o coronel.

Mas, nesse caso, porque lhe tinham fornecido informações? Havia uma dezena de maneiras de descartar o pedido de informações do coronel. Uma declaração pesarosa dizendo que desconheciam Dimitrios teria sido a mais simples. Latimer recordou-se então de uma expressão do coronel Haki: «indivíduos que estavam nas boas graças de um governo vizinho amistoso». Ora se assim fosse, não estaria um «governo vizinho amistoso» interessado em parecer prestável em tais circunstâncias? Não era irrazoável supor que sim. E se se substituísse «indivíduos que estavam nas boas graças» por «Banco de Crédito Euroasiático e A. Vazov», a coisa começava a ficar interessante. Talvez as mesmas pessoas que queriam Stamboliyski morto também tivessem «bons motivos para quererem Ataturk fora do caminho». Talvez Dimitrios...

Latimer encolheu os ombros. Não passavam de suposições fantásticas. Sem o dossiê inacessível, não havia maneira, não podia haver maneira, de provar nada. Latimer regressou relutantemente ao seu novo livro.

Latimer enviou uma missiva a Marukakis e, na manhã seguinte, recebeu um telefonema. Combinaram jantar novamente nesse dia.

— Conseguiu mais algum progresso com a polícia?

— Sim. Conto-lhe tudo ao jantar. Até logo.

Quando chegou o final do dia, Latimer sentia-se como quando, noutros tempos, esperava resultados de exames: um pouco excitado, um pouco apreensivo e muito irritado com a demora decorosa na divulgação de informações que existiam há dias. Latimer dirigiu um sorriso algo amargo a Marukakis.

— É realmente muito simpático da sua parte dar-se a tanto trabalho.

Marukakis brandiu uma mão.

— Não diga disparates, meu caro amigo. Eu disse-lhe que estava interessado. Vamos outra vez à mercearia? Podemos falar mais à vontade.

Dali até ao fim da refeição, Marukakis falou incessantemente sobre a posição dos países escandinavos na eventualidade de uma grande guerra na Europa. Latimer começou a sentir-se tão sinistro como um dos assassinos dos seus livros.

— E agora — disse finalmente o grego — a propósito do seu Dimitrios, hoje vamos dar um passeiozinho.

— Como assim?

— Eu disse que me ia tornar amigo de alguns polícias, e assim fiz. Por conseguinte, descobri o paradeiro da Irana Preveza. Não foi muito difícil. Vai-se a ver, ela é bastante conhecida... da polícia.

O coração de Latimer começou a bater mais depressa.

— Onde está ela?

— A uns cinco minutos a pé daqui. É dona de um *Nachtlokal* chamado La Vièrge Sainte-Marie.

— *Nachtlokal*?

Marukakis sorriu.

— Chame-lhe clube noturno.

— Percebo.

— Ela não foi sempre proprietária de um estabelecimento. Trabalhou muitos anos por conta própria ou noutras casas. Mas ficou velha. Tinha dinheiro de lado e abriu o seu próprio negócio. Tem uns cinquenta, mas parece mais nova. A polícia gosta muito dela. Só se levanta às dez da noite, por isso vamos ter de esperar um bocadinho antes de tentarmos falar com ela. Leu a descrição que ela fez do Dimitrios? Nenhum sinal especial! Deu-me vontade de rir.

— Por acaso ocorreu-lhe questionar como é que ela sabia a altura exata dele?

Marukakis franziu o sobrolho.

— Não, porquê?

— Poucas pessoas sabem a altura exata que têm.

— Em que está a pensar?

— Acho que a descrição veio do segundo dossiê que você mencionou, e não da mulher.

— E?

— Um momento. Sabe quem é A. Vazov?

— Ia dizer-lhe. Fiz a mesma pergunta. Era um advogado.

— Era?

— Morreu há três anos. Deixou muito dinheiro. Foi reclamado por um sobrinho que vive em Bucareste. Ele não tinha parentes aqui. Em que está a pensar?

Latimer expôs a sua teoria de forma quase apologética.

Marukakis franziu o sobrolho.

— Talvez tenha razão — disse ele quando Latimer terminou. — Não sei. Tal como diz, não há forma de provar isso. O Ataturk foi sempre contra os financeiros, em especial os internacionais. Desconfiava deles, e com razão. Durante anos, não aceitou nenhum empréstimo do estrangeiro e isso, para um financeiro, é como uma bofetada. Não esteja tão nervoso em relação à sua ideia, meu amigo. É boa. As grandes empresas internacionais já fizeram outras revoluções para salvaguardarem os seus interesses. Já o fizeram em tempos, como Necker fez a Revolução Francesa, em nome da Liberdade, da Igualdade e da Fraternidade. Agora, com o combate ao socialismo, fazem-nas em nome da Lei, da Ordem e das Finanças Sãs. Assassinatos? Sim, se forem bons para o negócio. Não em Paris, é claro, nem em Londres ou Nova Iorque. Nem pensar! E o assassino não se vai esgueirar de uma reunião da administração. O método é simples. Alguém diz «Era tão bom que o fulano tal e tal, esse velhaco, essa influência disruptiva, essa ameaça à paz e à prosperidade, desaparecesse». Mais nada. Um desejo expressado. Mas, meu amigo, é expressado para ser ouvido por um homem cujo trabalho é ouvir estas coisas e tomar nota delas, dar instruções e assumir a responsabilidade por elas, e garantir os fins sem nunca falar nos meios. O seu financeiro internacional precisa de sorte e, quando o Destino é algo esquecido, há que lhe dar um toque.

— E quem faz isso é o Dimitrios?

— Não, não me parece. O tocador-mor é um homem importante. Conhece toda a gente que interessa. É um tipo educado, com uma linda mulher e rendimentos provenientes das melhores ações da Bolsa. De vez em quando, ausenta-se por causa de uns negócios vagos e os amigos são demasiado educados para lhe fazerem perguntas. Tem uma ou duas condecorações estrangeiras que usa nas receções diplomáticas mais úteis — a voz do grego tornou-se áspera. — Mas também conhece gente como o Dimitrios, a classe perigosa, os oportunistas políticos, os corruptos e os infiltrados, a escumalha social, a massa que apodrece passivamente, expelida pelas camadas mais baixas de uma sociedade antiga. Ele não tem convicções políticas. Para ele, o único nexo entre os homens é o interesse próprio puro e duro. Acredita na sobrevivência dos mais fortes e no evangelho do vale tudo porque ganha dinheiro a garantir que os fracos morrem antes de se tornarem fortes e que a lei da selva continua a ser a força que rege os assuntos do mundo. E é omnipresente. É conhecido em todas as cidades do mundo. Existe porque as grandes empresas, que são os seus amos, precisam dele. As grandes empresas internacionais podem até funcionar com bocados de papel, mas a tinta usada é o *sangue*!

Ao pronunciar a última palavra, bateu com toda a força na mesa. Latimer, que enquanto inglês nunca conseguia ultrapassar a sua antipatia pela retórica dos outros, estivera a olhar para o prato, mas levantou a cabeça. Durante um momento, pensou em mencionar que reconhecera uma ou duas frases do *Manifesto Comunista*, mas optou por não o fazer. Afinal de contas, o grego estava a ser muito prestável.

— Isso é bastante rebuscado — observou ele. — Não acha que está a exagerar um bocadinho?

Por momentos, Marukakis lançou a Latimer um olhar furioso, mas depois, subitamente, sorriu.

— É claro que estou a exagerar. Mas às vezes é bom falar com cores primárias, mesmo quando se pensa em cinzento. Mas olhe que não exagerei tanto quanto julga. Há gente assim.

— Ai há?

— Um deles pertencia ao conselho de administração do Banco de Crédito Euroasiático. Chamava-se Anton Vazov.

— Vazov!

O grego soltou um risinho deliciado.

— Estava a guardar isso como surpresa para mais tarde, mas pronto... Descobri no arquivo. O Banco de Crédito Euroasiático só foi registado no Mónaco em 1926. A lista de administradores antes dessa data ainda existe e pode ser consultada, basta saber onde.

— Mas — gaguejou Latimer — isso é importantíssimo. Não percebe que...

Marukakis interrompeu-o, pedindo a conta. Depois, olhou matreiramente para ele.

— Sabe uma coisa, vocês, ingleses, são o máximo. São a única nação do mundo que julga que tem o monopólio do senso comum.

— 6 —

Carte postale

O La Vièrge Sainte-Marie situava-se, numa lógica algo sórdida, numa rua residencial atrás da catedral de Sveta Nedelia. Era uma rua estreita, inclinada e mal iluminada. Num primeiro momento, parecia estranhamente silenciosa. Mas, atrás do silêncio, havia sussurros de música e de risos, sussurros esses que irrompiam subitamente quando se abria uma porta e que se abafavam quando esta se fechava novamente. Dois homens saíram de uma porta mesmo em frente, acenderam um cigarro e afastaram-se rapidamente. Outros passos se aproximaram, estacando assim que a pessoa entrou numa das casas.

— Ainda não há muita gente — disse Marukakis. — É cedo.

A maior parte das portas tinha painéis de vidro translúcido que permitiam descortinar uma luz ténue. Alguns tinham pintado o número da casa; na verdade, pintado de forma mais rebuscada do que seria necessário para fins mais corriqueiros. Noutras portas, viam--se nomes: Wonderbar, OK, Jymmies Bar, Stambul, Torquemada, Vitocha, Le Viol de Lucrèce e, mais acima na encosta, La Vièrge Sainte-Marie.

Ficaram um momento na rua. A porta tinha um ar menos desleixado do que algumas das outras. Latimer certificou-se de que tinha a carteira bem guardada no bolso, e Marukakis abriu a porta e entrou à frente. Algures lá dentro, um grupo de acordeonistas tocava um *pasodoble*. Estavam num corredor estreito entre paredes vermelhas irregularmente pintadas a têmpera. O chão era alcatifado. À sua frente, no fim do corredor, havia um pequeno *vestiaire*. Quando entraram, estava vazio, com exceção de alguns chapéus e casacos, mas agora um homem pálido de casaco branco postou-se atrás do balcão e ofereceu-lhes um sorriso de boas-vindas. Disse *Bonsoir, messieurs*, guardou os seus chapéus e os casacos e, com um gesto floreado, indicou-lhes uma escada que descia à direita, na direção da música, com um letreiro que dizia BAR – DANÇA – CABARÉ.

Desembocaram numa sala de teto baixo, com cerca de nove metros quadrados. A intervalos regulares, ao longo das paredes azul-claras, viam-se espelhos ovais sustentados por querubins de *papier-mâché*. Os espaços entre os espelhos estavam decorados ao acaso com imagens altamente estilizadas, pintadas nas paredes, de homens de cabelo grisalho, monóculos e de tronco nu, e de mulheres com roupas justas e meias aos quadrados. Num canto da sala, havia um bar minúsculo; no canto oposto, ficava a plataforma onde estava sentada a orquestra — quatro negros apáticos com blusas «argentinas» brancas. Ao seu lado, havia uma porta com uma cortina de veludo azul. O espaço restante junto às paredes estava ocupado por pequenos cubículos que davam pelo ombro das pessoas sentadas no interior. Mais algumas mesas tomaram posse da pista de dança, ao centro.

Quando entraram, havia umas doze pessoas sentadas nos cubículos. A banda continuava a tocar e duas raparigas que pareciam pertencer ao elenco das variedades dançavam juntas compenetradamente.

— Ainda é cedo — repetiu Marukakis, desiludido. — Mas não tarda vai animar.

Um empregado conduziu-os a um dos cubículos e desapareceu à pressa, reaparecendo pouco depois com uma garrafa de champanhe.

— Tem bastante dinheiro consigo? — murmurou Marukakis. — Este veneno vai custar 200 *leva*... no mínimo.

Latimer assentiu. Duzentos *leva* eram mais ou menos dez xelins.

A banda parou. As duas raparigas pararam de dançar e uma delas olhou para Latimer. Dirigiram-se ao cubículo e sorriram. Marukakis disse alguma coisa. Sempre a sorrir, elas encolheram os ombros e foram-se embora. Marukakis olhou hesitantemente para Latimer.

— Disse que tínhamos coisas para falar, mas que mais tarde lhes faríamos companhia. Mas se você não estiver para isso…

— Não estou — disse Latimer firmemente e arrepiou-se enquanto bebia um gole de champanhe.

Marukakis suspirou.

— É pena. Já que vamos pagar o champanhe, ao menos, alguém que o beba.

— Onde está a Preveza?

— Penso que deve estar a descer. Como é evidente — acrescentou ele pensativamente —, também podíamos ir lá acima ter com ela — Marukakis olhou pronunciadamente para o teto. — Este lugar é bastante refinado. Tem tudo um ar muito discreto.

— Se ela está quase a descer, não faz sentido irmos lá acima — Latimer sentiu-se como um pedante implacável e desejou que o champanhe fosse bebível.

— Pois é — disse Marukakis, com um ar carrancudo.

Foi no entanto preciso passar-se hora e meia para que a proprietária do La Vièrge Sainte-Marie fizesse a sua aparição. Entretanto, é verdade que o ambiente ficou mais animado. Chegaram mais pessoas, na maioria homens, embora com uma ou duas mulheres de aspeto peculiar. Um homem, obviamente chulo, com um ar muito sóbrio, entrou com dois alemães aparentemente muito ébrios, possivelmente homens de negócios que andavam na pândega. Dois jovens de aspeto bastante sinistro sentaram-se e pediram água mineral. Havia muitas idas e vindas através da porta com a cortina de veludo. Todos os cubículos estavam ocupados e foram instaladas mais mesas na pista de dança, que se tornou rapidamente uma massa congestionada de casais suados e oscilantes. Naquele momento, no entanto, a pista fora desocupada e algumas raparigas que haviam desaparecido minutos antes para trocar a roupa por um ou dois ramos de prímulas artificiais e uma grande quantidade de bronzeador executaram uma pequena dança. Seguiu-se um jovem vestido de mulher que interpretou canções em alemão, e depois as raparigas reapareceram — sem as prímulas — e dançaram outra vez. Foi o fim das variedades e o público encheu novamente a pista de dança. O ambiente adensou-se e tornou-se cada vez mais quente.

Com o seu olhar perspicaz, Latimer observava indolentemente um dos jovens sinistros enquanto oferecia ao outro uma pitada de algo que talvez fosse rapé, mas que não era, e interrogava-se se devia tentar novamente dessedentar-se com o champanhe, quando Marukakis lhe tocou no braço.

— Deve ser ela — disse.

Latimer olhou para o fundo da sala. Por instantes, um casal que dançava no canto oposto da pista obstruiu-lhe a vista; mas quando se moveu alguns centímetros, ele viu-a de pé, imóvel, junto à porta da cortina de veludo pela qual entrara.

Ela tinha aquele ar estranhamente desalinhado que não se disfarça com roupa de qualidade, um penteado elegante e uma maquilhagem hábil. Tinha uma figura cheia, mas interessante, e uma boa postura; o vestido era provavelmente caro, e o cabelo, denso e escuro, parecia ter estado nas últimas duas horas ao cuidado de um cabeleireiro. Mas ela era irremediavelmente uma mulher promíscua. Tinha algo de temporário, um ar de animação suspensa. Parecia que, a qualquer momento, o cabelo se despentearia e o vestido deslizaria negligentemente de um ombro macio e cremoso, e a mão com o anel de diamantes, que agora pendia ao lado do corpo, levantar-se-ia para ajustar a alça de seda cor-de-rosa e alisar abstraidamente o cabelo. Via-se tudo isto nos seus olhos negros. A boca era firme e bem-humorada no meio da carne solta avermelhada que a rodeava, mas os olhos estavam húmidos de sonolência e com o descuido do sono. Levavam-nos a pensar em coisas esquecidas, em feias e velhas cadeiras douradas de hotel com roupas amontoadas, na luz cinzenta da alvorada a esgueirar-se pelas persianas fechadas, em essência de rosas e no odor bolorento de pesados cortinados em argolas de latão, no som da respiração quente e lenta de alguém adormecido contra o tiquetaque de fundo de um relógio na escuridão. Mas agora esses olhos estavam abertos e vigilantes, perscrutando tudo à sua volta, enquanto a boca sorria num cumprimento além e acolá. Latimer observava-a quando ela, de repente, se virou e se dirigiu ao bar.

Marukakis chamou o empregado e disse-lhe alguma coisa. O homem hesitou, mas depois assentiu. Latimer viu-o abrir caminho até ao local onde a Madame Preveza estava a falar com um homem gordo que tinha o braço à volta da cintura de uma das meninas das variedades. O empregado sussurrou algo. A Madame Preveza parou de falar e olhou para ele. O empregado apontou para Latimer e Marukakis e, por momentos, os olhos dela fixaram-se neles com indiferença. Depois, voltou-se, disse uma palavra ao empregado e retomou a conversa.

— Ela vem já — disse Marukakis.

Pouco depois, ela deixou o gordo e prosseguiu a sua ronda pela sala, assentindo e sorrindo indulgentemente. Por fim, chegou à mesa deles. Involuntariamente, Latimer pôs-se de pé. Os olhos dela estudaram o seu rosto.

— Queriam falar comigo, *messieurs*? — a sua voz era rouca, um pouco áspera, e falava francês com um forte sotaque.

— Ficaríamos muito honrados se se sentasse um momento connosco — disse Marukakis.

— Com certeza — ela sentou-se ao seu lado. De imediato, o empregado veio até à mesa. Ela mandou-o embora com um gesto e olhou para Latimer. — Nunca o tinha visto, *monsieur*. Conheço o seu amigo de vista, mas não daqui — ela olhou de lado para Marukakis. — Vai escrever sobre mim nos jornais de Paris, *monsieur*? Se vai, tem de ver o resto do meu espetáculo; e o seu amigo também.

Marukakis sorriu.

— Não, madame. Estamos a abusar da sua hospitalidade em busca de algumas informações.

— Informações? — os olhos negros ficaram vazios. — Eu não sei nada que tenha interesse para quem quer que seja.

— A madame é conhecida pela sua discrição. Mas isto tem que ver com um homem que está morto e enterrado, e que foi seu conhecido há mais de quinze anos.

Ela riu-se brevemente e Latimer viu que os dentes estavam estragados. Ela riu-se outra vez, tão ruidosamente que o corpo lhe tremeu. Foi um som desagradável que desfez a sua dignidade entorpecida, fazendo-a velha. Quando a risada se desvaneceu, tossiu um pouco.

— Isso é um grande elogio, *monsieur* — disse ela, ofegante. — Quinze anos! Acha que eu me lembraria de um homem durante tanto tempo? Santa Mãe de Deus, afinal vai ter de me oferecer uma bebida.

Latimer fez sinal ao empregado.

— Que deseja, madame?

— Champanhe. Mas não esta porcaria. O empregado sabe. Quinze anos! — ainda estava com vontade de rir.

— Não ousámos imaginar que se recordaria — disse Marukakis, um pouco friamente. — Mas se um nome ajudar... era Dimitrios, Dimitrios Makropoulos.

Ela ia acender um cigarro. Mas então parou, com o fósforo aceso entre os dedos. Tinha os olhos postos na ponta do cigarro. Durante vários segundos, o único movimento que Latimer lhe viu no rosto foi os cantos da boca a descerem lentamente. Pareceu-lhe que, de repente, o ruído diminuíra, era como se tivesse algodão nos ouvidos. Ela rodou lentamente o fósforo nos dedos e deixou-o cair no prato à sua frente. Os olhos não se mexeram. Depois, muito baixinho, disse:

— Não vos quero aqui. Fora daqui, os dois!

— Mas...

— Rua! — não levantou a voz nem mexeu a cabeça.

Marukakis olhou para Latimer, encolheu os ombros e levantou-se. Latimer também se levantou. Ela lançou-lhes um olhar taciturno.

— Sentem-se — disse rispidamente. — Acham que quero uma cena aqui?

Sentaram-se.

— Se nos explicasse, madame — disse Marukakis com sarcasmo —, como nos podemos ir embora sem nos levantarmos, ficaríamos extremamente gratos.

Movendo depressa os dedos da mão direita, ela agarrou na haste de um copo. Por instantes, Latimer pensou que ia parti-lo na cara do grego. Mas os dedos relaxaram e ela disse algo em grego demasiado depressa para que Latimer conseguisse perceber.

Marukakis abanou a cabeça.

— Não, ele não tem nada que ver com a polícia — Latimer ouviu-o responder. — É escritor e anda à procura de informações.

— Porquê?

— Porque é curioso. Há um ou dois meses, em Istambul, viu o cadáver do Dimitrios Makropoulos e ficou com curiosidade.

Ela virou-se para Latimer e agarrou-lhe na manga, com sentido de urgência.

— Ele morreu? Tem a certeza? Viu mesmo o cadáver dele?

Latimer assentiu. A atitude dela fê-lo sentir-se estranhamente como o médico que desce as escadas para anunciar que está tudo acabado.

— Foi esfaqueado e atirado ao mar — disse ele, mas amaldiçoou-se pela sua falta de tato. Ela tinha nos olhos uma emoção que ele não conseguiu identificar. Talvez, à sua maneira, tivesse amado Dimitrios. Uma parte da sua vida! Certamente, agora haveria lágrimas.

Mas não houve lágrimas. Ela perguntou:

— Ele tinha algum dinheiro com ele?

Lentamente, sem compreender a pergunta, Latimer abanou negativamente a cabeça.

— *Merde!* — disse ela, rancorosamente. — Aquele filho de um camelo morto devia-me mil francos franceses. Já não os vou ver. *Salop*! E vocês os dois, rua, antes que vos mande expulsar!

Eram quase três e meia da manhã quando Latimer e Marukakis saíram do La Vièrge de Sainte-Marie.

Tinham passado as duas horas anteriores no escritório da Madame Preveza, uma sala decorada com flores e atulhada de mobiliário: um piano de cauda de nogueira envolto num xaile de seda branca com uma franja e aves pintadas nos cantos, mesinhas cheias de bricabraque, muitas cadeiras, uma palmeira meio seca num suporte de bambu, um canapé e uma grande escrivaninha com tampa de correr de carvalho espanhol. Foram ali dar, segundo as indicações dela, passando pela porta com a cortina, subindo umas escadas e atravessando um corredor pouco iluminado com portas numeradas de ambos os lados que fez lembrar a Latimer uma casa de repouso cara durante o horário das visitas.

Aquele convite fora a última coisa de que estava à espera. Surgira logo a seguir à ordem de se porem a andar. Mostrou-se lamentosa e pediu desculpa. Mil francos eram mil francos, e agora nunca mais os ia ver. Os olhos encheram-se de lágrimas. Para Latimer, aquilo era surreal. Uma dívida de 1923... Não podia estar seriamente à espera de reaver o dinheiro passados quinze anos. Talvez, algures na sua mente, ela tivesse mantido intacta a ilusão romântica de que, um dia, Dimitrios apareceria e a bombardearia com uma chuva de mil notas de um franco. Um gesto de conto de fadas! As notícias dadas por Latimer haviam desfeito a ilusão e ela, ultrapassado o ataque de raiva, precisara de compreensão. Estava esquecido o pedido de informações sobre Dimitrios. Os portadores da notícia tinham de saber que a notícia fora muito má. Ela estava a despedir-se de uma lenda. Fora preciso um público que compreendesse como ela era uma mulher tonta e generosa. Esfregando sal na ferida, disse que as bebidas eram por conta da casa.

Sentaram-se ao lado um do outro no canapé enquanto ela vasculhava a escrivaninha. De um dos inúmeros compartimentos, tirou um livro de apontamentos com uma folha dobrada à guisa de marca e folheou-o.

— 15 de fevereiro de 1923 — disse ela subitamente. Fechou o livrinho com força e olhou para cima, como que a invocar o Céu como testemunha da exatidão da data. — Foi quando ele me ficou a dever o dinheiro, mil francos, e prometeu solenemente que mos pagaria. Eram-me devidos, mas foi ele que os recebeu. Em vez de fazer uma cena, detesto cenas, disse-lhe que lhos emprestava. E ele disse que mos pagava, que daí a semanas ia ter muito dinheiro. E teve, mas não me pagou os meus mil francos. Depois do que fiz por ele!

«Tirei-o da sarjeta, *messieurs*. Foi em dezembro. Cristo, estava um gelo. Nas províncias orientais, as pessoas morriam mais depressa do que se fossem metralhadas. E olhem que eu vi pessoas a ser metralhadas. Na altura, eu ainda não tinha um lugar como este, compreendem? Não, é claro, era uma miúda. Costumavam pedir-me para posar para fotografias. Havia uma que era a minha preferida. Eu estava vestida com uma simples túnica de seda branca quase transparente, presa na cintura com um cinto, e tinha uma coroa de florzinhas brancas. Na mão direita, que estava apoiada, assim, numa bonita coluna branca, eu segurava uma rosa vermelha. Foi usada para postais *pour les amoureux*; o fotógrafo coloriu a rosa e mandou imprimir um poema muito bonito no fundo do postal.

As pestanas escuras e húmidas fecharam-se e ela recitou baixinho:

> Je veux que mon coeur vous serve d'oreiller,
> Et à votre bonheur je saurai veiller.[7]

— Muito bonito, não acham? — apertou os lábios num quase sorriso. — Há uns anos, queimei as minhas fotografias todas. Às vezes, tenho pena, mas acho que fiz bem. Não é bom estarmos sempre a lembrarmo-nos do passado. Foi por isso, *messieurs*, que fiquei zangada quando me falaram no Dimitrios; ele pertence ao passado. O que importa é pensar no presente e no futuro.

«Mas o Dimitrios não era o tipo de homem de quem nos esquecemos facilmente. Conheci muitos homens na minha vida, mas só tive medo de dois. Um foi o homem com quem me casei, o outro foi o Dimitrios. Às vezes, enganamo-nos a nos próprios. Pensamos que queremos ser compreendidos quando na realidade só queremos ser meio compreendidos. Quando alguém nos compreende verdadeiramente, temos medo dessa pessoa. O meu marido compreendia-me porque me amava, e por causa disso eu tinha medo dele. Mas quando ele se fartou de me amar, eu passei a rir-me dele e deixei de o temer.

---

[7] Quero que o meu coração seja o teu travesseiro, / Para eu velar pela tua felicidade. [*N. do T.*]

Mas o Dimitrios era diferente. O Dimitrios compreendia-me melhor do que eu me compreendia a mim mesma, mas não me amava. Não acredito que ele conseguisse amar alguém. Pensei que um dia me riria dele também, mas esse dia nunca chegou. Descobri que ninguém se podia rir do Dimitrios. Depois de ele se ir embora, odiei-o e disse para comigo que era por causa dos mil francos que me devia. E apontei no meu livrinho como prova. Mas menti-me. Ele devia-me mais do que mil francos. Enganou-me sempre com o dinheiro. Eu odiei-o por ter medo dele e por não o conseguir compreender como ele me compreendia.

«Naquela altura, eu vivia num hotel. Um sítio imundo, com escumalha por todo o lado. O *patron* era um porco rufião, mas era amiguinho da polícia e, desde que pagássemos o quarto, não havia problemas, mesmo que não tivéssemos os documentos em ordem.

«Uma tarde, quando eu estava a descansar, ouvi o *patron* a gritar com alguém no quarto ao lado. As paredes eram finas e ouvia-se tudo. A princípio, não liguei, ele estava sempre a gritar com alguém, mas passado um bocado comecei a escutar porque eles estavam a falar em grego e eu compreendia. O *patron* estava a ameaçar chamar a polícia se o quarto não fosse pago. Eu não ouvi a resposta porque o outro homem falava baixinho; por fim, o *patron* foi-se embora e fez-se silêncio. Eu estava meio adormecida quando, de repente, ouvi alguém a mexer na maçaneta da minha porta. Estava trancada. Vi a maçaneta rodar lentamente quando a largaram. Depois, bateram à porta.

«Perguntei quem era, mas não houve resposta. Pensei que talvez fosse um dos meus amigos e que não me tivesse ouvido, por isso, fui até à porta e destranquei-a. Do lado de fora, estava o Dimitrios.

«Perguntou-me em grego se podia entrar. Perguntei-lhe o que queria e ele disse que queria falar comigo. Perguntei-lhe como sabia que eu falava grego, mas não respondeu. Percebi então que devia ser o homem do quarto do lado. Tinha-me cruzado com ele uma ou duas vezes na escada e ele tinha parecido sempre muito educado e nervoso ao afastar-se para eu passar. Mas agora não estava nervoso. Eu disse que estava a descansar, mas que se ele quisesse podia aparecer mais tarde. Ele sorriu, empurrou a porta, entrou no quarto e encostou-se à parede.

«Disse-lhe para sair, que ia chamar o *patron*, mas ele limitou-se a sorrir e não se mexeu. Perguntou-me se eu tinha ouvido o que o *patron* lhe tinha dito, e eu disse que não. Eu tinha uma pistola na gaveta da minha mesa e quis pegar-lhe, mas ele pareceu adivinhar o que eu estava a pensar, porque deambulou pelo quarto como que ao acaso e encostou-se à mesa como se fosse o dono daquilo tudo. E depois pediu-me para eu lhe emprestar algum dinheiro.

«Eu nunca fui parva. Tinha mil *leva* presos na parte de cima do cortinado, mas na bolsa só tinha meia dúzia de moedas. Disse-lhe que não tinha dinheiro. Não pareceu ligar nenhuma e começou a dizer que não comia nada desde a véspera, que não tinha dinheiro e que se sentia adoentado. Mas, enquanto falava, os seus olhos movimentavam-se, escrutinando o quarto todo. Ainda o estou a ver. Tinha uma cara macia, oval e pálida, e olhos muito castanhos e ansiosos que lembravam os olhos de um médico que nos está a magoar. Meteu-me medo. Repeti que não tinha dinheiro, mas disse-lhe que se ele quisesse, tinha pão. Ele disse: "Dá-me o pão."

«Tirei o pão da gaveta e dei-lho. Ele comeu devagarinho, ainda encostado à mesa. Quando terminou, pediu um cigarro. Dei-lho. E depois disse que eu precisava de um protetor. Percebi o que ele queria. Disse-lhe que sabia tratar de mim, mas ele retorquiu que eu era uma tonta e que podia prová-lo. Se eu fizesse o que ele me dissesse, ele ia arranjar cinco mil *leva* naquele dia e dava-me metade. Perguntei-lhe o que queria que eu fizesse. Ele disse-me para escrever uma mensagem ditada por ele, dirigida a um homem cujo nome eu nunca tinha ouvido, a pedir cinco mil *leva*. Pensei que ele devia ser maluco, e para me livrar dele escrevi a mensagem e assinei "Irana". Ele disse que se encontraria comigo num café nessa noite.

«Não me dei ao trabalho de aparecer. Na manhã seguinte, ele veio outra vez ao meu quarto. Desta vez, não o deixei entrar. Ele ficou muito zangado e disse que tinha dois mil e quinhentos *leva* para mim. Obviamente, não acreditei, mas ele meteu uma nota de mil *leva* por baixo da porta e disse que me dava o resto se o deixasse entrar. Eu deixei, e a primeira coisa que ele fez foi dar-me os restantes mil e quinhentos. Perguntei-lhe onde tinha arranjado o dinheiro e ele disse que tinha entregado pessoalmente a missiva ao homem, que lhe tinha dado o dinheiro na hora.

«Eu sempre fui discreta. Não quero saber dos nomes verdadeiros dos meus amigos. Ora, o Dimitrios seguira um deles até casa, tinha descoberto o seu nome e que era um homem importante, e depois, com a minha missiva na mão, tinha-o ameaçado de revelar à mulher e às filhas a nossa amizade, a menos que pagasse.

«Fiquei furiosa. Disse-lhe que por causa de dois mil e quinhentos *leva* tinha perdido um dos meus bons amigos. O Dimitrios disse que me arranjava amigos mais ricos. Disse também que me tinha dado o dinheiro para mostrar que estava a falar a sério e que podia ter escrito ele mesmo a missiva e ido ter com o meu amigo sem me dizer nada.

«Percebi que era verdade. E também compreendi que, se não concordasse com ele, podia abordar outros amigos meus. O Dimitrios tornou-se assim meu protetor e *arranjou-me* amigos mais ricos. Comprou roupas muito elegantes e às vezes frequentava os melhores cafés.

«Mas, pouco depois, alguém que eu conhecia disse-me que ele andava metido na política e que ia muitas vezes a certos cafés que eram vigiados pela polícia. Eu chamei-lhe idiota, mas ele não ligou. Disse que estava prestes a ganhar muito dinheiro. Depois, de repente, ficou furioso e disse que não ia ficar para trás por ninguém, que estava farto de ser pobre. Quando o lembrei de que se ele não passava fome o devia a mim, caiu-me em cima.

«"A ti!", disse ele. "Achas que ganhas dinheiro para mim? Há milhares como tu. Eu escolhi-te porque, embora tenhas um ar doce e sentimental, és astuta e não perdes a cabeça. Na primeira vez que aqui vim, calculei que tivesses dinheiro escondido no cortinado porque é o que fazem sempre as pessoas como tu. É um truque muito antigo. Mas era para a bolsa que olhavas sempre com nervosismo e eu percebi que eras ajuizada. Mas não tens imaginação. Não percebes o dinheiro.

Podes comprar coisas sofisticadas e nos restaurantes admiram-te. Só quem não tem imaginação é que continua pobre. Quando somos ricos, as pessoas não querem saber do que fazemos. Temos poder e, para as pessoas, é isso que conta!" E falou-me nos homens ricos que tinha visto em Esmirna, que eram donos de navios e de figueirais e que tinham mansões enormes nas colinas dos arredores.

«Então, por um instante — porque quando os homens se tornam sentimentais e me contam os seus sonhos eu desprezo-os —, esqueci-me do medo que tinha ao Dimitrios. Ali sentado, todo bem vestido e com os olhos fixados nos meus, achei-o absurdo. E ri-me.

«Ele estava sempre pálido, mas agora o sangue fugiu-lhe do rosto e, de repente, fiquei aterrorizada. Pensei que me ia matar. Ele tinha um copo na mão. Lentamente, ergueu-o e partiu-o na borda da mesa. Depois, com a metade partida na mão, levantou-se e avançou para mim. Eu gritei. Ele parou e deixou cair o copo ao chão. Disse que zangar-se comigo era uma estupidez. Mas eu sabia porque tinha parado. Lembrou-se de que eu seria inútil para ele com a cara retalhada.

«Depois daquilo, deixei de o ver com frequência. Ele passava muitas vezes vários dias fora de Sófia. Não me dizia para onde ia e eu não lhe perguntava. Mas eu sabia que ele tinha feito amigos importantes porque, uma vez, quando a polícia lhe causou dificuldades por causa dos documentos, ele riu-se e disse-me para não me preocupar com a polícia. Disse que eles não se atreviam a tocar-lhe.

«Mas, uma manhã, apareceu muito agitado. Parecia que tinha viajado a noite inteira, e estava com uma barba de dias. Nunca o tinha visto tão nervoso. Agarrou-me pelos pulsos e disse-me que, se alguém me perguntasse por ele, eu devia responder que ele tinha estado comigo nos últimos três dias. Não o via há mais de uma semana, mas tive de dizer que sim e ele dormiu no meu quarto.

«Ninguém perguntou por ele, mas depois, ainda nesse dia, li no jornal que tinha havido um atentado contra o Stamboliyski, em Haskovo, e adivinhei onde o Dimitrios tinha estado. Fiquei cheia de medo. Um velho amigo meu, que eu conhecia há mais tempo do que ao Dimitrios, queria oferecer-me um apartamento. Depois de o Dimitrios dormir e se ir embora, fui ter com o meu amigo e disse-lhe que aceitava o apartamento.

«Depois fiquei com medo, mas à noite encontrei-me com o Dimitrios e contei-lhe. Pensei que ia ficar furioso, mas ficou calmo e disse que era o melhor para mim. Mas não consegui perceber o que estava a pensar, porque ele tinha sempre o mesmo ar, como um médico que nos está a magoar. Eu fiz-me forte e lembrei-lhe que tínhamos assuntos pendentes. Ele concordou e disse que se encontraria comigo daí a três dias para me pagar tudo o que me era devido.»

Fez uma pausa e olhou de Latimer para Marukakis com um leve sorriso tenso nos lábios, um sorriso que tinha algo de defensivo. Depois, encolheu ligeiramente os ombros.

— Vocês acham peculiar a minha confiança no Dimitrios. Acham que fui parva. Mas eu confiava nele porque ele me assustava. Desconfiar dele era lembrar-me do medo. Qualquer homem pode ser perigoso, como os animais de circo quando se lembram demais. Mas o Dimitrios era diferente. Parecia manso, mas quando se olhava para aqueles olhos castanhos, via-se que ele não tinha nenhum dos sentimentos que suavizam o homem normal, via-se que ele era sempre perigoso. Eu confiava nele porque não tinha alternativa. Mas também o odiava.

«Três dias depois, esperei por ele no café, mas não apareceu. Passadas várias semanas, vi-o e ele disse que tinha estado fora, mas que, se me encontrasse com ele no dia seguinte, me pagava o que devia. Ficámos de nos encontrar num café na Rua Perotska, um sítio reles do qual eu não gostava.

«Dessa vez, ele cumpriu a promessa, apareceu. Disse que estava mal de dinheiro, que estava prestes a receber uma quantia elevada e que me pagava daí a semanas. Admirei-me que ele tivesse combinado um encontro só para me dizer aquilo, mas depois percebi porquê. Queria pedir-me um favor. Precisava que alguém da sua confiança recebesse certas cartas. Não eram cartas dele, mas sim de um amigo, um turco chamado Talat. Se o amigo pudesse dar a morada do meu apartamento, o próprio Dimitrios recolheria as cartas quando me fosse pagar.

«Concordei. Não tinha alternativa. Aquilo significava que, se tinha de vir buscar as cartas, o Dimitrios teria de me pagar. Mas, no fundo, também sabia que ele podia ir buscar as cartas e não me pagar um cêntimo, e que eu não podia fazer nada.

«Estávamos sentados a beber café — o Dimitrios foi sempre muito mau nos cafés — quando, de repente, aparece a polícia para inspecionar documentos. Na altura, era uma coisa bastante comum, mas não era bom ser-se encontrado naquele café porque era muito mal--afamado. O Dimitrios tinha os documentos em ordem, mas como era estrangeiro ficaram com o nome dele, e com o meu porque eu estava com ele. Depois de a polícia se ir embora, ele ficou furioso, mas não acho que foi por terem ficado com o nome dele, foi por terem ficado com o meu e com a indicação de que eu estava com ele. Ficou muito irritado e disse-me para não me preocupar com as cartas, ia arranjar outra pessoa para as receber. Saiu do café e foi a última vez que o vi.»

Ela tinha à sua frente um *Curaçao* de tangerina e começou a bebê-lo sequiosamente. Latimer pigarreou.

— E quando foi a última vez que soube dele?

Os olhos dela tremeluziram por instantes com uma centelha de desconfiança. Latimer disse:

— O Dimitrios morreu, madame. Passaram-se quinze anos. As coisas mudaram em Sófia.

O seu sorriso estranho e tenso assomou-lhe aos lábios.

— «O Dimitrios morreu, madame.» Acho essa frase bastante curiosa. É difícil pensar no Dimitrios morto. Que aspeto tinha ele?

— Tinha o cabelo grisalho. Usava roupa comprada na Grécia e na França. De segunda categoria.

Inconscientemente, Latimer repetira a frase do coronel Haki.

— Então não enriqueceu?

— Enriqueceu em tempos, em Paris, mas perdeu o dinheiro.

Ela riu-se.

— Deve ter doído.

Mas então a desconfiança regressou:

— Sabe muito sobre o Dimitrios, *monsieur*. Mas se ele morreu… não percebo.

— O meu amigo é escritor — interveio Marukakis. — Interessa-se naturalmente pela natureza humana.

— O que é que escreve?

— Livros policiais.

Ela encolheu os ombros.

— Para isso não é preciso conhecer a natureza humana. Para histórias de amor e romances, sim. Os *romans policiers* são desagradáveis. Acho *Folle Farine* uma história encantadora. Gosta?

— Muito.

— Li-o dezassetes vezes. É o melhor livro de Ouida, e eu li-os todos. Um dia vou escrever as minhas memórias. Eu vi muito da natureza humana, sabe?

O sorriso tornou-se um bocadinho malicioso. Ela suspirou e mexeu num broche de diamantes.

— Mas quer saber mais sobre o Dimitrios. Muito bem. Tive outra vez notícias do Dimitrios um ano depois. Um dia, recebi uma carta dele, enviada de Edirne. A morada era um apartado. Perguntou-me se eu tinha recebido alguma carta para o tal Talat. Se sim, devia escrever-lhe a informá-lo, e ficar com as cartas. Não devia dizer a ninguém que ele me tinha contactado. Voltou a prometer que me pagava o que me devia. Eu não tinha recebido nenhuma carta para o Talat e escrevi-lhe a dizer isso. Também lhe disse que precisava do dinheiro porque, depois de ele se ter ido embora, eu tinha perdido todos os meus amigos. Era mentira, mas pensei que, se o lisonjeasse, ele talvez me pagasse. Já devia estar mais precavida em relação ao Dimitrios. Ele nem sequer me respondeu.

«Semanas depois, um homem foi a minha casa. Parecia um *fonctionnaire*, todo rígido e profissional. A roupa parecia cara. Disse que era provável que a polícia me interrogasse acerca do Dimitrios.

«Fiquei assustada, mas ele disse que eu não tinha nada a temer. Tinha apenas de ter cuidado com o que lhes dissesse. Deu-me instruções sobre o que dizer, a forma como eu devia descrever o Dimitrios para a polícia ficar satisfeita. Mostrei-lhe a carta de Edirne e ele pareceu achar graça. Disse-me que eu podia contar à polícia que a carta tinha sido enviada de Edirne, mas não podia referir o nome Talat. Ele disse que era perigoso guardar a carta e queimou-a. Fiquei irritada, mas ele deu-me uma nota de mil *leva* e perguntou se eu gostava do Dimitrios, se era amiga dele. Eu disse que o odiava. Então ele disse que a amizade era uma coisa preciosa e que me ia dar cinco mil *leva* para eu dizer à polícia o que ele tinha mandado.»

Ela encolheu os ombros.

— Não era coisa para brincadeiras, *messieurs*. Cinco mil *leva*! Quando a polícia apareceu, eu disse o que o homem me tinha mandado dizer e no dia seguinte recebi pelo correio um envelope com cinco mil *leva*. O envelope não tinha mais nada, nenhuma carta. Tudo bem. Mas atenção! Cerca de dois anos depois, vi o homem na rua. Fui ter com ele, mas o *salop* fingiu que não me conhecia e chamou a polícia. A amizade é uma coisa preciosa.

Ela pegou no livrinho e meteu-o no compartimento da escrivaninha.

— Queiram desculpar-me, *messieurs*, mas tenho de regressar para junto dos meus convidados. Acho que falei demasiado. Como viram, não sei nada de mais sobre o Dimitrios.

— Captou todo o nosso interesse, madame.

Ela sorriu.

— Se não estão com pressa, *messieurs*, posso mostrar-vos coisas mais interessantes do que o Dimitrios. Tenho duas raparigas divertidíssimas que...

— Não estamos com muito tempo, madame. Se fosse noutra noite, ficaríamos encantados. Mas vai-nos deixar pagar as nossas bebidas.

Ela sorriu.

— Como quiserem, *messieurs*. Foi agradabilíssimo falar convosco. Não, não, por favor! Sou supersticiosa em relação a ver dinheiro no meu escritório. Queiram fazer o favor de pagar ao empregado, na vossa mesa. Desculpam-me por não descer convosco? Tenho umas coisas para tratar. *Au'voir, monsieur. Au'voir, monsieur. A bientôt.*

Os olhos negros e húmidos fixaram-se neles com afeto. Latimer sentiu-se absurdamente emocionado com a despedida.

Pediram a conta e apareceu o *gérant*, um homem enérgico e animado.

— São mil e cem *leva*, *messieurs*.

— O quê?!

— É o preço que acordaram com a madame, *messieurs*.

— Sabe — disse Marukakis enquanto esperavam pelo troco —, acho que não se deve pensar só mal do Dimitrios. Ele tinha razão nalgumas coisas.

— O Dimitrios foi contratado pelo Vazov, que agiu por conta do Banco de Crédito Euroasiático, para trabalhar na operação de se livrarem do Stamboliyski. Seria interessante saber como é que o recrutaram, mas nunca o saberemos. Mas devem ter ficado contentes com ele, porque o utilizaram em atividades semelhantes em Edirne. É provável que ele tenha usado o nome Talat em Edirne.

— A polícia turca não sabia isso. Só ouviram falar nele como «Dimitrios» — acrescentou Latimer. — Mas não percebo porque é que o Vazov deixou a Preveza, porque foi obviamente ele que a contactou, em 1924, para contar à polícia que tinha recebido a carta de Edirne.

— Foi de certeza por uma única razão: o Dimitrios já não estava em Edirne — Marukakis reprimiu um bocejo. — Esta foi uma noite curiosa.

Estavam à porta do hotel de Latimer, e a noite estava fria.

— Vou entrar — disse ele.

— Vai-se embora de Sófia?

— Sim, vou para Belgrado.

— Então ainda está interessado no Dimitrios?

— Sim, sim — Latimer hesitou. — Não tenho como lhe expressar a minha gratidão pela sua ajuda. Para si, foi uma perfeita perda de tempo.

Marukakis riu-se e depois sorriu com ar de quem pede desculpa.

— Eu ri-me de mim próprio por ter inveja do seu Dimitrios. Se descobrir mais alguma coisa sobre ele em Belgrado, gostava que me informasse. Escreve-me?

— É claro que sim.

Mas Latimer acabaria por não ir a Belgrado.

Agradeceu outra vez a Marukakis, deram um aperto de mão e ele entrou no hotel. O quarto ficava no segundo andar. De chave na mão, subiu as escadas. Os seus passos eram silenciosos sobre a carpete do corredor. Meteu a chave na fechadura, rodou-a e abriu a porta.

Esperara deparar com a escuridão, mas encontrou as luzes acesas. Ficou algo sobressaltado. Passou-lhe pela cabeça que talvez se tivesse enganado no quarto, mas, instantes depois, o que viu disse-lhe que não. O quarto estava um caos.

O conteúdo das suas malas estava espalhado pelo chão. A roupa de cama estava amontoada numa cadeira. Em cima do colchão, com as capas rasgadas, estavam os poucos livros ingleses que trouxera de Atenas. O quarto parecia ter sido devassado por um bando de chimpanzés.

Atordoado, Latimer deu dois passos em frente. De repente, um vago som à sua direita fê-lo virar a cabeça. No momento seguinte, o seu coração deu um salto que lhe causou náuseas.

A porta da casa de banho estava aberta. No interior, com um tubo de pasta de dentes espremido numa mão e uma enorme pistola *Lüger* na outra, e com um sorriso doce e triste nos lábios, estava o Sr. Peters.

— 7 —

Meio milhão de francos

Só num dos seus livros, *Braços de Assassino*, Latimer lidara com uma situação em que uma das personagens era ameaçada por um assassino com um revólver. Não apreciara a tarefa e, se a cena não tivesse sido lógica e necessária e se não se passasse no penúltimo capítulo (onde por vezes é permissível um bocadinho de melodrama mais óbvio), teria feito tudo para a evitar. Não podendo fazê-lo, procurara abordar o assunto de forma inteligente. Perguntara a si mesmo: como se sentiria ele nas mesmas circunstâncias? Concluíra que ficaria aterrorizado e incapaz de falar.

Agora, contudo, não estava aterrorizado nem mudo. Talvez fosse por as circunstâncias serem diferentes. A atitude do Sr. Peters — que segurava o pistolão como se fosse um peixe húmido — não podia ser propriamente considerada ameaçadora. Além disso, tanto quanto Latimer sabia, o Sr. Peters não era um assassino. E ele também sabia, por experiência própria, que o Sr. Peters era aborrecidíssimo. Esse facto tinha algo de ilogicamente tranquilizador.

Mas embora não estivesse — ainda — aterrorizado nem mudo, estava muitíssimo desconcertado. Por conseguinte, não se conseguiu sair com o descontraído «Boa noite» ou o animado «Que surpresa!» apropriados à ocasião. Ao invés, emitiu uma única e estúpida sílaba:

— Oh.

E depois, numa tentativa cobarde, mas completamente involuntária de aliviar a situação, acrescentou:

— Parece que aconteceu aqui alguma coisa.

O Sr. Peters agarrou a pistola com mais firmeza.

— Quer fazer o favor — disse ele suavemente — de fechar a porta? Penso que, se esticar o braço direito, consegue fechá-la sem mexer os pés — a pistola estava inconfundivelmente apontada para Latimer.

Latimer obedeceu. Agora, por fim, sentia-se aterrorizado, muito mais do que a personagem do livro. Tinha medo de ser ferido; já estava a sentir o médico a esquadrinhá-lo à procura da bala. Tinha medo de que o Sr. Peters não estivesse habituado à pistola, que disparasse acidentalmente. Tinha medo de mexer a mão demasiado depressa, não fosse um movimento repentino ser mal interpretado. A porta fechou-se. Ele começou a tremer da cabeça aos pés, sem saber se era de raiva, de medo ou do choque. Subitamente, decidiu-se a dizer alguma coisa.

— Mas que raio é isto? — perguntou ele rispidamente, e depois praguejou. Não era o que tinha pensado dizer, e raramente praguejava. Teve então a certeza de que era a raiva que o fazia tremer e olhou ameaçadoramente para os olhos húmidos do Sr. Peters.

O gordo baixou a pistola e sentou-se na beira do colchão.

— Isto é muito desagradável — disse ele, com tristeza. — Não estava a contar consigo tão cedo. A sua *maison close* deve ter sido uma desilusão. As arménias do costume, de certeza. No princípio, são agradáveis, mas passado um bocado tornam-se entediantes. Penso muitas vezes que o nosso mundo fantástico podia ser um lugar melhor e mais belo se... — interrompeu-se. — Mas podemos falar nisto noutra altura.

Cuidadosamente, o Sr. Peters pousou o que restava do tubo de pasta de dentes na mesa de cabeceira.

— Estava a contar arrumar as coisas um bocadinho antes de me ir embora — acrescentou.

Latimer decidiu ganhar tempo.

— Incluindo os livros, Sr. Peters?

— Ah, sim, os livros! — o Sr. Peters abanou a cabeça, desanimado. — Um ato de vandalismo. Um livro é uma coisa maravilhosa, um jardim cheio de lindas flores, um tapete mágico para voar para climas desconhecidos. Peço desculpa. Mas foi necessário.

— Foi necessário porquê? Do que é que está a falar?

O Sr. Peters esboçou um longo sorriso triste e sofredor.

— Um pouco de franqueza, Sr. Latimer, *por favor*. Só pode haver uma razão para o seu quarto ser revistado e o senhor conhece-a tão bem como eu. Mas é claro que percebo o seu problema. Questiona-se qual será exatamente o meu papel. Se lhe servir de consolo, digo-lhe que o meu problema é não saber exatamente qual é o *seu* papel.

Que coisa mirabolante! Na sua fúria, Latimer esqueceu-se do medo e respirou fundo.

— Ouça uma coisa, Sr. Peters, ou seja lá qual for o seu nome. Estou muito cansado e quero dormir. Se não me engano, viajámos juntos num comboio proveniente de Atenas, há alguns dias. Creio que o senhor ia para Bucareste. Eu apeei-me em Sófia. Saio com um amigo e quando regresso ao hotel dou com o meu quarto num estado lastimoso, os meus livros destruídos e o senhor a apontar-me uma pistola à cara. Concluo que, ou você é um ladrão manhoso, ou um bebedolas. Se não fosse a sua pistola, da qual, confesso, tenho medo, eu já teria tocado à campainha a pedir ajuda. Mas, pensando melhor, julgo que normalmente os ladrões não se encontram com as futuras vítimas em carruagens-cama de primeira classe, nem lhes rasgam os livros. Além disso, o senhor não parece estar bêbedo. Como é natural, começo a pensar que, afinal, se calhar o senhor nem é maluco. Mas se for, resta-me alinhar consigo e esperar que tudo acabe bem. Mas se for relativamente são de espírito, tenho de voltar a exigir-lhe uma explicação. Repito: Sr. Peters, que raio significa isto tudo?

Os olhos lacrimosos do Sr. Peters estavam semicerrados.

— Perfeito — disse ele, encantado. — Perfeito! Não, não, Sr. Latimer, não se chegue à campainha, por favor. Isso, assim é melhor. Sabe, por um momento, quase me convenci da sua sinceridade. Quase... Não é simpático da sua parte tentar enganar-me. Não é simpático, é uma falta de consideração e uma perda de tempo.

Latimer deu um passo em frente.

— Ouça uma coisa...

A *Lüger* ergueu-se num sacão. O sorriso desapareceu da boca do Sr. Peters e os seus lábios flácidos abriram-se ligeiramente. Ficou com um ar ofegante e muito perigoso. Latimer recuou rapidamente. O sorriso reapareceu lentamente.

— Vá lá, Sr. Latimer. Um pouco de franqueza, por favor. Tenho a melhor das intenções em relação a si. Não quis este encontro, mas como o senhor regressou inesperadamente, dado que eu já não podia encontrar-me consigo a pretexto, digamos, de uma amizade desinteressada, sejamos francos um com o outro — inclinou-se um pouco para a frente. — Porque é que está tão interessado no Dimitrios?

— O Dimitrios!

— Sim, meu caro Latimer. O senhor veio do Levante e o Dimitrios também. Em Atenas, procurou esforçadamente a ficha dele no arquivo da comissão de socorro. Aqui, em Sófia, empregou um agente para descobrir o seu cadastro policial. Porquê? Não responda já. Não tenho nada contra si, nenhuma má vontade. Que isto fique claro. Mas acontece que eu também estou interessado no Dimitrios e, logo, estou interessado em si. Agora diga-me francamente, Sr. Latimer, qual é o seu papel. Qual é, perdoe-me a expressão, o seu jogo?

Latimer ficou calado por momentos. Tentou pensar rapidamente, mas não conseguiu. Estava confuso. Tinha acabado por considerar que Dimitrios era sua propriedade privada, um problema tão académico como o da autoria de uma canção quinhentista anónima. Mas ali estava o odioso Sr. Peters, com o seu ar desmazelado, os seus sorrisinhos e a sua *Lüger*, a dizer que conhecia o problema como se Latimer é que fosse o intrometido. Não havia evidentemente motivo nenhum para se sentir surpreendido. Dimitrios seria seguramente do conhecimento de muitas pessoas. Mas ele sentira instintivamente que todas essas pessoas teriam morrido com o Dimitrios. Absurdo, sem dúvida, mas...

— Então, Sr. Latimer? — o sorriso do gordo não perdera nada da sua doçura, mas alguma coisa na sua voz rouca lembrou a Latimer um miúdo a arrancar as pernas a uma mosca.

— Julgo — disse Latimer devagar — que, se vou ter de responder a perguntas, também terei o direito de fazer algumas. Ou seja, Sr. Peters, se o senhor me disser qual é o *seu* jogo, eu digo-lhe qual é o meu. Não tenho absolutamente nada a esconder, mas quero satisfazer a minha curiosidade. E não vale a pena apontar-me a pistola com esse ar de ameaça. Deixou de ser argumento. É de alto calibre e, se a disparar, vai provavelmente fazer muito barulho. Além do mais, não ganharia nada em matar-me. Pensei que talvez a disparasse para não ser preso, teria sem dúvida a sua utilidade. Mas agora, mais vale metê-la no bolso.

O Sr. Peters continuou a sorrir.

— Dito muito bem e de forma encantadora, Sr. Latimer. Mas acho que por enquanto vou ficar de pistola na mão.

— Como queira. Importa-se de me dizer o que é que estava à espera de encontrar aqui, nas capas dos meus livros ou no tubo da pasta de dentes?

— Estava à procura de uma resposta para a minha pergunta, Sr. Latimer. Mas tudo o que encontrei foi isto — mostrou uma folha de papel. Era a cronologia que Latimer esboçara em Esmirna. Tanto quanto se lembrava, deixara-a dobrada dentro de um livro que estava a ler. — Por conseguinte, Sr. Latimer, pareceu-me que, se escondia papéis no meio dos livros, também podia esconder papéis mais interessantes dentro das capas.

— A intenção não foi esconder.

Mas o Sr. Peters não ligou. Ergueu delicadamente o papel entre o polegar e o indicador, como um mestre-escola prestes a avaliar a redação de um aluno, e abanou a cabeça.

— E isto é tudo o que sabe acerca do Dimitrios, Sr. Latimer?

— Não.

— Ah! — ele olhou pateticamente para a gravata de Latimer. — Ora, pergunto eu, quem é este coronel Haki, que parece tão bem informado e tão indiscreto? O nome é turco. E o pobre Dimitrios foi-nos tirado em Istambul, não é verdade? E o senhor veio de Istambul, não veio?

Latimer disse involuntariamente que sim com a cabeça e teve vontade de bater em si próprio ao ver o sorriso rasgado do Sr. Peters.

— Obrigado, Sr. Latimer. Vejo que está disposto a colaborar. Vejamos. O senhor esteve em Istambul, o Dimitrios e o coronel Haki também. Há aqui uma nota acerca de um passaporte em nome de Talat. Outro nome turco. E temos Edirne e as palavras «atentado Ataturk». «Atentado», ah, sim! Ora, pergunto-me se traduziu esta palavra literalmente do francês «attentat». Não me quer dizer? Muito bem. Acho que se calhar podemos partir do princípio de que assim foi. Sabe, até parece que esteve a ler um dossiê da polícia turca. Parece mesmo, não é?

Latimer começou a sentir-se pateta.

— Não me parece que vá chegar muito longe dessa maneira. Está-se a esquecer de que, por cada pergunta que me fizer, vai ter de responder a uma pergunta minha. Por exemplo, eu gostava muito de saber o seguinte: o senhor conheceu pessoalmente o Dimitrios?

O Sr. Peters olhou-o fixamente durante um momento, sem falar. Mas depois:

— Acho que não está muito seguro de si, Sr. Latimer — disse lentamente. — Dá-me a sensação de que eu lhe poderia dizer muito mais do que o senhor a mim — meteu a *Lüger* no bolso do sobretudo e levantou-se.

— Acho que é melhor eu ir andando — acrescentou.

Não era de todo aquilo que Latimer esperava ou queria, mas retorquiu calmamente.

— Boa noite.

O gordo caminhou em direção à porta. Mas, aí chegado, parou. «Istambul», ouviu-o Latimer murmurar pensativamente. «Istambul. Esmirna, 1922. Atenas no mesmo ano, Sófia, 1923. Edirne não, porque ele vem da Turquia.» Virou-se rapidamente. «Esta agora...» Fez uma pausa, e depois pareceu decidir-se.

— Seria mesmo muito estúpido da minha parte imaginar que o senhor está a pensar em ir a Belgrado num futuro próximo? Será, Sr. Latimer?

Latimer foi apanhado de surpresa e, precisamente quando estava prestes a garantir que era mais do que estúpido, viu pelo sorriso triunfante do outro que a sua surpresa fora detetada e interpretada.

— Vai gostar de Belgrado — continuou alegremente o Sr. Peters. — É uma linda cidade. A Praça de Terazije e o Parque de Kalemegdan! Magníficos! E tem de ir ao Monte Avala. Mas talvez o senhor conheça Belgrado melhor do que eu. Quem me dera ir consigo! As raparigas são lindas! De rosto largo e graciosas. Para um jovem como o senhor, serão agradabilíssimas. Mas eu não me interesso por essas coisas, é claro. Sou uma alma simples e estou a ficar velho. Só me restam as minhas recordações. Mas não sou contra a juventude. Não sou. Só se é jovem uma vez e o Ser Supremo quer que sejamos o mais felizes possível. A vida continua, não é?

Latimer tirou a roupa de cama da cadeira e sentou-se de frente para ele. Estava à beira de perder a paciência e o seu cérebro começou a funcionar.

— Sr. Peters — disse ele —, em Esmirna, tive a oportunidade de examinar alguns documentos policiais de há quinze anos. Descobri depois que os mesmos documentos tinham sido examinados três meses antes por alguém. É capaz de me dizer se esse alguém foi o senhor?

Mas os olhos lacrimosos do gordo estavam fixados no vazio. Franziu ligeiramente a testa. E, como se estivesse à procura de erros de entoação na voz de Latimer, disse:

— Importa-se de repetir a pergunta?

Latimer repetiu.

Mais uma pausa. Então o Sr. Peters abanou resolutamente a cabeça.

— Não, Sr. Latimer, não fui eu.

— Mas procurou informações sobre o Dimitrios em Atenas, não procurou, Sr. Peters? Foi o senhor que entrou no arquivo quando eu estava a perguntar pelo Dimitrios, não foi? E, se bem me lembro, saiu a correr. Eu não vi, infelizmente, mas o funcionário falou nisso. E a sua vinda a Sófia no mesmo comboio que eu não foi por acaso, foi intencional, não foi? E antes de eu me apear, tratou de saber, por mim, muito habilmente, tenho de admitir, qual era o meu hotel em Sófia. Não é verdade?

O Sr. Peters sorria outra vez alegremente e assentiu.

— Sim, Sr. Latimer, é tudo verdade. Sei tudo o que fez desde que saiu do arquivo, em Atenas. Já lhe disse que estou interessado em qualquer pessoa que esteja interessada no Dimitrios. Mas é claro que já descobriu tudo sobre o tal homem que esteve em Esmirna antes de si, não descobriu?

A última frase foi proferida com excessivo descaso. Latimer respondeu:

— Não, Sr. Peters, não descobri.

— Mas certamente despertou o seu interesse?

— Nem por isso.

O gordo suspirou.

— Acho que não está a ser sincero comigo. Seria tão melhor se...

— Ouça! — interrompeu bruscamente Latimer. — Vou ser sincero. O senhor está a tentar apertar-me, mas eu não vou ser apertado. Que isto fique claro. Fiz-lhe uma proposta. O senhor responde às minhas perguntas e eu respondo às suas. As únicas perguntas às quais respondeu até agora foram perguntas para as quais eu já tinha adivinhado as respostas. Ainda não sei porque é que está interessado no morto, no Dimitrios. Disse que me podia dizer muito mais do que eu a si. Talvez. Mas *eu* acho, Sr. Peters, que é mais importante para si ouvir as minhas respostas do que é para mim ouvir as suas. Arrombar quartos de hotel e causar este caos não é coisa que se faça só por investigar. Aliás, para ser franco, não consigo imaginar nenhuma justificação para o seu interesse pelo Dimitrios. Ocorreu-me que talvez o Dimitrios tenha ficado com algum do dinheiro que ganhou em Paris... Está a par disto, não está?

E em resposta a um ténue sinal do Sr. Peters com a cabeça:

— Sim, imaginei que sim. Mas, como disse, ocorreu-me que talvez o Dimitrios tenha escondido o seu tesouro e que o senhor esteja interessado em descobrir onde. Infelizmente, as minhas informações descartam essa possibilidade. Nos pertences dele que estavam na morgue não havia um único cêntimo. Era um monte de roupa barata. E quanto ao...

Mas o Sr. Peters avançara e estava a olhar para ele com uma expressão estranha. Latimer deixou a sua frase esfumar-se.

— Que se passa? — perguntou.

— Será que o ouvi dizer — disse o gordo lentamente — que viu o cadáver do Dimitrios na morgue?

— Sim; e depois? Será que lhe ofereci descuidadamente outra informação valiosa?

Mas o Sr. Peters não respondeu. Puxou de uma cigarrilha e acendeu-a cuidadosamente. De repente, exalou um jato de fumo e começou a andar lentamente de um lado para o outro com os olhos fechados, como se estivesse cheio de dores. E começou a falar.

— Sr. Latimer, temos de chegar a um entendimento. Temos de acabar com esta quezília — parou e olhou outra vez para Latimer, que continuava sentado. — É absolutamente essencial, Sr. Latimer, que eu saiba do que é que anda à procura. Não, não, por favor! Não me interrompa. Admito que eu talvez precise mais das suas respostas do que o senhor das minhas, mas de momento não lhe posso dar nenhuma. Sim, sim, eu ouvi o que disse. Mas estou a falar a sério. Ouça-me, por favor.

«O senhor está interessado na história do Dimitrios. Está a pensar ir a Belgrado para descobrir mais coisas sobre ele. Não pode negar isto. Ora, sabemos ambos que o Dimitrios esteve em Belgrado em 1926. E também lhe posso dizer que, depois de 1926, ele não voltou a Belgrado. Porque é que está interessado? Não me quer dizer. Muito bem. Vou-lhe dizer algo mais. Se for a Belgrado, não vai descobrir um único vestígio do Dimitrios. Além disso, se continuar à procura, é muito provável que arranje problemas com a polícia. Só existe um homem que poderia e estaria disposto, mediante certas condições, a dizer-lhe o que pretende saber. É polaco e vive perto de Genebra.

«Pronto! Vou dar-lhe o nome e uma carta para lhe entregar. Faço isto por si. Mas, primeiro, preciso de saber porque é que quer essa informação. No início, pensei que o senhor talvez estivesse ligado à polícia turca. Hoje em dia, há tantos ingleses nas polícias do Próximo Oriente. Mas já descartei essa possibilidade. O seu passaporte diz que é escritor, mas isso é um termo muito elástico. Quem é o senhor, Sr. Latimer, e qual é o seu jogo?»

Fez uma pausa, na expectativa. Latimer devolveu-lhe o olhar, tentando pôr uma expressão imperscrutável. O Sr. Peters, imperturbável, prosseguiu:

— Naturalmente, quando lhe pergunto qual é o seu jogo, falo num sentido específico. O seu jogo é obviamente deitar a mão a dinheiro. Mas não é essa a resposta de que preciso. É rico, Sr. Latimer? Não? Então o que tenho para dizer pode ser simplificado. Proponho uma aliança, Sr. Latimer, uma combinação de recursos. Eu conheço certos factos que ainda não lhe posso revelar, e o senhor possui uma informação importante. Talvez não saiba que é importante, mas *é*. Os meus factos, sozinhos, não valem grande coisa, mas a sua informação também não vale nada sem os meus factos. Mas uma combinação das duas coisas vale pelo menos — afagou o queixo —, pelo menos, cinco mil libras esterlinas, um milhão de francos franceses — e sorriu triunfantemente. — Que tal?

— Vai-me desculpar — retorquiu Latimer friamente —, e se eu lhe disser que não percebo o que está a dizer? Aliás, é irrelevante que me desculpe ou não. Estou *cansado*, Sr. Peters, *muito* cansado. Preciso mesmo de dormir — Latimer levantou-se, pegou nos lençóis e começou a fazer a cama. — Penso que não há motivo nenhum para que não saiba porque é que estou interessado no Dimitrios — prosseguiu, enquanto arrastava um lençol sobre a cama. — Não tem absolutamente nada que ver com dinheiro. Eu ganho a vida a escrever livros policiais. Em Istambul, um certo coronel Haki, que está ligado à polícia turca, falou-me num criminoso chamado Dimitrios, que tinha sido encontrado morto no Bósforo. Para me entreter, como alguém se entretém a fazer palavras-cruzadas, por um lado, e também para ter uma experiência pessoal de investigação, por outro, decidi descobrir a história do homem. Mais nada. Não espero que compreenda.

Se calhar, está a pensar que eu podia ter pensado numa história mais convincente. Lamento. Se não gostar da verdade, paciência.

O Sr. Peters escutara em silêncio. Dirigiu-se então à janela, deitou fora a cigarrilha e olhou para Latimer, que estava do outro lado da cama.

— Livros policiais! Mas isso é muitíssimo interessante, Sr. Latimer. Adoro essas histórias. Quer dizer-me os nomes de alguns dos seus livros?

Latimer disse-lhe vários títulos.

— E qual é a sua editora?

— Inglesa, americana, francesa, sueca, norueguesa, holandesa ou húngara?

— Húngara, por favor.

Latimer disse-lhe.

O Sr. Peters acenou lentamente com a cabeça.

— Creio que é uma boa editora — pareceu tomar uma decisão. — Tem papel e caneta, Sr. Latimer?

Latimer indicou fatigadamente a escrivaninha com a cabeça e o outro sentou-se a escrever. Enquanto fazia a cama e começava a apanhar os seus pertences do chão, Latimer ouvia a caneta a arranhar o papel do hotel. O Sr. Peters estava a cumprir o prometido.

Quando, por fim, terminou de escrever, a cadeira rangeu quando se levantou. Latimer, que estava a recolocar umas formas nos sapatos, endireitou-se. O Sr. Peters estava de novo a sorrir, e parecia transpirar boa vontade.

— Sr. Latimer — anunciou ele —, tem aqui três folhas de papel. Na primeira, tem escrito o nome do homem que mencionei. Chama-se Grodek, Vladislav Grodek. Vive nos arredores de Genebra. A segunda é uma carta para lhe entregar, para que saiba que o senhor é meu amigo e que pode ser sincero consigo. Como ele já está reformado, acho que lhe posso dizer que em tempos foi um dos melhores agentes secretos da Europa. Passaram-lhe pelas mãos mais informações navais e militares secretas do que pelas de qualquer outro homem... E sempre exatas. Ele lidou com muitos governos. Estava sediado em

Bruxelas. Julgo que ele será muito interessante para um escritor. Acho que vai gostar dele. Adora animais. *Au fond*, é uma pessoa maravilhosa. Já agora: foi ele que contratou o Dimitrios em 1926.

— Compreendo. Muito obrigado. E a terceira folha?

O Sr. Peters hesitou, e o sorriso tornou-se ligeiramente presunçoso.

— Se bem me lembro, o senhor disse que não era rico.

— Não, não sou rico.

— Meio milhão de francos, duas mil e quinhentas libras, davam-lhe jeito?

— Sem dúvida.

— Nesse caso, Sr. Latimer, quando se fartar de Genebra, quero que, como dizer isto?, mate dois coelhos de uma cajadada — tirou do bolso a cronologia de Latimer. — Nesta lista que fez, precisa de descobrir outras datas além de 1926 para saber tudo sobre o Dimitrios. Vai descobri-las em Paris. Essa é a primeira coisa. A segunda é que, se for a Paris, se aí entrar em contacto comigo, se concordar finalmente com a combinação dos nossos recursos, com a aliança que lhe propus, garanto-lhe em absoluto que em poucos dias vai ter na sua conta duas mil e quinhentas libras, meio milhão de francos!

— Eu gostaria mesmo muito — disse Latimer com irritação — que fosse um pouco mais explícito. Meio milhão de francos em troca de quê? Quem é que vai pagar esse dinheiro? O senhor é demasiado misterioso, Sr. Peters, demasiado para ser credível.

O sorriso do Sr. Peters tornou-se tenso. Ali estava um cristão aviltado, mas sem rancor, e abnegadamente à espera dos leões na arena.

— Sr. Latimer — disse ele suavemente. — Sei que não confia em mim. Sei muito bem. Por isso lhe dou a morada do Grodek e a carta para ele. São provas concretas da minha boa vontade, e de que a minha palavra é de confiança. E quero mostrar-lhe que confio em si, que acredito no que me disse. De momento, não posso dizer mais nada. Mas se acreditar e confiar em mim, se for a Paris, este papel tem uma morada. Quando chegar, envie-me uma mensagem por *pneumatique*. Não apareça pessoalmente porque é a morada de uma pessoa amiga. Se me enviar uma mensagem com a sua morada, nessa altura, eu explicar-lhe-ei tudo. É bastante simples.

Latimer decidiu que já era altura de se livrar do Sr. Peters.

— Bom — disse ele —, isto é tudo muito confuso. Parece-me que o senhor tirou muitas conclusões precipitadas. Eu ainda não tinha decidido em definitivo ir a Belgrado. Não sei se terei tempo de ir a Genebra. E a ida a Paris não é coisa que eu possa considerar de momento. Estou cheio de trabalho e...

O Sr. Peters abotoou o sobretudo e disse:

— Naturalmente.

E depois, com uma curiosa urgência na voz:

— Mas *se tiver* tempo para ir a Paris, não se esqueça de me enviar a mensagem. Causei-lhe tantas dificuldades que gostava de o compensar de forma concreta. Meio milhão de francos dá que pensar, não dá? E eu garanto-os. Mas temos de confiar um no outro. É muito importante — abanou a cabeça com desânimo. — Passamos pela vida como uma flor virada para o Sol, sempre à procura, sempre com esperança, querendo confiar nos outros, mas com medo de o fazer. Era tão bom que confiássemos uns nos outros, que só víssemos as coisas boas, o melhor que os nossos companheiros de vida têm para dar! Era tão bom que fôssemos *francos* e *abertos*, que vivêssemos sem o manto da hipocrisia e da mentira que agora usamos. Sim, Sr. Latimer, hipocrisia e mentira. Não há ninguém isento de culpas. Eu sou tão culpado como qualquer um. Isto só causa problemas, e os problemas são maus para os negócios. Além do mais, a vida é tão curta. Estamos no planeta apenas por pouco tempo, até o Ser Supremo nos chamar — suspirou ruidosamente. — Mas é escritor, Sr. Latimer, e é sensível a estas coisas. Pode expressá-las muito melhor do que eu — ofereceu a mão. — Boa noite, Sr. Latimer. Não vou dizer «adeus».

Latimer apertou-lhe a mão; estava seca e era muito macia.

— Boa noite.

Ao chegar à porta, o Sr. Peters virou-se ligeiramente.

— Meio milhão de francos, Sr. Latimer, dá para comprar muitas coisas boas. Espero que nos voltemos a ver em Paris. Boa noite.

— Também o espero. Boa noite.

A porta fechou-se e o Sr. Peters foi-se, mas, na imaginação excitada de Latimer, parecia que o seu sorriso, tal como o do Gato de Cheshire, ficara a pairar no quarto. Encostou-se à porta e examinou por instantes as malas viradas do avesso. Lá fora, começava a amanhecer. Olhou para o relógio. Cinco da manhã. A arrumação podia esperar. Despiu-se e meteu-se na cama.

Durante algum tempo, pôs-se a pensar, a tentar organizar os pensamentos, a fazer ajustes, a formar opiniões. Mas o cérebro parecia drogado. Era como se tivesse saído de um teatro para uma rua escura com a mente cheia de imagens, de fragmentos de emoções presos a uma teia de nervos. O Sr. Peters era realmente asqueroso, mas talvez menos do que Dimitrios, o chulo desaparecido. Mas só conhecia Dimitrios pelo que ouvira de terceiros. «Como os olhos de um médico que nos está a magoar...»: um mundo de horror, o mundo privado da Madame Preveza. E qual era o jogo de Peters? Era isto que importava saber. Tinha de refletir muito cuidadosamente. Havia tanta coisa em que pensar. Tanta. Meio milhão de francos...

Passados cinco minutos, estava a dormir.

— 8 —

Grodek

Eram onze da manhã quando, apesar de estar acordado havia cerca de quinze minutos, Latimer finalmente abriu os olhos. Ao seu lado, na mesa de cabeceira, estavam as três folhas de papel do Sr. Peters. Eram um lembrete desagradável de que tinha coisas em que pensar e de tomar decisões. Não fossem a presença daqueles papéis e o facto de o quarto, à luz da manhã, parecer uma loja de bricabraque, talvez ele tivesse descartado a recordação da visita como um pesadelo que lhe perturbara o sono. Teria preferido fazê-lo. Porém, o Sr. Peters, com o seu mistério, a sua conversa absurda acerca de meio milhão de francos e as suas ameaças e insinuações, não era facilmente descartável. Ele...

Latimer sentou-se e pegou nas três folhas de papel.

A primeira, tal como Peters referira, tinha a morada de Genebra:

Vladislav Grodek
Villa Acacias,
Chambésy.
(A 7 km de Genebra.)

A escrita, irregular e floreada, era difícil de ler. O sete estava traçado, à francesa.

Pegou na carta com alguma esperança. Consistia em apenas seis linhas escritas numa língua e com um alfabeto que ele não reconheceu, mas concluiu que devia ser polaco. Começava, tanto quanto conseguia reconhecer, sem um prévio «Caro Grodek» e terminava com uma rubrica indecifrável. A meio da segunda linha, descortinou o seu nome, escrito com o que parecia ser «y» em vez de «i». Suspirou. Podia evidentemente mandar traduzir o texto, mas o Sr. Peters tinha certamente pensado nisso, logo, não era provável que uma tradução respondesse às perguntas para as quais ele, Latimer, queria desesperadamente uma resposta: quem e o que era o Sr. Peters.

Partiu do princípio de que a relação de amizade do Sr. Peters com um espião profissional reformado era uma pista importante, mas não apontava em direção nenhuma. Mas associada ao comportamento espantoso do homem era, sem dúvida, sugestiva. Uma pessoa que revistava um quarto, brandia uma pistola, acenava com promessas de meio milhão de francos por serviços desconhecidos e, depois, escrevia instruções para um espião polaco podia ser justificadamente vista com suspeição. Mas suspeição em relação a quê? Latimer recapitulou a conversa entre ambos, tanto quanto se conseguia lembrar, e à medida que se recordava ia ficando cada vez mais irritado consigo próprio. Tinha agido de modo completamente idiota. Deixara-se intimidar por uma pistola cujo portador não se teria atrevido a disparar (mas era obviamente mais fácil pensar assim na ausência da pistola e do portador); deixara-se arrastar para uma conversa com o homem quando devia tê-lo capturado para a polícia; e pior ainda, além de se ter deixado desgastar a ponto de abandonar uma posição negocial forte, permitira que o Sr. Peters se fosse embora deixando para trás uma missiva em polaco, duas moradas e uma nuvem de perguntas sem resposta. E nem se lembrara de lhe perguntar como tinha ele entrado no quarto. Fantástico. Devia ter agarrado o Sr. Peters pelo pescoço para o obrigar a explicar-se — para o *obrigar*! Aquilo era, refletiu, o pior de uma mente académica: negligenciava sempre as possibilidades de violência até esta já não ser útil.

Leu a segunda morada:

Sr. Peters
a/c Caillé
Impasse des Huit Anges, n.º 3
Paris 7.

E assim os seus pensamentos regressaram ao ponto de partida. Que motivo razoável haveria sequer para o Sr. Peters querer que ele fosse a Paris? Que informação seria aquela que valia tanto dinheiro? E quem ia pagar por ela?

Tentou lembrar-se da altura exata em que o Sr. Peters mudara abruptamente de tática. Tinha ideia de que fora quando dissera que vira Dimitrios na morgue. Mas seguramente isso não significaria nada. Teria sido a sua referência ao «tesouro» de Dimitrios que...?

Estalou os dedos. É claro! Que idiota por não ter pensado naquilo antes! Ignorara um facto importante. Dimitrios não morrera de morte natural. *Dimitrios fora assassinado.*

As dúvidas do coronel Haki em relação à possibilidade de descobrir o assassino e a sua própria preocupação com o passado tinham-no levado a perder esse facto de vista ou, pelo menos, a vê-lo simplesmente como o fim lógico de uma história desagradável. Ele não tivera em conta os dois factos decorrentes: o assassino continuava a monte (e provavelmente estava vivo) e teria havido um motivo para o homicídio.

Um assassino e um motivo. O motivo seria provavelmente o ganho monetário. Que dinheiro? Naturalmente, o dinheiro ganho com o tráfico de drogas em Paris e que desaparecera inexplicavelmente. Olhando para o problema desta perspetiva, as referências do Sr. Peters a meio milhão de francos já não eram tão fantásticas. Quanto ao assassino — porque não Peters? Não era difícil vê-lo nesse papel. Que tinha ele dito no comboio? «Se o Ser Supremo quiser que façamos coisas desagradáveis, acredite que Ele tem um motivo, mesmo que nem sempre seja claro para nós.» Equivalia a uma licença para matar. Que bizarro se tivesse sido a desculpa dele para assassinar Dimitrios! Era fácil imaginar os seus lábios moles a proferirem aquelas palavras no momento de puxar o gatilho.

Contudo, diante dessa ideia, Latimer franziu o sobrolho. Ninguém puxara um gatilho. Dimitrios fora esfaqueado. Começou a reconstruir mentalmente a imagem de Peters a esfaquear alguém. Mas a imagem parecia errada. Era difícil ver Peters de faca na mão. Esta dificuldade levou-o a refletir novamente. Na verdade, não havia razão nenhuma para suspeitar de Peters como assassino. E mesmo que houvesse, o facto de Peters assassinar Dimitrios pelo dinheiro continuava a não explicar a ligação (se é que existia) entre esse dinheiro e o meio milhão de francos (se é que existia). E já agora, qual era a informação misteriosa da qual ele estava supostamente na posse? Era como estar perante um problema de álgebra com muitas grandezas desconhecidas e dispor apenas de uma equação biquadrada para o resolver. Se ele *conseguisse* resolvê-lo...

Mas porque estava Peters tão interessado em que ele fosse a Paris? Teria sido certamente fácil combinarem os recursos (fosse lá o que isso fosse) em Sófia. Maldito Sr. Peters! Latimer levantou-se da cama e pôs o banho a correr. Sentado na água quente e ligeiramente ferrugenta, reduziu a sua situação ao essencial.

Tinha duas alternativas.

Regressar a Atenas, trabalhar no novo livro e esquecer Dimitrios, Marukakis, o Sr. Peters e o tal Grodek. Ou então ir a Genebra, encontrar-se com Grodek (se é que existia) e adiar a decisão sobre as propostas do Sr. Peters.

A alternativa sensata era obviamente a primeira. Afinal de contas, a justificação para a sua investigação sobre o passado de Dimitrios fora a sua vontade de ter uma experiência investigativa impessoal. Não podia deixar uma experiência transformar-se numa obsessão. Descobrira algumas coisas interessantes sobre o homem, logo, a honra estava salva. E já era mais do que tempo de trabalhar no livro. Tinha de ganhar a vida e nenhuma informação sobre Dimitrios, o Sr. Peters ou outra pessoa qualquer iria compensar um magro saldo bancário daí a seis meses. O meio milhão de francos não era assunto para levar a sério. Sim, regressaria de imediato a Atenas.

Por outro lado, ocorreu-lhe o pensamento inquietante de que, se não fosse a intervenção de Peters, ele estaria a caminho de Belgrado para tentar descobrir mais informações sobre Dimitrios. Na realidade, o que acontecera fora simplesmente que uma pessoa misteriosa chamada Peters sugerira a obtenção de informações na Suíça e não na Jugoslávia. O facto de o Sr. Peters, ao fazer aquela sugestão, ter criado um problema adicional não teria nada que ver com a ideia original. Além disso, Latimer sentiu-se duvidoso da sua capacidade para esquecer Dimitrios e o Sr. Peters. Será que a honra estava mesmo salva? De modo nenhum. A ideia de uma experiência investigativa impessoal era e sempre fora um disparate. Que investigação a sério tinha ele feito? Nenhuma. O seu interesse em Dimitrios já se transformara numa obsessão. «Obsessão» era uma palavra feia. Conjurava visões de olhos brilhantes e estupidificados e provas de que o mundo era plano. Contudo, é verdade que esta história com Dimitrios o fascinava de forma inexplicável. Por exemplo, será que conseguiria continuar a trabalhar sabendo da existência de um homem chamado Grodek que lhe podia dizer coisas que ele tinha curiosidade em saber? E se a resposta fosse «não», regressar a Atenas não seria uma perda de tempo? É claro que sim! E será que o seu saldo bancário estaria assim tão magro daí a seis meses se ele se atrasasse algumas semanas na entrega do livro? Não.

Saiu da banheira e começou a enxugar-se.

Havia também que esclarecer a questão do Sr. Peters. Não se podia esperar razoavelmente que Latimer deixasse as coisas como estavam e se pusesse a escrever um livro policial — era pedir muito. Para mais, existia um homicídio *real*: não o assassinato limpinho e bem organizado de um livro, com cadáver, pistas, suspeitos e carrasco, mas um assassinato diante do qual um chefe da polícia encolhera os ombros, lavara as mãos e metera a vítima fedorenta num caixão. Sim, era isso. Era real. Dimitrios era ou fora real. Não eram pomposas figurinhas de papel, eram homens e mulheres tangíveis e que evocam emoções, tão reais como Proudhon, Montesquieu ou Rosa Luxemburgo. Os mundos do escapismo, as fantasias que se criavam para conforto próprio, eram bons quando se conseguia viver dentro deles. Mas quando se rasgava a membrana que nos separava do mundo real, as fantasias morriam. Estávamos livres e vivos, mas num mundo de frustração.

Em voz alta, Latimer murmurou:

— Confortável, muito confortável! Queres ir a Genebra. Não queres trabalhar. Sentes-te preguiçoso e a tua curiosidade foi despertada. Seja como for, o escritor de livros policiais não tem de se envolver com a realidade, exceto no que diz respeito a pormenores técnicos como a balística, a medicina, as leis das provas e os procedimentos policiais. Que isto fique claro. Pronto! Chega de disparates.

Fez a barba, vestiu-se, reuniu os seus pertences, fez as malas e desceu para se informar sobre os comboios para Atenas. O rececionista trouxe um horário e procurou a página referente a Atenas.

Latimer observou-a em silêncio por instantes. E depois:

— E se — disse lentamente — eu quisesse viajar daqui para Genebra?

Na sua segunda noite em Genebra, Latimer recebeu uma carta com o carimbo de Chambésy. Era de Vladislav Grodek, em resposta à carta que Latimer lhe enviara com a missiva do Sr. Peters.

O Sr. Grodek escrevera sucintamente, em francês:

Villa Acacias
Chambésy
Sexta-feira

Caro Sr. Latimer,

Tenho o prazer de o convidar para almoçar amanhã, na Vila das Acácias. A menos que me informe que não pode, o meu motorista irá buscá-lo ao seu hotel às onze e trinta.

Com elevada consideração,

Grodek

O motorista chegou à hora em ponto, cumprimentou Latimer e convidou-o cerimoniosamente a entrar num enorme *coupé de ville* cor de chocolate; de seguida, arrancou e conduziu debaixo da chuva como se estivesse a fugir da cena de um crime.

Latimer observou distraidamente o interior do carro. Dos painéis de madeira embutidos aos acessórios de marfim e aos confortabilíssimos assentos, tudo sugeria muito dinheiro. Dinheiro esse, refletiu, que, a acreditar em Peters, fora ganho com a espionagem. Ocorreu-lhe o pensamento ilógico de que o carro não oferecia nenhuma indicação da origem sinistra do valor pago por ele. Como seria o Sr. Grodek? Talvez tivesse uma barba branca pontiaguda. Peters dissera que era polaco, que adorava animais e que, *au fond*, era uma pessoa maravilhosa. Será que isso significava que, superficialmente, era uma pessoa má? E o seu suposto amor aos animais não queria dizer nada. Muitos amantes dos animais tinham um ódio patético à humanidade. Será que um espião profissional, destituído de motivação patriótica, odiava o mundo em que atuava? Pergunta estúpida.

Viajaram durante algum tempo ao longo da margem norte do lago, mas em Pregny viraram à esquerda e começaram a subir uma extensa colina. Percorrido cerca de um quilómetro, meteram-se por uma vereda estreita no meio de um pinhal. Pararam à frente de dois portões de ferro, que o motorista abriu. De seguida, subiram um caminho íngreme, com uma curva apertada à direita, desembocando por fim em frente de um grande e feio chalé.

As árvores à frente do chalé tinham sido abatidas e, por entre a névoa flutuante de neve transformada em chuva, Latimer vislumbrou, lá em baixo, na encosta, uma aldeola com a sua igreja branca com campanário de madeira. Para lá e abaixo da aldeia, via-se o lago, cinzento e sem vida devido à ausência de sol. Um vapor agitava as águas rumo a Genebra. Para Latimer, que vira o lago no verão, era um panorama desolador, naquele sentido especial em que um teatro é desolador quando o interior dos camarotes está coberto de lonas, a cortina está levantada e o palco, sob a luz pálida de um único candeeiro a gás, perdeu a sua magia.

O motorista abriu a porta, Latimer saiu e dirigiu-se à porta da casa. Enquanto isso, abriu-a uma mulher robusta e bem-disposta que podia muito bem ser a governanta. Entrou.

Deu por si num pequeno átrio com cerca de 1,80 m de largura. Numa parede, havia uma fila de cabides onde estavam descuidadamente pendurados chapéus e casacos de uma mulher e de um homem, uma corda de alpinismo e um estranho bastão de esqui. Encostados à parede oposta, havia três pares de esquis bem encerados.

A governanta ficou com o casaco e o chapéu de Latimer, e ele atravessou o átrio, desembocando num salão.

A construção parecia a de uma estalagem, com escadas que conduziam a uma galeria que se estendia pelos dois lados do salão, e uma enorme lareira. Uma fogueira rugia sobre a grelha e o chão de tábuas de pinho estava coberto de grossos tapetes. Era um espaço muito quente e limpo.

Com um sorriso, a governanta garantiu que o Sr. Grodek estava quase a descer e retirou-se. Havia cadeirões à frente da lareira e Latimer caminhou na sua direção. Nesse momento, ouviu um rápido rumor e um gato siamês saltou para as costas do cadeirão mais próximo, pondo-se a mirá-lo com olhos azuis e hostis. Um segundo gato juntou-se ao primeiro. Latimer aproximou-se e eles recuaram, arqueando o dorso. Latimer contornou-os de longe e aproximou-se da lareira. Os gatos observaram-no atentamente. Os toros mexeram-se, agitados, na grelha. Fez-se um momento de silêncio; e então o Sr. Grodek desceu as escadas.

A primeira coisa que chamou a atenção de Latimer foi que os gatos levantaram subitamente a cabeça, olharam por cima do ombro dele e depois saltaram agilmente para o chão. Latimer voltou-se. O homem alcançara o fundo das escadas. Agora virava-se e caminhava na direção de Latimer, oferecendo a mão e proferindo algumas desculpas.

Era um homem alto, de ombros largos, com cerca de sessenta anos e cabelo grisalho e ralo, ainda tingido da cor de palha original que condissera em tempos com o queixo claro e barbeado e os olhos azuis acinzentados. O rosto era em forma de pera, afunilava-se da testa larga, passava pela boca pequena e apertada e terminava num queixo que recuava quase até à nuca. Podia passar por um inglês ou dinamarquês com uma inteligência acima da média; podia ser um engenheiro consultor reformado. De chinelos e roupa de *tweed* largueirona, e com gestos enérgicos e decididos, parecia um homem que gozava os frutos merecidos de uma carreira imaculada e digna.

Grodek disse:

— Peço-lhe muita desculpa, *monsieur*. Não ouvi o carro chegar.

O seu francês, apesar do sotaque curioso, era muito fluente, algo que Latimer achou incongruente. A sua boquinha estaria mais à vontade com o inglês.

— É muito simpático da sua parte receber-me tão amigavelmente, Sr. Grodek. Não sei o que o Peters escreveu na carta porque...

— Porque — interrompeu cordialmente o homem alto — o senhor foi muito sensato em nunca se ter dado ao trabalho de aprender polaco. Compreendo-o muito bem. É uma língua horrível. Já vi que se apresentou ao *Anton* e à *Simone* — apontou para os gatos. — Estou convicto de que se melindraram por o senhor não falar siamês. Gosta de gatos? O *Anton* e a *Simone* têm uma inteligência crítica, não tenho dúvida nenhuma. Não são gatos como os outros, pois não, *mes enfants*?

Grodek pegou num deles e estendeu-o para o mostrar a Latimer. «*Ah, Simone chérie, comme tu es mignonne! Comme tu es bête!*» Largou-a e ela ficou de pé, com as patas encostadas às palmas das suas mãos. «*Allez vite! Va promener avec ton vrai amant, ton cher Anton!*» A gata saltou para o chão e foi-se embora em passo pomposo e indignado. Grodek limpou as mãos uma na outra.

— São lindos, não são? E tão humanos. Quando está mau tempo, ficam mal-humorados. Gostava muito que o dia estivesse bom para a sua visita, *monsieur*. Com sol, a vista daqui é muito bonita.

Latimer retorquiu que, pelo que tinha visto, calculava que fosse. Estava perplexo. O anfitrião e o acolhimento não foram nada do que estava à espera. Grodek podia parecer um engenheiro consultor reformado, mas tinha algo que tornava a comparação absurda, algo que derivava de algum modo do contraste entre o seu aspeto e os seus gestos rápidos e desenvoltos, e da premência dos seus pequenos lábios. Era fácil imaginá-lo no papel de um amante; algo, refletiu Latimer, que não se podia dizer de muitos homens de sessenta anos ou de poucos com menos de sessenta. Latimer pensou na mulher cuja roupa vira no átrio. Depois, acrescentou banalmente:

— Deve ser muito agradável aqui no verão.

Grodek assentiu. Abrira um armário junto da lareira.

— Bastante. Que toma? Uísque inglês?

— Sim, obrigado.

— Ótimo. Também é o que prefiro como aperitivo.

Grodek começou a gorgolejar uísque para dentro de dois copos.

— No verão, trabalho lá fora. Faz-me muito bem, mas acho que não é bom para o meu trabalho. Consegue trabalhar ao ar livre?

— Não, não consigo. As moscas...

— Exatamente! As moscas. Estou a escrever um livro, sabe?

— Ah sim? As suas memórias?

Grodek levantou os olhos da garrafa de água com gás que estava a abrir e Latimer viu-lhe uma centelha de divertimento no olhar enquanto abanava a cabeça.

— Não, *monsieur*. É uma biografia de São Francisco. Quase de certeza que vou morrer antes de a terminar.

— Deve ser um estudo bastante exaustivo.

— Sem dúvida — Grodek entregou um copo a Latimer. — Sabe, na minha perspetiva, a vantagem de São Francisco é que já se escreveu tanto sobre ele que eu não preciso de ir às fontes. Não tenho de fazer pesquisa original. Por conseguinte, o trabalho serve o meu propósito porque me permite viver aqui numa ociosidade quase total sem peso na consciência. Ao primeiro sinal de tédio, de mal-estar espiritual, mergulho na minha biblioteca de obras de referência sobre São Francisco e redijo mais mil palavras do meu livro. Quando me convenço da utilidade do trabalho que estou a desenvolver, paro. Devo dizer que cito extensamente Sabatier. Os livros dele são os mais prolixos sobre o tema e ajudam-me a encher páginas. Para me entreter, leio revistas mensais alemãs — ergueu o copo. — *A votre santé.*

— *A la vôtre.*

Latimer interrogou-se se o seu anfitrião não passaria afinal de um imbecil afetado. Bebeu um pouco de uísque e disse:

— Não sei se o Peters mencionou o propósito da minha visita na carta que lhe trouxe de Sófia.

— Não, *monsieur*, não mencionou. Mas recebi ontem uma carta dele, na qual o fez.

Grodek estava a pousar e a olhar de lado para Latimer quando acrescentou:

—Fiquei muito interessado. Conhece o Peters há muito tempo?

O nome foi proferido com uma hesitação inconfundível. Latimer adivinhou que os lábios do outro tinham estado prestes a formar uma palavra diferente.

— Só estive com ele uma ou duas vezes. Num comboio e no meu hotel. E o senhor? Suponho que o conhece bastante bem.

Grodek franziu o sobrolho.

— E de onde vem essa certeza, *monsieur*?

Latimer sorriu facilmente porque se sentiu incomodado. Sentiu que, se calhar, cometera alguma indiscrição.

— Se não o conhecesse bem, não me teria certamente dado uma carta de apresentação para si, nem lhe teria pedido para me fornecer informações de natureza tão confidencial — Latimer sentiu-se agradado com o seu discurso.

Grodek olhou-o pensativamente e Latimer deu por si a interrogar-se por que carga de água fora néscio a ponto de o comparar com um engenheiro consultor reformado. Por um qualquer motivo que não conseguiu identificar, Latimer desejou subitamente ter a *Lüger* do Sr. Peters na mão. Não que a atitude do outro fosse de algum modo ameaçadora. Simplesmente...

— *Monsieur* — disse o Sr. Grodek. — Não sei qual será a sua reação se eu lhe fizer uma pergunta impertinente, por exemplo, se lhe pedir para me dizer com sinceridade se um interesse literário na fragilidade humana é a sua única razão para me contactar pessoalmente.

Latimer sentiu-se a corar.

— Posso garantir-lhe...

— Estou inteiramente convencido de que pode... — interrompeu-o suavemente Grodek. — Mas, perdoe-me, que valor tem a sua garantia?

— Só lhe posso dar a minha palavra, *monsieur*, de que tratarei como confidencial toda e qualquer informação que me dê — retorquiu rigidamente Latimer.

O outro suspirou.

— Acho que não me expliquei bem — disse ele cuidadosamente. — As informações, por si só, são irrelevantes. O que aconteceu em Belgrado em 1926 tem pouca importância hoje. Estou a pensar na minha posição. Para ser sincero, o nosso amigo Peters foi um pouco indiscreto ao enviá-lo aqui. Ele admitiu que sim, mas implorou a minha benevolência e pediu-me o favor, recordando-me de que eu tinha uma pequena dívida para com ele, de lhe fornecer as informações de que o senhor necessita acerca do Dimitrios Talat. Explicou-me que é escritor e que o seu interesse é meramente o de um escritor. Muito bem! Mas há uma coisa que para mim é inexplicável — fez uma pausa, pegou no copo e bebeu tudo. — Enquanto estudioso do comportamento humano, *monsieur* — prosseguiu —, terá decerto reparado que, atrás dos atos da maior parte das pessoas subjaz um estímulo que tende a dominar todos os outros. Para alguns, é a vaidade, para outros, é a satisfação dos sentidos, para outros, o dinheiro, etc. O... Peters é por acaso uma daquelas pessoas que tem o estímulo do dinheiro extremamente bem desenvolvido. Não querendo falar mal dele, julgo que lhe posso dizer que é um avarento, ama o dinheiro. Não me interprete mal, por favor. Não estou a dizer que só age em função do estímulo do dinheiro. O que quero dizer é que, do que conheço do Peters, é difícil imaginá-lo a dar-se ao trabalho de o enviar aqui e de me escrever como escreveu no interesse de um romance policial inglês. Percebe onde quero chegar? Estou relativamente desconfiado, *monsieur*. Ainda tenho inimigos neste mundo. Por conseguinte, e se me dissesse que tipo de relação tem com o nosso amigo Peters? Quer fazer isso?

— Com todo o prazer. Mas infelizmente, não posso. E por uma razão muito simples. Eu próprio não sei que tipo de relação é.

O olhar de Grodek endureceu.

— Eu não estou a brincar, *monsieur*.

— Nem eu. Tenho andado a investigar a história deste homem, Dimitrios. Entretanto, conheci o Peters. Por alguma razão, ele também está interessado no Dimitrios. Ouviu-me a fazer perguntas no arquivo da Comissão de Socorro, em Atenas. Depois, seguiu-me até Sófia, onde me abordou, de pistola na mão, devo dizer, e me pediu que explicasse o meu interesse neste homem que, já agora, foi assassinado semanas antes de eu ouvir falar nele pela primeira vez. E depois fez-me uma proposta. Disse que se eu me encontrasse com ele em Paris e colaborasse num esquema qualquer que ele congeminou, cada um de nós ganharia meio milhão de francos. Disse-me que eu possuía uma informação que não tinha valor sozinha, mas que combinada com informações que ele tinha seria de grande valor. Não acreditei nele e recusei alinhar no esquema. Por conseguinte, para me aliciar e como prova da sua boa vontade, ele deu-me a mensagem para si. Está a ver, eu tinha-lhe dito que o meu interesse era como escritor e admiti que estava prestes a ir para Belgrado para obter mais informações. Ele disse-me que o senhor era a única pessoa que me podia dar essas informações.

Grodek ergueu as sobrancelhas.

— Não quero parecer demasiado curioso, *monsieur*, mas gostava de saber como descobriu que o Dimitrios Talat esteve em Belgrado em 1926.

— Foi-me dito por um oficial turco do qual me tornei amigo em Istambul. Foi ele que me relatou a história do Dimitrios; isto é, tanto quanto é conhecida em Istambul.

— Estou a ver. E já agora, se é que posso perguntar, qual é a informação valiosa que tem na sua posse?

— Não sei.

Grodek franziu o sobrolho.

— Então, *monsieur*? Se me pede segredos, o mínimo que pode fazer é revelar-me os seus.

— Estou a dizer-lhe a verdade. Não sei. Falei bastante à vontade com o Peters e em dada altura da conversa ele ficou excitado.

— Em que altura?

— Acho que foi quando eu lhe expliquei que o Dimitrios não tinha dinheiro quando morreu. Foi depois disso que ele começou a falar no meio milhão de francos.

— E como é que você *sabia* isso?

— Tudo o que foi encontrado no corpo estava na mesa da morgue. Tudo, isto é, exceto a *carta d'identité*, que foi descoberta no forro do casaco e enviada às autoridades francesas. Não havia dinheiro. Nem um cêntimo.

Grodek fixou os olhos nele durante alguns segundos. Depois, dirigiu-se ao armário onde guardava as bebidas.

— Mais um, *monsieur*?

Grodek serviu as bebidas em silêncio, devolveu o copo a Latimer e levantou solenemente o seu.

— Um brinde, *monsieur*. Ao romance policial inglês!

Latimer, divertido, levou o copo aos lábios. O seu anfitrião imitou-o, mas de repente engasgou-se e, tirando um lenço do bolso, pousou o copo. Para sua surpresa, Latimer viu que o homem se estava a rir.

— Peço desculpa, *monsieur* — disse ele, ofegante. — Ocorreu-me uma coisa que me fez rir. Foi — hesitou uma fração de segundo — a ideia do nosso amigo Peters a ameaçá-lo com uma pistola. Ele tem pavor das armas de fogo.

— Então dissimulou muito bem os seus receios — disse Latimer, com alguma irritação. Estava desconfiado de que havia algures outra piada, mas não a tinha percebido.

— O Peters é esperto — Grodek soltou uma risada e deu uma palmadinha no ombro de Latimer. De repente, parecia todo bem-disposto. — Meu caro amigo, por favor, não me diga que o ofendi. Olhe, vamos almoçar. Espero que goste. Está com fome? A Greta é uma cozinheira estupenda e os meus vinhos não têm nada de suíço. Depois, conto-lhe tudo sobre o Dimitrios e os problemas que ele me causou, e sobre Belgrado em 1926. Agrada-lhe a proposta?

— É muito generoso da sua parte ajudar-me.

Julgou que Grodek se ia rir outra vez, mas o polaco pareceu mudar de ideias e tornou-se muito solene.

— É um prazer, *monsieur*. O Peters é um grande amigo meu. Além disso, gosto de si, e temos poucas visitas — hesitou. — Permite-me, como amigo, que lhe dê um conselho, *monsieur*?

— Faça o favor.

— Se eu estivesse no seu lugar, *monsieur*, acreditava no nosso amigo Peters e ia a Paris.

Latimer ficou perplexo.

— Não sei… — começou ele a dizer lentamente, mas Greta, a governanta, entrou na sala.

— Almoço! — exclamou Grodek com satisfação.

Mais tarde, quando podia ter pedido a Grodek que explicasse o seu «conselho», Latimer esqueceu-se. Já tinha outras coisas em que pensar.

— 9 —

Belgrado, 1926

O ser humano aprendeu a desconfiar da sua imaginação. Por conseguinte, acha estranho quando descobre, por acaso, que um mundo concebido na imaginação, fora da experiência concreta, existe efetivamente. Neste sentido, Latimer recorda a tarde que passou na Vila das Acácias a ouvir Vladislav Grodek como uma das mais estranhas da sua vida. Numa carta (em francês) destinada ao grego Marukakis, que começou a escrever nessa noite, quando ainda tinha a memória fresca, e que terminou no dia seguinte, domingo, Latimer deixou tudo registado.

Genebra
Sábado

Meu caro Marukakis,

Lembro-me de que prometi escrever-lhe para dizer se tinha descoberto mais alguma coisa sobre o Dimitrios. Pergunto-me se não ficará tão surpreendido como eu ao saber que sim. Que descobri alguma coisa, quero eu dizer. De qualquer dos modos, eu tencionava escrever-lhe para lhe agradecer novamente a ajuda que me deu em Sófia.

Quando nos despedimos, talvez se recorde, eu estava de saída para Belgrado. Por que razão, então, lhe escrevo de Genebra?

Contava que fizesse essa pergunta.

Meu caro amigo, quem me dera saber a resposta. Sei uma parte. O homem, o espião profissional, que contratou o Dimitrios em Belgrado, em 1926, vive nos arredores de Genebra. Estive com ele hoje e falámos sobre o Dimitrios. Posso até explicar como entrei em contacto com ele: fui apresentado. Mas não imagino porquê, nem o que o homem que nos apresentou espera ganhar com isso. Mas espero vir a descobrir um dia. Entretanto, deixe-me dizer-lhe que, se acha todo este mistério enervante, eu também acho. Vou contar-lhe sobre o Dimitrios.

Alguma vez acreditou na existência de um «espião-mor»? Eu nunca acreditei — até hoje. É que passei a maior parte do dia de hoje a falar com um. Como não lhe posso dizer o nome dele, vou chamar-lhe, na melhor tradição das histórias de espionagem, «G.».

O G. foi um «espião-mor» (está reformado), no sentido em que o tipógrafo que a minha editora usa é um «tipógrafo-mor». Ele recrutava «mão de obra» para espionagem. O seu trabalho era principalmente de cariz administrativo.

Agora sei que se dizem e escrevem muitos disparates acerca dos espiões e da espionagem, mas vou colocar-lhe a questão como o G. ma colocou.

Ele começou por citar Napoleão, dizendo que, na guerra, o elemento básico de toda a estratégia de sucesso é a surpresa.

Devo dizer que o G. gosta muito de citar Napoleão. Seguramente o Napoleão disse isto ou algo parecido. Tenho a certeza de que não foi o primeiro líder militar a dizer tal coisa. Alexandre, César, Gengiscão e Frederico da Prússia, todos tiveram a mesma ideia. E Foch também, em 1918. Mas regressemos ao G.

O G. diz que «a experiência do conflito de 14–18» mostra que, numa futura guerra (que parece maravilhosamente distante, não é?), a mobilidade e o poder de ataque dos exércitos e das marinhas modernos e a existência de forças aéreas tornarão o elemento de surpresa mais importante do que nunca; tão importante, na verdade, a ponto de ser possível que quem consiga primeiro desferir um ataque de surpresa poderá ganhar a guerra. Por conseguinte, é mais necessário do que nunca reforçar a defesa contra a surpresa antes *de a guerra começar.*

Ora, existem cerca de vinte e sete Estados independentes na Europa. Todos têm exército e força aérea, e a maior parte também tem marinha. Para sua segurança, cada um destes exércitos, forças aéreas e marinhas tem de estar a par das atividades dos restantes vinte e seis exércitos, forças aéreas e marinhas — qual a sua força e a sua eficiência, quais os preparativos secretos que estão a desenvolver. Para isto, são necessários espiões — exércitos de espiões.

Em 1926, o G. foi contratado pela Itália e, na primavera desse ano, estabeleceu residência em Belgrado.

Na altura, as relações entre a Jugoslávia e a Itália eram tensas. A conquista italiana de Fiume ainda estava fresca na memória da Jugoslávia, tal como o bombardeamento de Corfu; corria igualmente o boato (com alguma justificação, como se descobriu ainda nesse ano) de que Mussolini pretendia ocupar a Albânia.

A Itália, de sua parte, desconfiava da Jugoslávia. Fiume estava sob pressão das armas jugoslavas. Uma Albânia jugoslava ao longo do estreito de Otranto era uma perspetiva impensável. Uma Albânia independente só seria tolerável desde que estivesse sob a influência predominantemente italiana. Talvez fosse desejável jogar pelo seguro, mas os jugoslavos ofereceriam resistência. Segundo os relatórios dos agentes italianos em Belgrado, na eventualidade de uma guerra, a Jugoslávia protegeria o seu litoral entrincheirando-se no Adriático, estabelecendo campos de minas a norte do estreito de Otranto.

Não sei muito acerca destas coisas, mas parece que para bloquear um corredor marítimo com 200 milhas não é preciso estabelecer um campo de minas com a mesma dimensão. Basta estabelecer um ou dois campos pequenos sem o inimigo saber exatamente onde estão. Por conseguinte, o inimigo tem de descobrir a sua posição.

Foi esta a missão do G. em Belgrado. Os agentes italianos descobriram que iriam ser estabelecidos campos de minas. E o G., o «espião-mor», foi incumbido de fazer o trabalho a sério, de descobrir onde, sem — e este é um aspeto importantíssimo — que os jugoslavos soubessem, caso contrário, estabeleceriam imediatamente os campos noutras zonas.

Nesta última parte da sua missão, o G. falhou. O causador desse fracasso foi o Dimitrios.

Sempre achei que o trabalho de um espião deveria ser extraordinariamente difícil. Quero dizer o seguinte: se o governo britânico me enviasse para Belgrado com a missão de descobrir um projeto secreto de estabelecimento de campos de minas no estreito de Otranto, eu nem saberia por onde começar. Suponhamos que eu sabia, como o G. sabia, que os campos estavam assinalados numa carta de navegação do estreito. Muito bem. Quantos exemplares existiriam da carta? Eu não saberia. Onde estariam guardados? Idem. Seria de supor razoavelmente que pelo menos um estaria no Ministério da Marinha, mas o Ministério da Marinha é grande. Além disso, a carta estaria quase de certeza guardada a sete chaves. E mesmo que, embora seja improvável, eu conseguisse descobrir a sala onde a carta estava guardada e entrar lá dentro, como ia eu deitar-lhe a mão sem que os jugoslavos soubessem?

Se lhe disser que, passado um mês da sua chegada a Belgrado, o G. não só tinha descoberto onde estava um exemplar da carta, como também tinha elaborado um plano para lhe deitar a mão sem os jugoslavos saberem, *concordará que ele tem todo o direito de se considerar competente.*

Como é que ele fez? Com que manobra engenhosa, com que truque subtil? Vou-lhe contando aos poucos.

Fazendo-se passar por alemão, representante de um fabricante de instrumentos óticos de Dresda, fez amizade com um administrativo do Departamento de Defesa Submarina (responsável pelas redes antissubmarinos, diques flutuantes, operações de colocação e draga-minas) do Ministério da Marinha!

Desprezível, não é? O espantoso é que ele acha que foi uma manobra muito astuta. Não tem nenhum sentido de humor. Quando lhe perguntei se lia histórias de espionagem, ele disse que não, porque as achava sempre bastante ingénuas. Mas o pior ainda está para vir.

Eis como o G. estabeleceu amizade com o homem: deslocou-se ao Ministério e pediu ao porteiro que lhe indicasse o Departamento de Aprovisionamento, um pedido perfeitamente normal da parte de um estranho. Depois de passar pelo porteiro, parou alguém num corredor, disse que lhe tinham indicado o Departamento de Defesa Submarina, mas que se tinha perdido e precisava de se orientar. Entrou no DDS e perguntou se estava no Departamento de Aprovisionamento. Disseram-lhe que não e ele foi-se embora. Não esteve lá mais do que um minuto, mas observou perscrutou rapidamente os funcionários do departamento — pelo menos, os que lá estavam — e tomou nota de três. Ao fim do dia, esperou à frente do Ministério até o primeiro deles sair e seguiu-o até casa. Depois de descobrir o nome e o máximo de coisas que pôde acerca do homem, repetiu o processo nos dias seguintes com os outros dois. E depois, escolheu: um homem chamado Bulić.

Ora, os métodos do G. não terão sido muito subtis, mas a forma como os empregou foi. Ele não vê nenhuma distinção nisto. Não é o primeiro homem bem-sucedido que não percebe as razões do seu sucesso.

A primeira subtileza do G. foi a escolha do Bulić para seu instrumento.

O Bulić era um homem desagradável e convencido, na casa dos quarenta; era mais velho do que a maior parte dos seus colegas, que antipatizavam com ele. A mulher era dez anos mais nova, era bonita e estava descontente com a sua vida. Ele sofria de catarro. Depois de sair do trabalho, costumava tomar um copo num café e foi lá que o G. meteu conversa com ele: pediu-lhe um fósforo, ofereceu-lhe um charuto e, por fim, pagou-lhe uma bebida.

Seria de esperar que um administrativo de um departamento público que lida com assuntos altamente confidenciais desconfiasse naturalmente se uma pessoa que conheceu no café tentasse sacar informações sobre o seu trabalho. O G. estava preparado para lidar com este tipo de suspeita muito antes de o Bulić desconfiar de alguma coisa.

A relação foi amadurecendo. Todos os dias, à tardinha, sempre que o Bulić chegava ao café, lá estava o G. Conversavam sobre coisas superficiais. O G., enquanto estrangeiro em Belgrado, pedia ao Bulić conselhos sobre isto e aquilo. Pagava-lhe as bebidas. Deixou que o Bulić o tratasse com condescendência. Às vezes, jogavam xadrez. O Bulić ganhava. Outras vezes, jogavam besigue de quatro baralhos com outros frequentadores do café. E depois, uma noite, o G. contou uma história ao Bulić.

O G. contou que um conhecido de ambos lhe tinha dito que o Bulić ocupava um cargo importante no Ministério da Marinha.

Para o Bulić, o «conhecido de ambos» podia ser qualquer um dos homens com quem jogavam às cartas e trocava opiniões, e que sabiam vagamente que ele trabalhava no Ministério. O Bulić franziu o sobrolho e abriu a boca. Estava provavelmente prestes a lançar-se numa qualificação falsamente modesta do adjetivo «importante», mas o G. não lhe deu tempo. Enquanto principal vendedor de um fabricante de instrumentos óticos altamente respeitado, tinha sido incumbido de assegurar uma encomenda de binóculos do Ministério da Marinha. Tinha apresentado um orçamento e estava esperançado em ganhar a encomenda, mas o Bulić sabia bem que naquele tipo de coisa não há nada melhor do que um amigo no outro lado. Por conseguinte, se o simpático e influente Bulić fizesse pressão no sentido de a empresa de Dresda ficar com a encomenda, seria recompensado com vinte mil dinares.

Vejamos a proposta da perspetiva do Bulić. Ali estava ele, um administrativo insignificante, a ser lisonjeado pelo representante de uma grande empresa alemã e prometem-lhe vinte mil dinares, o equivalente a seis meses de ordenado, em troca de não fazer absolutamente nada. Se o orçamento já tinha sido enviado, não havia nada a fazer, teria de concorrer com os outros orçamentos. Mas se a empresa de Dresda vencesse o concurso, ele ganharia vinte mil dinares sem se ter minimamente comprometido. Se a empresa perdesse, ele *não perderia nada, a não ser o respeito daquele alemão estúpido e mal informado.*

O G. admite que o Bulić fez uma tentativa hesitante de ser honesto. Balbuciou qualquer coisa acerca de não estar seguro de que a sua influência seria alguma ajuda. Mas o G. optou por tratar esta alusão como uma tentativa de aumentar o valor do suborno. O Bulić protestou que tal ideia não lhe passara pela cabeça. Estava perdido. Passados cinco minutos, concordou.

Nos dias seguintes, o G. e o Bulić tornaram-se amigos íntimos. O G. não corria risco nenhum. O Bulić não tinha forma de saber que a empresa de Dresda não tinha enviado orçamento nenhum, porque todos os orçamentos recebidos pelo Departamento de Aprovisionamento eram confidenciais até à adjudicação dos contratos. Se ele fosse suficientemente curioso para começar a indagar, iria descobrir, tal como o G. tinha descoberto pela Gazeta Oficial, que o Departamento de Aprovisionamento tinha efetivamente solicitado orçamentos para a aquisição de binóculos.

O G. entrou então em ação.

Não esqueçamos que o Bulić tinha de desempenhar o papel que lhe fora atribuído pelo G., o papel de funcionário influente. Além disso, o G. tornou-se muito amistoso, levando o Bulić e a bonita, mas estúpida, Madame Bulić a restaurantes e clubes noturnos caros. O casal reagiu como as plantas sequiosas reagem à chuva. Seria Bulić cauteloso quando, depois de beber quase uma garrafa de champanhe doce, desse por si no meio de uma discussão sobre o poderio naval esmagador da Itália e a sua ameaça ao litoral jugoslavo? Era pouco provável. Estava um bocadinho embriagado e a mulher estava presente. Pela primeira vez na sua vida monótona, as suas opiniões eram ouvidas com a devida deferência. Além do mais, ele tinha de desempenhar o seu papel. Não podia parecer ignorante em relação ao que se estava a passar nos bastidores. E começou a gabar-se: tinha visto com os próprios olhos o plano operacional que imobilizaria a esquadra italiana no Adriático. É óbvio que tinha de ser discreto, mas...

No fim da noite, o G. já sabia que o Bulić tinha acesso a um exemplar da carta. Decidira igualmente que o Bulić lho iria passar.

O G. gizou cuidadosamente os seus planos e depois procurou o homem adequado para os implementar. Precisava de um intermediário e encontrou o Dimitrios.

Não sei exatamente como o G. soube do Dimitrios. Julgo que não quis comprometer nenhum dos seus antigos colaboradores. Percebe-se a sua renitência. Seja como for, o Dimitrios foi-lhe recomendado. Perguntei-lhe o que fazia quem o recomendou, na esperança, confesso, de descobrir uma ligação ao episódio do Banco de Crédito Euroasiático. Mas o G. tornou-se vago. Disse que tinha sido há muito tempo. Mas lembrava-se do testemunho verbal que acompanhou a recomendação.

O Dimitrios Talat era um turco de língua grega com um passaporte «eficaz» e a reputação de ser «útil» e discreto ao mesmo tempo. Constava igualmente que era experiente em «trabalho financeiro de natureza confidencial».

Se por acaso desconhecêssemos os propósitos da sua utilidade e a natureza do seu trabalho financeiro, talvez supuséssemos que o indivíduo em causa era uma espécie de contabilista. Mas ao que parece existe uma gíria nestes meios. O G. percebeu e decidiu que o Dimitrios era o homem indicado para a tarefa. Escreveu-lhe — mostrou-me a morada, era uma espécie de apartado da American Express — ao cuidado do Banco de Crédito Euroasiático, em Bucareste!

O Dimitrios chegou a Belgrado cinco dias depois e apresentou-se em casa do G., para os lados da Rua Knez Miletina.

O G. lembrava-se muito bem da ocasião. Segundo ele, o Dimitrios era de média estatura e podia ter praticamente qualquer idade, entre os trinta e cinco e os cinquenta anos — na verdade, tinha trinta e sete. Estava bem vestido e... Mas o melhor é mesmo citar as palavras do G.:

«Ele estava vestido de forma chique e cara, e o cabelo estava a ficar grisalho nos lados. Tinha um ar cuidado, satisfeito e confiante,

e algo nos olhos que reconheci imediatamente. Aquele homem era um chulo. Reconheço-o sempre. Não me pergunte como. Tenho um instinto de mulher para estas coisas.»

E pronto. O Dimitrios tinha prosperado. Teria havido mais Madames Prevezas? Nunca o saberemos. Seja como for, o G. detetou o chulo no Dimitrios e não ficou desagradado. Um chulo, raciocinou, era de confiança porque não se meteria com mulheres em detrimento da missão. E o Dimitrios tinha uma atitude agradável. É melhor citar outra vez o G.:

«Ele sabia usar a roupa com elegância. E tinha um ar inteligente. Fiquei contente porque não queria usar ralé da sarjeta. Às vezes, era necessário, mas nunca gostei. Nem sempre compreendiam o meu temperamento curioso.»

Como vê, o G. era rebuscado.

O Dimitrios não tinha andado a desperdiçar tempo. Tornara-se relativamente fluente em alemão e francês. Ele disse:

— Vim logo que recebi a sua carta. Eu estava ocupado em Bucareste, mas fiquei contente com a sua carta porque já tinha ouvido falar de si.

O G. explicou-lhe cuidadosamente e com circunspeção (não era conveniente revelar demasiado a um potencial colaborador) o que queria que ele fizesse. O Dimitrios escutou, sem demonstrar emoção alguma. Quando o G. terminou, o Dimitrios perguntou quanto iria receber pelos seus serviços.

— Trinta mil dinares — disse o G.

— Cinquenta mil — disse o Dimitrios —, e preferia recebê-los em francos suíços.

Chegaram a um meio-termo de quarenta mil, que seriam pagos em francos suíços. O Dimitrios concordou com um sorriso e um encolher de ombros.

Foram os olhos daquele homem ao sorrir, disse o G., que o fizeram desconfiar pela primeira vez do seu novo colaborador.

Achei isto estranho. Será possível um código de honra entre canalhas, que o G., sendo quem era e sabendo (até certo ponto) que tipo de homem era o Dimitrios, ainda tenha precisado de um sorriso para ficar desconfiado? Incrível. Mas não há dúvida alguma de que se lembrava vividamente daqueles olhos. A Preveza também se lembrava, não foi? «Olhos muito castanhos e ansiosos que lembravam os olhos de um médico que nos está a magoar.» Foi isto, não foi? A minha teoria é que, só quando o Dimitrios sorriu, o G. percebeu a que tipo de homem tinha comprado um serviço. «Parecia manso, mas quando se olhava para aqueles olhos castanhos, via-se que ele não tinha nenhum dos sentimentos que suavizam o homem normal, via-se que ele era sempre perigoso.» Outra vez a Preveza. Será que o G. sentiu a mesma coisa? Talvez não tenha explicado a situação assim a si próprio — não é o género de homem que ligue muito aos sentimentos —, mas creio que se poderá ter interrogado se não teria cometido um erro ao contratar o Dimitrios. As suas mentes não eram muito diferentes e este tipo de lobo prefere caçar sozinho. Seja como for, o G. decidiu manter o Dimitrios atentamente debaixo de olho.

Entretanto, o Bulić sentia que a vida era mais aprazível do que nunca. Levavam-no a lugares caros. A mulher, encantada com todo aquele luxo inaudito, já não olhava para ele com desprezo e repugnância. Com o dinheiro que poupavam nas refeições oferecidas pelo estúpido do alemão, ela podia beber o seu conhaque favorito e, quando bebia, tornava-se amistosa e agradável. Além disso, daí a uma semana, ele poderia tomar posse de vinte mil dinares. Havia uma hipótese. Sentia-se muito bem, disse ele uma noite, acrescentando que a comida barata lhe fazia mal ao catarro. Foi a altura em que esteve mais perto de se esquecer de desempenhar o seu papel.

A encomenda dos binóculos foi concedida a uma empresa checa. A Gazeta Oficial, que anunciou a adjudicação do contrato, foi publicada ao meio-dia. Ao meio-dia e um minuto, o G. tinha um exemplar na mão e estava a caminho de um tipógrafo que tinha na bancada de trabalho uma matriz de cobre por terminar. Às seis da tarde, o G. estava à espera à frente do Ministério. Pouco depois das seis, o Bulić apareceu. Já vira a Gazeta. Trazia um exemplar debaixo do braço. O G. reparou no seu desalento e seguiu-o.

Normalmente, o Bulić não tardaria a atravessar a rua rumo ao café do costume. Naquela tarde, hesitou e continuou a andar. Não estava com pressa de se encontrar com o homem de Dresda.

O G. meteu por uma rua lateral e chamou um táxi. Em dois minutos, o táxi fez um atalho e aproximou-se do Bulić. Subitamente, o G. fez sinal para o motorista parar, saltou para o passeio e abraçou esfuziantemente o Bulić. Antes de o administrativo atordoado conseguir protestar, foi metido no táxi, com o G. a felicitá-lo e a agradecer-lhe profusamente ao ouvido, e metendo-lhe na mão um cheque de vinte mil dinares.

— Mas eu julguei que tinham perdido a encomenda — balbuciou, por fim, o Bulić.

O G. riu-se como se tivesse ouvido uma piada monumental.

— Perdido a encomenda! — e então ele «percebe». — É claro! Esqueci-me de lhe dizer. Apresentámos o orçamento através de uma filial checa. Olhe, isto explica? — e põe na mão do Bulić um dos cartões recém-impressos. — Não uso muito estes cartões. A maior parte das pessoas sabe que esta empresa checa pertence à nossa firma de Dresda — e depois deixa o assunto. — Mas temos de ir já beber um copo. Motorista!

Foi uma noite de celebração. Passada a confusão inicial, Bulić aproveitou ao máximo. Embebedou-se. Começou a gabar-se do peso da sua influência no Ministério, a ponto de o G., que tinha todos os motivos para estar satisfeito, ter de se esforçar para não ser mal-educado.

Contudo, perto do fim da noite, tomou Bulić à parte. Foram pedidos, disse ele, orçamentos para telémetros. Será que ele, Bulić, podia ajudar? Mas claro que sim. E então começou a armar-se em esperto. Agora que o valor da sua cooperação estava definido, sentia-se no direito de contar com um adiantamento.

O G. não estava à espera disto, mas, secretamente divertido, concordou de imediato. O Bulić recebeu mais um cheque; desta feita, de dez mil dinares. Ficou combinado que receberia outro tanto quando os «patrões» do G. ganhassem o contrato.

O Bulić nunca tinha tido tanto dinheiro. Trinta mil dinares. Dois dias depois, no restaurante de um hotel de luxo, o G. apresentou-o a um certo barão von Kiessling. O outro nome por que o barão von Kiessling se dava a conhecer era, escusado será dizer, Dimitrios.

— Até parecia — disse o G. — que ele tinha passado a vida inteira em lugares daqueles. Tanto quanto eu sabia, até podia ter passado. A postura dele era perfeita. Quando lhe apresentei o Bulić como um funcionário importante do Ministério da Marinha, ele mostrou-se extraordinariamente impressionado. E foi soberbo com a Madame Bulić. Parecia que estava a cumprimentar uma princesa. Mas eu vi como os seus dedos lhe acariciavam a palma da mão quando se inclinou para lhe beijar o outro lado.

O Dimitrios tinha-se exibido no restaurante antes de o G. fingir que o conhecia, para lhe dar tempo para preparar o terreno. O «barão», contou G. aos Bulićs depois de chamar a sua atenção para o Dimitrios, era um homem muito importante. Algo misterioso, talvez, mas um elemento muito importante nos grandes negócios internacionais. Era extraordinariamente rico e dizia-se que controlava vinte e sete empresas. Talvez fosse um homem útil de conhecer.

Os Bulićs ficaram encantados por lhe serem apresentados. Quando o «barão» aceitou beber uma taça de champanhe na sua mesa, sentiram-se honrados. No seu alemão hesitante, procuraram ser agradáveis. Tinha passado a vida inteira, deve ter pensado Bulić, precisamente à espera daquilo: estava finalmente em contacto com pessoas que tinham peso, que contavam, que faziam e destruíam homens, pessoas que poderiam fazê-lo a ele. Talvez se tenha visto como diretor de uma das empresas do «barão», com uma bela casa e pessoas que dependeriam dele, servidores leais que o respeitariam, não só como homem, mas também como seu amo. Quando, na manhã seguinte, se sentou na sua cadeira no Ministério, estava certamente com o coração a transbordar de alegria, uma alegria ainda mais doce por poder descartar facilmente as vagas inquietações, os leves remorsos que eram tão facilmente apaziguados. Afinal de contas, o dinheiro do G. tinha sido bem empregue. E ele não tinha nada a perder. Além do mais, nunca se sabia no que tudo aquilo iria dar. Muita gente tinha seguido caminhos mais estranhos para o enriquecimento.

O «barão» fora gracioso a ponto de dizer que jantaria com o Herr *G. e os seus dois encantadores amigos daí a dois dias.*

Questionei o G. em relação a este ponto. Não teria sido melhor bater quando o ferro ainda estava quente? Dois dias davam aos Bulićs tempo para pensarem.

— Precisamente — respondeu o G. — Tempo para pensarem nas coisas boas que estavam para acontecer, para se prepararem para o festim, para sonharem — o G. ficou invulgarmente solene a pensar naquilo e depois, sorrindo, citou-me de repente Goethe: — Ach! warum ihr Götter, ist unendlich, alles, alles, endlich unser Glück nur?[8] *— está a ver, o G. pode dizer que tem sentido de humor.*

Esse jantar foi o momento crítico para ele. O Dimitrios trabalhou a madame. Era um prazer tão grande conhecer pessoas tão agradáveis como a madame — e o marido, é claro. Ela — e o marido, é claro — tinha de passar uns dias em sua casa, na Baviera, no mês seguinte. Ele preferia aquela residência à de Paris e a de Cannes costumava ser fria na primavera. A madame ia gostar da Baviera — e o marido também, de certeza. Isto é, se ele se conseguisse ausentar do Ministério.

Coisas toscas e simples, é certo, mas os Bulićs eram gente tosca e simples. A madame engoliu tudo com o champanhe doce e o Bulić amuou. E chegou o grande momento.

A menina das flores parou junto à mesa com a sua bandeja de orquídeas. O Dimitrios virou-se e, escolhendo a flor maior e mais cara, e ofereceu-a com um pequeno floreado à Madame Bulić, pedindo-lhe que a aceitasse como prova da sua estima. A madame aceitou. O Dimitrios puxou da carteira para pagar. No instante

[8] Ah! Porquê, ó deuses, é tudo, tudo infinito, e só a nossa felicidade é finita. [*N. do T.*]

seguinte, um espesso maço de notas de mil dinares caiu-lhe do bolso do peito, para cima da mesa.

O Dimitrios pediu desculpa e meteu o dinheiro no bolso. O G., pegando na deixa, fez notar que era realmente muito dinheiro para se levar no bolso e perguntou ao «barão» se trazia sempre tanto dinheiro consigo. Não, na verdade não. Tinha ganhado o dinheiro nessa mesma noite, no Alessandro's, e tinha-se esquecido de o deixar no quarto do hotel. Será que a madame conhecia o Alessandro's? Não conhecia. Os Bulićs permaneceram em silêncio enquanto o «barão» continuava a falar: nunca antes tinham visto tanto dinheiro. Na opinião do «barão», o Alessandro's era a casa de jogo mais credível de Belgrado. No Alessandro's, o que contava era a nossa sorte, não a perícia do croupier. *Pessoalmente, estava em maré de sorte naquela noite — pousando um olhar melífluo na madame — e tinha ganhado um bocadinho mais do que o costume. Nesse momento, hesitou. E então: «Como nunca lá foram, dar-me-ia muito prazer acompanhá-los como meus convidados mais tarde.»*

É claro que foram, e, é claro, estavam à espera deles e tinham sido feitos preparativos. O Dimitrios tinha tratado de tudo. Nada de roleta — é difícil enganar alguém à roleta —, mas havia «trente et quarente». A aposta mínima era de duzentos e cinquenta dinares.

Tomaram algumas bebidas e assistiram ao jogo durante algum tempo. Depois, o G. decidiu que ia jogar um bocadinho. Viram-no a ganhar duas vezes. Então o «barão» perguntou à madame se ela gostaria de jogar. Ela olhou para o marido. Ele pediu desculpa, mas não tinha muito dinheiro consigo. Mas o Dimitrios estava preparado. Não há problema nenhum, Herr *Bulić! Ele conhecia bem o Alessandro. Qualquer amigo seu era bem atendido. Se ele perdesse alguns dinares, o Alessandro aceitaria um cheque ou uma promissória.*

E a farsa prosseguiu. Mandou-se chamar o Alessandro, que foi apresentado. Explicaram-lhe a situação. Ele levantou as mãos num gesto de protesto. Qualquer amigo do «barão» nem sequer precisava de pedir tal coisa. Além do mais, ainda nem tinha jogado. Se ele não estivesse com sorte, logo falariam.

O G. acha que, se tivesse deixado os dois falarem um com o outro sozinhos, nem que fosse por um momento, não teriam jogado. A aposta mínima era duzentos e cinquenta dinares, e nem mesmo a posse de trinta mil se teria imposto à sua consciência do que valiam, em alimentação e renda, duzentos e cinquenta. Mas o Dimitrios não lhes deu hipóteses de falarem nas reticências. Pelo contrário, enquanto estavam à espera junto à mesa, atrás da cadeira do G., sussurrou ao Bulić que, se ele, Bulić, tivesse tempo, gostaria que almoçassem juntos ainda nessa semana para falar de negócios.

Foi uma intervenção magnificamente oportuna. Julgo que só poderá ter significado uma coisa para o Bulić: «Meu caro Bulić, não vale de todo a pena estar a preocupar-se com umas míseras centenas de dinares. Eu estou interessado em si, o que significa que tem a sua fortuna garantida. Por favor, não me desiluda mostrando-se menos importante do que parece ser.»

A Madame Bulić começou a jogar.

Perdeu os primeiros duzentos e cinquenta na «couleur». A seguir, ganhou no «inverse». Nessa altura, aconselhando maior cautela, o Dimitrios sugeriu-lhe que jogasse «à cheval». Houve um «refait» e, depois, um segundo «refait», mas ela acabou por perder outra vez.

Passada uma hora, os cinco mil dinares de fichas tinham-se sumido. O Dimitrios, solidário com ela diante do seu «azar», passou-lhe quinhentos dinares de fichas de uma pilha que tinha à sua frente e pediu-lhe que jogasse com elas «para lhe darem sorte».

O atormentado Bulić terá ficado com a ideia de que se tratava de uma oferta, dado que quase não protestou. Só mais tarde descobriria que não o era. A Madame Bulić, agora completamente infeliz e começando a ficar algo desalinhada, continuou a jogar. Ganhou um pouco, mas perdeu mais. Às duas e meia da manhã, Bulić assinou uma promissória no valor de doze mil dinares. O G. pagou-lhes uma bebida.

É fácil — facílimo — imaginar a cena entre os Bulićs quando, por fim, chegaram a casa — as recriminações, as lágrimas, as intermináveis discussões. Ainda assim, por pior que a situação se afigurasse, havia esperança: no dia seguinte, o Bulić ia almoçar com o «barão». E iam falar de negócios.

E falaram. O Dimitrios tinha ordens para ser encorajador, e não há dúvida de que foi. Alusões a grandes negócios em vista, oportunidades para ganhar somas fabulosas para quem estava por dentro, referências a castelos na Baviera — estava tudo à mão de semear. O Bulić ouviu com o coração a bater cada vez mais depressa. Que importância tinham doze mil dinares? Era preciso pensar em milhões.

Em todo o caso, foi o Dimitrios quem abordou o tema da dívida do seu convidado ao Alessandro. Partiu do princípio de que o Bulić viria com ele nessa noite para a saldar. Ele, da sua parte, ia jogar outra vez. Afinal de contas, não se podia ganhar tanto sem dar ao Alessandro a possibilidade de perder mais. E se fossem juntos? Só os dois. As mulheres não sabiam jogar.

Quando se encontraram nessa noite, o Bulić tinha quase trinta e cinco mil dinares no bolso. Deve ter acrescentado as suas poupanças aos trinta mil do G. Quando o Dimitrios fez o seu relatório ao G., de madrugada, disse que o Bulić, não obstante os protestos do Alessandro, tinha insistido em resgatar a promissória antes de começar a jogar. «Eu pago as minhas dívidas», disse ele orgulhosamente ao Dimitrios. E com um floreado, investiu o resto do dinheiro em fichas no valor de quinhentos dinares. Naquela noite ia ganhar a sério. Recusou uma bebida. Queria manter a cabeça fria.

O G. sorriu ao dizer isto, e talvez com razão. Às vezes, a pena é demasiado desconfortável; e eu acho o Bulić digno de pena. Pode dizer-se que era tonto e fraco. Mas a Providência nunca é tão calculista como o G. e o Dimitrios foram. Pode dar cabo de um homem à mocada, mas não lhe enfia uma faca entre as costelas. O Bulić não tinha hipótese nenhuma. Eles perceberam-no e usaram-no com perícia. Se eu tivesse as cartas bem ordenadas contra mim como estiveram contra ele, não seria provavelmente menos fraco, nem menos tonto. Reconforta-me estar convicto de que não será provável que me venha a encontrar numa tal situação.

Inevitavelmente, ele perdeu. Começou a jogar com pouco mais de quarenta fichas. Bastaram-lhe duas horas a ganhar e a perder para ficar sem nenhuma. E depois, com toda a calma, pediu mais vinte a crédito. Disse que a sua sorte tinha de mudar. O desgraçado nem desconfiou que talvez estivesse a ser enganado. Porque havia de desconfiar? O «barão» estava a perder ainda mais do que ele. Dobrou as apostas e sobreviveu durante quarenta minutos. Voltou a pedir emprestado e voltou a perder. Quando decidiu parar, lívido e a suar, tinha perdido mais trinta e oito mil dinares do que alguma vez tivera.

A partir dessa altura, o Dimitrios ficou à vontade. Na noite seguinte, o Bulić voltou. Deixaram-no recuperar trinta mil dinares. Na terceira noite, perdeu mais catorze mil. Na quarta noite, quando estava a perder cerca de vinte e cinco mil, o Alessandro pediu-lhe o dinheiro que lhe era devido. O Bulić prometeu resgatar as promissórias no prazo de uma semana. A primeira pessoa a quem pediu ajuda foi ao G.

O G. foi compreensivo. Vinte e cinco mil dinares era muito dinheiro, não era? Todo o dinheiro que ele usava em relação às encomendas recebidas era obviamente dos seus patrões, ele não tinha autorização para o usar como quisesse. Mas, se ajudasse, ele podia emprestar do seu bolso duzentos e cinquenta por alguns dias. Gostava de poder fazer mais, mas... O Bulić aceitou os duzentos e cinquenta.

Nesse momento, o G. deu-lhe um conselho. O «barão» é que podia tirá-lo daquela situação. Ele nunca emprestava dinheiro — acreditava que era por uma questão de princípio —, mas tinha fama de ajudar os amigos orientando-os no sentido de ganharem muito dinheiro. Porque não falar com ele?

A «conversa» entre o Bulić e o Dimitrios teve lugar depois de um jantar que o Bulić pagou, na sala de estar do quarto de hotel do «barão». O G. estava no quarto ao lado, onde não podia ser visto.

Quando o Bulić abordou finalmente ao assunto, perguntou como era o Alessandro. Era pessoa para insistir no pagamento? O que poderia acontecer caso ele não pagasse?

O Dimitrios fingiu-se admirado. Esperava que um não pagamento ao Alessandro estivesse fora de questão. Afinal de contas, fora pela sua recomendação pessoal que o Alessandro lhe dera sequer crédito. Ele não gostaria que houvesse uma situação desagradável. Que tipo de situação desagradável? Bem, o Alessandro estava na posse das promissórias e podia levar o assunto à polícia. Esperava sinceramente que isso não acontecesse.

O Bulić também esperava. Agora tinha tudo a perder, incluindo o seu posto no Ministério. E podia até ficar-se a saber que ele tinha recebido dinheiro do G. Podia até ir parar à cadeia. Será que acreditariam que ele não tinha feito nada a troco dos trinta mil dinares? Era uma loucura esperar tal coisa. A sua única hipótese era conseguir o dinheiro com o «barão» — fosse como fosse.

O Bulić implorou um empréstimo, mas o Dimitrios abanou a cabeça. Só iria agravar a situação, porque em vez de dever dinheiro a um inimigo, passaria a dever dinheiro a um amigo; além disso, era uma questão de princípio. Mas ele queria ajudar. Havia apenas uma maneira, mas estaria o Herr *Bulić disposto a aceitá-la? Essa era a grande questão. Não lhe agradava muito falar no assunto, mas, dado que o* Herr *Bulić o estava a pressionar, ele tinha conhecimento de certas pessoas que estavam interessadas em obter informações do Ministério da Marinha que não se podia obter através dos canais habituais. Talvez fosse possível convencê-las a pagarem cinquenta mil dinares, desde que a informação fosse fiável.*

O G. disse que atribuiu uma grande parte do êxito do seu plano (ele considera-o bem-sucedido do mesmo modo que um cirurgião considera uma operação bem-sucedida quando o doente deixa o bloco operatório com vida) à sua utilização cuidadosa dos números. Todas as quantias, dos primeiros vinte mil dinares aos valores das sucessivas dívidas ao Alessandro (que era um agente italiano) e à quantia final oferecida pelo Dimitrios, foram cuidadosamente calculadas em função do seu valor psicológico. Por exemplo, aqueles últimos cinquenta mil foram duplamente atrativos para o Bulić. Pagariam a sua dívida e deixá-lo-iam quase com o mesmo dinheiro que tinha antes de conhecer o «barão». Acrescentaram o incentivo da ganância ao incentivo do medo.

Mas o Bulić não cedeu logo. Quando soube qual era a informação em causa, ficou assustado e furioso. Mas o Dimitrios lidou eficientemente com a fúria. Se o Bulić tinha começado a ter dúvidas em relação à boa-fé do «barão», as dúvidas transformaram-se em certezas. Quando ele gritou «porco espião», o agradável encanto do «barão» desapareceu. O Bulić levou um pontapé no estômago e, quando se dobrou para vomitar, levou outro na cara. Ofegante, cheio de dores e a sangrar da boca, foi atirado para cima de uma cadeira enquanto o Dimitrios lhe explicava friamente que o único risco que ele corria era não fazer o que lhe mandavam.

As instruções foram simples. O Bulić obteria um exemplar da carta e entregá-lo-ia no hotel depois de sair do Ministério, no final da tarde do dia seguinte. A carta ser-lhe-ia devolvida uma hora depois para ele a repor no lugar de manhã. Mais nada. Seria pago quando entregasse a carta. Foi avisado das consequências caso decidisse contar tudo às autoridades, recordado dos cinquenta mil que tinha à sua espera e mandado embora.

O Bulić apareceu na noite seguinte com a carta dobrada em quatro escondida debaixo do casaco. O Dimitrios levou a carta ao G. e regressou para manter o Bulić debaixo de olho enquanto a carta era fotografada e o negativo era revelado. Parece que o Bulić não disse nada. Depois de o G. terminar, o Bulić recebeu do Dimitrios o dinheiro e a carta e foi-se embora sem dizer uma palavra.

O G. diz que, naquele momento, no quarto, quando ouviu a porta fechar-se atrás do Bulić e ergueu o negativo de encontro à luz, sentia-se muito satisfeito consigo mesmo. As despesas tinham sido poucas, não tinha havido esforços desperdiçados nem demoras cansativas, e toda a gente, incluindo o Bulić, tinha saído a ganhar. Restava esperar que o Bulić conseguisse repor a carta em segurança, mas não havia nenhuma razão para pensar que não o conseguiria. Uma situação muito satisfatória de todas as perspetivas.

Foi então que o Dimitrios entrou no quarto.

Foi nesse momento que o G. percebeu que tinha cometido um erro.

— O meu pagamento — disse o Dimitrios, estendendo a mão.

O G. olhou-o nos olhos e assentiu. Precisava de uma arma, mas não tinha levado nenhuma.

— Vamos a minha casa — disse ele, e dirigiu-se para a porta.

O Dimitrios abanou a cabeça lentamente.

— O meu pagamento está no seu bolso.

— Não é o seu pagamento. É apenas o meu.

O Dimitrios puxou de um revólver. Ostentava um sorriso nos lábios.

— O que eu quero está no seu bolso, mein Herr. *Ponha as mãos na nuca.*

O G. obedeceu. O Dimitrios aproximou-se dele. O G., olhando firmemente para aqueles olhos castanhos e ansiosos, percebeu que estava em perigo. O Dimitrios parou a menos de um metro dele.

— Tenha cuidado, mein Herr.

O sorriso desapareceu. O Dimitrios avançou subitamente, empurrando o revólver contra o estômago do G., e com a mão livre tirou-lhe o negativo do bolso. Depois, com a mesma rapidez, recuou.

— Pode-se ir embora.

O G. foi. Mas o Dimitrios também *cometeu um erro.*

Durante toda aquela noite, homens apressadamente recrutados nos cafés frequentados por criminosos vasculharam Belgrado à procura do Dimitrios, mas ele tinha desaparecido. O G. não voltou a vê-lo.

Que aconteceu ao negativo? Permita-me que lhe reproduza as palavras do próprio G.:

— Quando amanheceu, sem eu e os meus homens conseguirmos encontrar o Dimitrios, percebi o que tinha de fazer. Fiquei muito ressentido. Depois de todo o meu trabalho cuidadoso, era uma desilusão enorme. Mas não havia nada a fazer. Eu sabia há uma semana que o Dimitrios tinha entrado em contacto com um agente francês. O negativo já estaria nas suas mãos. Eu não tinha, na verdade,

alternativa. Um amigo meu que trabalhava na embaixada alemã teve a possibilidade de me ajudar. Naquela altura, os alemães estavam desejosos de agradar a Belgrado. Logo, seria naturalíssimo se passassem uma informação interessante ao governo jugoslavo.

— Está a dizer — perguntei eu — que fez com que as autoridades jugoslavas fossem informadas de que a carta tinha sido removida e fotografada?

— Infelizmente, era a única coisa que eu podia fazer. Eu tinha de tornar a carta inútil, percebe? O Dimitrios foi muito idiota ao deixar-me ir embora, mas era inexperiente. Pensou provavelmente que eu ia chantagear o Bulić para ele me trazer a carta outra vez. Mas eu compreendi que não me pagariam muito por uma informação que já estava na posse dos franceses. Além disso, teria prejudicado a minha reputação. Fiquei muito ressentido com aquilo tudo. O único aspeto cómico foi que os franceses tinham pagado metade do valor acordado ao Dimitrios antes de descobrirem que a informação se tinha tornado obsoleta com a minha pequena démarche.

— E o Bulić?

O G. fez uma careta.

— Sim, fiquei com pena. Sempre me senti relativamente responsável por quem trabalha para mim. Ele foi preso quase de imediato. Não havia dúvida nenhuma em relação ao exemplar do Ministério que tinha sido usado. Os documentos estavam enrolados em cilindros de metal. O Bulić dobrou-o para o tirar do Ministério. Era o único com vincos. As suas impressões digitais foram a confirmação final. Muito sensatamente, ele contou às autoridades tudo o que sabia sobre o Dimitrios. Assim, em vez de ser fuzilado, levou com prisão perpétua. Pensei que ele me ia implicar, mas não. Fiquei um pouco surpreendido. Afinal de contas, eu é que o tinha apresentado ao Dimitrios. Na altura, questionei-me se não foi por não querer ser também acusado de aceitar subornos ou por gratidão por eu lhe ter emprestado os duzentos e cinquenta dinares. É provável que não me tenha relacionado de todo com a questão da carta. Seja como for, fiquei contente. Ainda tinha trabalho para fazer em Belgrado

e ser procurado pela polícia, mesmo com outro nome, podia ter-me complicado a vida. Nunca me convenci a usar disfarces.

Fiz-lhe mais uma pergunta, eis a resposta:

— Oh, sim, tive acesso às novas cartas logo que foram produzidas. De forma completamente diferente, é claro. Com tanto dinheiro meu investido neste empreendimento, não podia regressar de mãos vazias. É sempre assim: por uma razão ou outra, há estas demoras, este desperdício de esforços e de dinheiro. Pode dizer que fui descuidado na maneira como lidei com o Dimitrios, mas seria injusto. Foi um pequeno erro de análise da minha parte, mais nada. Pensei que ele era como qualquer outro idiota, que era demasiado ganancioso. Fiei-me que ele seria como todos os outros patetas deste mundo, que seria demasiado ganancioso; pensei que ele ia esperar que eu lhe pagasse os quarenta mil dinares que lhe devia e só depois me tentaria roubar também a fotografia. Apanhou-me de surpresa. Foi um erro de análise que me custou muito dinheiro.

— E custou ao Bulić a liberdade — acho que disse isto um pouco sombriamente, porque ele franziu o sobrolho.

— Meu caro Monsieur *Latimer — retorquiu ele rigidamente —, o Bulić foi um traidor e teve o que merecia. Nada de sentimentalismos. Na guerra, há sempre baixas. O Bulić teve muita sorte. Eu tê-lo-ia usado outra vez e, por fim, ele podia ter sido fuzilado. Mas foi parar à cadeia. Tanto quanto sei, ainda lá está. Não quero parecer insensível, mas devo dizer que é onde ele está melhor. A liberdade? Tretas! Não tinha liberdade nenhuma para perder. E a mulher, não tenho dúvida nenhuma de que está melhor. Ela deu-me sempre a impressão de que queria melhorar a sua vida. Não a culpo. Ele era abjeto. Se bem me lembro, quando comia, babava-se. Além disso, era incomodativo. Seria de pensar, julgo eu, que naquela noite, depois de deixar o Dimitrios, ele iria imediatamente pagar o que devia ao Alessandro, não? Pois não foi. Quando o prenderam, ao fim do dia seguinte, ainda tinha os cinquenta mil dinares no bolso. Mais desperdício. É nestas alturas, meu amigo, que temos de ter sentido de humor.*

E pronto, meu caro Marukakis, é tudo. Penso que é mais do que suficiente. Para mim, que vagueio entre os fantasmas de mentiras antigas, consola-me pensar que talvez me escreva a dizer se valeu a pena descobrir tudo isto. Talvez escreva. Quanto a mim, começo a interrogar-me. É uma história tão fraca, não é? Não tem herói nem heroína; só patifes e patetas. Ou será que só tem patetas?

Mas na verdade ainda é cedo para fazer estas perguntas. Além do mais, tenho de fazer as malas. Daqui a alguns dias, envio-lhe um postal com a minha nova morada na expectativa de que tenha tempo para me escrever. Em todo o caso, espero que nos voltemos a ver em breve. Croyez en mes meilleurs souvenirs.

Charles Latimer

— 10 —

Os Oito Anjos

Foi num dia de novembro, muito cinzento e carregado, que Latimer chegou a Paris.

Quando o táxi atravessava a ponte para a Île de la Cité, vislumbrou por instantes um panorama de nuvens escuras e baixas rapidamente impelidas por um vento frio e poeirento. A longa fachada formada pelas casas do Quai de Corse apresentava-se tranquila e reservada. Era como se cada janela escondesse um observador. Não parecia haver muita gente nas ruas. Naquela tarde de fim de outono, Paris apresentava a formalidade macabra de uma gravura de aço.

O ambiente deprimiu-o, e enquanto subia as escadas do hotel no Quai Voltaire, desejou ardentemente ter regressado a Atenas.

O quarto era frio. Era demasiado cedo para tomar um aperitivo. Tivera a possibilidade de comer o suficiente no comboio, tornando assim desnecessário jantar cedo. Decidiu inspecionar o exterior do n.º 3 do Impasse des Huit Anges. Deu com o beco com alguma dificuldade, numa rua lateral da Rue de Rennes.

Era uma passagem larga e calcetada em forma de L e flanqueada, na entrada, por dois altos portões de ferro, presos às paredes que os sustentavam por grandes grampos. Via-se que não eram fechados havia anos. Uma fileira de grades com espigões separava um dos lados do beco da parede cega lateral do bloco de casas adjacente. Outra parede cega de cimento, sem grades, mas protegida com as palavras «DÉFENSE D'AFFICHER, LOI DU 10 AVRIL 1929» em tinta preta desgastada pelos elementos, apresentava-se do lado oposto.

Eram apenas três as casas do beco. Encontravam-se agrupadas fora do campo de visão da rua, na base do L, e davam para a frecha estreita entre o edifício com a proibição de afixar cartazes e as traseiras de um hotel sobre o qual os algerozes se contorciam como cobras para outra parede de cimento sem janelas. A vida no Impasse des Huit Anges, o «beco dos oito anjos», pensou Latimer, devia ser um ensaio para a Eternidade. E devia haver mais gente a pensar assim, a julgar pelo facto de duas das três casas terem taipais nas janelas e estarem obviamente desocupadas, e a terceira — o n.º 3 — só estar ocupada no quarto e no último andares.

Sentindo-se um intruso, Latimer caminhou pela calçada irregular até à entrada do n.º 3.

A porta estava aberta e ele viu um corredor ladrilhado que desembocava num pátio pequeno, frio e húmido. A cabina do porteiro, à direita da porta, estava vazia e não tinha sinais de uso recente. Ao lado, na parede, estava pregada uma placa poeirenta com quatro molduras de latão aparafusadas, para os nomes dos moradores. Três estavam vazias. Na quarta estava um pedaço de papel sujo com o nome «CAILLÉ» toscamente impresso em tinta roxa.

Tudo isto nada mais lhe dizia do que o facto, de que Latimer nunca duvidara, de que a morada do Sr. Peters existia. Deu meia-volta e regressou à rua principal. Na Rue de Rennes encontrou uma estação dos correios, onde comprou um postal *pneumatique*, nele escreveu o seu nome e o do hotel, endereçou-o ao Sr. Peters e meteu-o no tubo. Também enviou um postal a Marukakis. Os próximos acontecimentos dependeriam muito do Sr. Peters, mas havia algo que Latimer podia e devia fazer: descobrir o que os jornais de Paris tinham noticiado (ou não) sobre o desmantelamento de um bando de traficantes de droga em dezembro de 1931.

No dia seguinte, às nove, não tendo recebido notícias de Peters, decidiu passar a manhã a inspecionar os arquivos dos jornais.

O jornal que, por fim, selecionou para ler detalhadamente tinha várias referências ao caso. A primeira era datada de 29 de novembro de

1931 e tinha o seguinte cabeçalho: «TRAFICANTES DE DROGA DETIDOS». Prosseguia assim:

Um homem e uma mulher envolvidos na venda de drogas a toxicodependentes foram detidos ontem, no bairro de Alésia. Pertencem alegadamente a um famigerado bando estrangeiro. A polícia conta efetuar novas detenções nos próximos dias.

Era tudo. O texto soava curioso, pensou Latimer. Aquelas três frases despojadas pareciam ter sido tiradas de uma notícia mais longa. E a ausência de nomes também era estranha. Censura policial, quem sabe.

A referência seguinte era de 4 de dezembro e tinha o cabeçalho: «BANDO DE TRAFICANTES, TRÊS NOVAS DETENÇÕES».

Três membros de uma organização criminosa de distribuição de estupefacientes foram presos na noite passada num café próximo da Porta de Orleães. Ao entrarem no café para efetuarem as detenções, os *agents* foram obrigados a disparar sobre um dos homens, que estava armado e fez uma tentativa desesperada de fuga. Foi ferido sem gravidade. Os outros dois, um dos quais era estrangeiro, não ofereceram resistência.

Sobe assim para cinco o número detenções de membros do bando, dado julgar-se que os três homens capturados ontem à noite pertencem ao mesmo grupo do homem e da mulher detidos há uma semana no bairro de Alésia.

Segundo a polícia, são prováveis mais detenções, dado que o Bureau Général des Stupéfiants tem na sua posse provas que implicam os verdadeiros mandantes do bando.

O Sr. Auguste Lafon, diretor do Bureau, comunicou:

«Sabemos da existência deste bando há algum tempo e investigámos minuciosamente as suas atividades. Já podíamos ter efetuado detenções, mas optámos por não o fazer porque pretendíamos capturar os chefes, os grandes criminosos. Sem liderança e com as suas fontes de abastecimento cortadas, o exército de traficantes de droga que infesta Paris não conseguirá prosseguir com o seu tráfico nefasto. Tencionamos destruir este e todos os outros bandos.»

Depois, em 11 de dezembro, o jornal noticiou:

BANDO DE TRAFICANTES DESMANTELADO
NOVAS DETENÇÕES
Lafon: «Apanhámo-los a todos.»
O CONSELHO DOS SETE

Seis homens e uma mulher estão agora detidos na sequência da ofensiva lançada pelo Sr. Lafon, diretor do Bureau Général des Stupéfiants, contra um famigerado bando de traficantes estrangeiros que operava em Paris e Marselha.

A ofensiva começou há duas semanas, com a detenção de uma mulher e do seu cúmplice, no bairro de Alésia, e atingiu o auge ontem, com a captura, em Marselha, de dois homens que se julga serem os restantes membros do «Conselho dos Sete», responsável pela organização deste empreendimento criminoso.

A pedido da polícia, não publicámos os nomes dos detidos para não alertar os outros, mas esta restrição foi agora levantada.

A mulher, de nome Lydia Prokofievna, de nacionalidade russa, terá chegado a França proveniente da Turquia com um passaporte Nansen, em 1924. É conhecida nos meios criminosos por «Grã-Duquesa». O homem detido com ela é um holandês de nome Manus Visser que, devido à sua ligação a Prokofievna, é por vezes chamado «Senhor Duque».

Os nomes dos outros cinco detidos são: Luis Galindo, um francês naturalizado de origem mexicana, que está internado no hospital com um ferimento de bala numa perna; Jean-Baptiste Lenôtre, francês, de Bordéus, e Jacob Werner, belga, que foram detidos com Galindo; Pierre Lamare («Jo-jo»), de Nice, e Frederick Petersen, dinamarquês, detidos em Marselha.

Numa declaração à imprensa, ontem à noite, o Sr. Lafon disse: «Apanhámo-los a todos. O bando foi desmantelado. Cortámos a cabeça e, com ela, o cérebro. O corpo vai agora morrer depressa. Está acabado.»

Lamare e Petersen serão interrogados hoje pelo juiz de instrução. Em princípio, os detidos serão julgados em conjunto.

Ver o artigo especial SEGREDOS DOS BANDOS DE TRÁFICO DE DROGA, *na p. 3.*

Em Inglaterra, refletiu Latimer, o Sr. Lafon ter-se-ia metido num grave sarilho. Parecia inútil julgar os acusados depois de ele e a imprensa já terem pronunciado a sentença. Mas a verdade é que, em França, quem era acusado em tribunal era sempre culpado: na prática, julgá-lo era simplesmente perguntar-lhe se tinha alguma coisa a dizer antes de ser condenado.

Debruçou-se então sobre o artigo especial da página 3.

O autor, que se autodenominava «Veilleur», ou Vigilante, revelou que a substância conhecida como morfina era um derivado do ópio com a fórmula $C_{17}H_{19}O_3N$ e que a sua forma médica habitual era o hidrocloreto de morfina, que a heroína (diacetilmorfina), outro alcaloide derivado do ópio, era preferida à morfina pelos toxicodependentes porque atuava mais depressa e era mais potente e mais fácil de consumir, que a cocaína era feita das folhas da planta da coca e apresentada sob a forma de hidrocloreto de cocaína ($C_{17}H_{21}O_4N$, HCl) e que os efeitos dos três estupefacientes eram mais ou menos os mesmos, ou seja: eram afrodisíacos, causavam estados de efusão mental e física na fase inicial do consumo e que o toxicodependente sofria por fim de degeneração física e moral e de tormentos mentais horríveis. Segundo o Vigilante, o tráfico destes estupefacientes realizava-se numa escala colossal e qualquer pessoa podia obtê-los em Paris ou Marselha. Existiam laboratórios em todos os países da Europa. A produção mundial excedia muitas vezes o consumo medicinal legítimo. Na Europa Ocidental, havia milhões de toxicodependentes. O narcotráfico era um negócio vasto e bem organizado. Seguia-se uma lista de apreensões recentes de drogas ilícitas: dezasseis quilos de heroína encontrados em cada uma de seis caixas de maquinaria enviadas de Amesterdão para Paris, vinte e cinco quilos de cocaína nas paredes falsas de um bidão de petróleo enviado de Nova Iorque para Cherburgo, dez quilos de morfina no fundo falso de uma mala de viagem chegada a Marselha de barco e duzentos quilos de heroína num laboratório instalado numa garagem nos arredores de Lyon. Os bandos que vendiam estas drogas eram controlados por homens ricos e aparentemente respeitáveis, vermes que subornavam a polícia. Em Paris, existiam bares e salões de baile que vendiam drogas debaixo do nariz dos polícias, que eram alvo da chacota dos traficantes. O Vigilante transbordava de indignação. Se ele tivesse escrito três anos depois, de certeza que teria implicado Stavisky[9] e metade dos deputados da Assembleia Nacional. No entanto, prosseguiu ele, daquela vez, a polícia tinha entrado em ação, e esperava-se que voltasse a fazê-lo. Mas, entretanto, milhares de franceses — *e* francesas! — sofriam torturas de condenados devido àquele tráfico diabólico, que exauria a virilidade da nação. O texto sugeria que o Vigilante, apesar de bem-intencionado, não conhecia nenhum segredo dos bandos de traficantes.

Com a detenção do Conselho dos Sete, o interesse pelo caso pareceu desvanecer-se, talvez por a Grã-Duquesa ter sido transferida para Nice para ser julgada por uma fraude cometida na cidade três anos antes. O julgamento dos homens foi breve. Foram todos condenados: Galindo, Lenôtre e Werner a multas de cinco mil francos e três meses de cadeia; Lamare, Petersen e Visser a multas de dois mil francos e um mês de cadeia.

Latimer ficou espantado com sentenças tão leves. O Vigilante, que deu outra vez à costa para comentar o caso, mostrou-se indignado, mas não admirado. Se não fosse a existência de um conjunto

---

[9] Causador de um grande escândalo financeiro em França com ramificações políticas. [*N. do T.*]

de leis obsoletas e completamente ridículas, proclamou ele, os seis réus passariam o resto da vida na prisão. E qual deles era o chefe do bando? Ah! Mas será que a polícia acreditava que aquelas ratazanas de esgoto tinham financiado uma organização que, segundo as provas apresentadas no tribunal, tinha recebido e vendido, num mês, heroína e morfina no valor de dois milhões e meio de francos? Era absurdo. A polícia...

Foi o mais próximo que o jornal chegou do facto de a polícia não ter conseguido encontrar Dimitrios. Não admirava. A polícia não ia dizer à imprensa que as detenções só haviam sido possibilitadas por um dossiê simpaticamente fornecido por um anónimo bem-intencionado e potencial chefe do bando. Em todo o caso, era irritante concluir que sabia mais do que o jornal ao qual tinha recorrido para se informar.

Preparava-se para fechar o dossiê, indignado, quando uma ilustração chamou a sua atenção. Era uma reprodução pouco nítida de uma fotografia de três dos presos a serem conduzidos para fora do tribunal por inspetores aos quais estavam algemados. Os três haviam virado os rostos para não serem apanhados pela câmara, mas como estavam algemados não se tinham conseguido esconder com eficácia.

Latimer saiu do arquivo do jornal mais animado do que tinha entrado.

No hotel, tinha uma mensagem à sua espera. Caso ele não enviasse uma mensagem de *pneumatique* a alterar a combinação, o Sr. Peters visitá-lo-ia às seis horas dessa mesma tarde.

O Sr. Peters chegou pouco depois das cinco e meia e cumprimentou Latimer efusivamente.

— Meu *caro* Latimer! Não acredita como estou contente de o ver. O nosso último encontro foi em circunstâncias tão pouco auspiciosas que não me atrevi a alimentar a esperança... Mas falemos de coisas mais agradáveis. Bem-vindo a Paris! Fez boa viagem? Está com bom ar. Diga-me, que achou do Grodek? Ele escreveu-me a dizer que o senhor era muitíssimo encantador e simpático. É um bom tipo, não é? E os gatos! Ele adora-os.

— Foi muito prestável. Sente-se, por favor.

— Eu sabia que ele o seria.

Para Latimer, o sorriso doce do Sr. Peters era como o cumprimento de um velho e detestado conhecido.

— Mas também foi misterioso. Aconselhou-me a encontrar-me consigo em Paris.

— Aconselhou? — o Sr. Peters pareceu desagradado. O sorriso esbateu-se um pouco. — E que mais disse ele, Sr. Latimer?

— Disse que o senhor era um homem inteligente. Pareceu-me achar graça a algo que eu disse sobre si.

O Sr. Peters sentou-se cuidadosamente na cama. O sorriso desaparecera completamente.

— E que foi que disse?

— Ele insistiu em saber qual era a minha relação consigo, e eu contei-lhe tudo o que pude. Como eu não sabia nada — prosseguiu Latimer com malícia —, achei que podia confiar nele. Se não gosta, lamento. Não se esqueça de que continuo na mais completa ignorância no que toca ao seu precioso esquema.

— O Grodek não lhe contou?

— Não. Podia ter contado?

O sorriso esticou novamente os seus lábios moles. Era como se uma planta sórdida se tivesse virado para o Sol.

— Sim, Sr. Latimer, podia. O que o senhor me disse explica o tom atrevido da carta que ele me enviou. Ainda bem que satisfez a curiosidade dele. Neste mundo em que vivemos, os ricos são muitas vezes gananciosos em relação ao que os outros têm. O Grodek é muito meu amigo, mas é bom que ele saiba que não precisamos da sua assistência. Caso contrário, ainda podia ser tentado pela perspetiva de ganhar alguma coisa.

Latimer olhou-o pensativamente por instantes. E depois disse:

— Tem a sua pistola consigo, Sr. Peters?

O gordo ficou horrorizado.

— Por amor de Deus, Sr. Latimer. Porque haveria eu de trazer uma coisa daquelas para um encontro amigável consigo?

— Ainda bem — disse Latimer secamente. Recuou para a porta e fechou-a à chave, que meteu no bolso. — Ora bem — disse ele em tom de ameaça —, não quero parecer um mau anfitrião, mas a minha paciência tem limites. Fiz um longo caminho para me encontrar consigo, mas continuo sem saber porquê. E quero saber.

— E vai saber.

— Já ouvi isso antes — retorquiu Latimer com brusquidão. — Agora, antes que comece outra vez com rodeios, há uma ou duas coisas que *o senhor* deve saber. Eu não sou uma pessoa violenta, Sr. Peters. Para ser franco, tenho pavor da violência. Mas há alturas em que mesmo as pessoas mais pacíficas são obrigadas a usá-la. E esta talvez seja uma delas. Sou mais novo do que o senhor e devo dizer que a minha condição física é melhor do que a sua. Se insistir em ser misterioso, vou para cima de si. Esta é a primeira coisa. A segunda é que sei quem você é. O seu nome não é Peters, mas sim Petersen, Frederik Petersen. Pertenceu ao bando de traficantes organizado pelo Dimitrios e foi preso em dezembro de 1931, multado em dois mil francos e condenado a um mês de prisão.

O Sr. Peters fez um sorriso atormentado.

— Foi o Grodek que lhe contou isso? — proferiu a pergunta em tom suave e triste. Em vez de «Grodek», parecia que tinha dito «Judas».

— Não. Vi uma fotografia sua hoje de manhã, no arquivo de um jornal.

— Um jornal... Ah, sim! Custou-me a acreditar que o meu amigo Grodek...

— Então não nega?

— Não, não, é verdade.

— Pois bem, Sr. Petersen...

— Peters, Sr. Latimer. Decidi mudar de nome.

— Muito bem, Peters. Chegámos à minha terceira questão. Em Istambul, ouvi umas coisas interessantes acerca do fim desse bando. Ouvi dizer que o Dimitrios vos traiu enviando à polícia um dossiê anónimo que serviu para condenar os sete. É verdade?

— O Dimitrios portou-se muito mal connosco — disse o Sr. Peters com voz rouca.

— E também ouvi dizer que o Dimitrios se tinha tornado toxicodependente. É verdade?

— Lamentavelmente, é. Caso contrário, não acredito que nos tivesse traído. Estávamos a ganhar tanto dinheiro para ele...

— E também me disseram que se falou em vingança, que todos vocês ameaçaram matá-lo logo que saíssem da cadeia.

— *Eu* não ameacei — corrigiu o Sr. Peters. — Alguns dos outros, sim. O Galindo, por exemplo, foi sempre um exaltado.

— Percebo. O senhor não ameaçou: preferiu agir.

— Não estou a segui-lo, Sr. Latimer — tinha ar de quem não estava mesmo a perceber.

— Não? Então explico melhor. O Dimitrios foi assassinado perto de Istambul há cerca de dois meses. Pouco depois da suposta altura do homicídio, o senhor esteve em Atenas. Não é muito longe de Istambul, pois não? O Dimitrios terá morrido pobre, mas qual é a probabilidade? Tal como o senhor acabou de dizer, o bando deu-lhe muito dinheiro a ganhar em 1931. Do que ouvi dizer dele, não era homem para perder o dinheiro que ganhava. Sabe o que estou a pensar, Sr. Peters? Pergunto-me se não será razoável supor que o senhor matou o Dimitrios para lhe chegar ao dinheiro. Que diz a isto?

Por instantes, o Sr. Peters não respondeu, olhando para Latimer com tristeza, qual bom pastor prestes a ralhar com um cordeiro transviado.

Disse então:

— Sr. Latimer, acho que está a ser muito pouco sensato.

— Acha?

— E também está com muita sorte. Suponha que, tal como alvitrou, eu tinha matado o Dimitrios. Imagine o que eu seria obrigado a fazer. Também seria obrigado a matá-lo a si, não é? — meteu a mão no bolso do casaco e mostrou a *Lüger*. — Como vê, há bocado menti-lhe. Admito. Tive tanta curiosidade de saber o que iria fazer caso pensasse que eu estava desarmado. Além do mais, parecia-me tamanha falta de educação aparecer com uma pistola. Seria difícil provar que não é por sua causa que trago a arma. Por isso, menti. Já compreende um pouco os meus sentimentos? Quero imenso a sua confiança.

— Tudo isso é uma resposta mais do que habilidosa a uma acusação de homicídio.

O Sr. Peters pôs a pistola de lado com ar cansado.

— Sr. Latimer, isto não é um romance policial. Não *precisa* de ser tão estúpido. Se tem de ser insensato, ao menos use a imaginação. Acha que o Dimitrios ia fazer um testamento a meu favor? Não. Então como julga que eu o podia roubar, matando-o? As pessoas já não guardam o dinheiro em baús. Sejamos sensatos, Sr. Latimer. Vamos jantar e falar nisto tudo. Sugiro que depois do jantar tomemos um café no meu apartamento, é um bocadinho mais confortável do que este quarto. Mas se preferir ir a um café, eu compreendo. É provável que não goste de mim, e eu não o posso censurar. Mas, pelo menos, cultivemos uma ilusão de amizade.

Por um instante, Latimer sentiu que começava a gostar do Sr. Peters. É verdade que a parte final do seu apelo fora acompanhada de uma autocomiseração quase visível, mas não sorrira. Além do mais, já o tinha levado a fazer figura de parvo. Seria intolerável que ele o fizesse também parecer um pedante. Mas ao mesmo tempo...

— Eu também estou esfomeado e não vejo motivo para preferir um café ao seu apartamento. Ao mesmo tempo, Sr. Peters, por muito desejoso que eu esteja de ser amigável, devo avisá-lo já de que, se não obtiver esta noite uma explicação satisfatória para o seu pedido para me encontrar consigo em Paris, vou-me embora no primeiro comboio disponível, com ou sem meio milhão de francos. Estamos esclarecidos?

O sorriso do Sr. Peters reapareceu.

— Mais do que esclarecidos, Sr. Latimer. E deixe-me dizer-lhe que aprecio imenso a sua franqueza — o sorriso tornou-se amargo. — Era tão bom que pudéssemos ser sempre assim tão francos, se pudéssemos abrir sempre o coração aos outros sem receio, sem medo de sermos incompreendidos, mal-interpretados! Esta nossa vida seria tão mais fácil! Mas somos cegos, imensamente cegos. Se o Ser Supremo decidir que devemos fazer coisas que o mundo desaprova, não tenhamos vergonha de as fazer. Afinal de contas, estamos simplesmente a cumprir a Sua vontade, e como podemos nós compreender os Seus desígnios? Como?

— Não sei.

— Ah! Ninguém sabe, Sr. Latimer. Ninguém sabe... Só quando chegarmos ao Outro Lado.

— Nem mais. Onde vamos jantar? Há um restaurante dinamarquês nas redondezas, não há?

O Sr. Peters vestiu o sobretudo com dificuldade.

— Não, Sr. Latimer, como seguramente bem sabe, não há — e suspirou tristemente. — Não é simpático da sua parte fazer pouco de mim. E, além disso, prefiro a comida francesa.

Enquanto desciam as escadas, Latimer pensou que o Sr. Peters tinha uma capacidade notável para o pôr a fazer figura de parvo.

Por sugestão e a expensas do Sr. Peters, jantaram num restaurante barato na Rue Jacob, rumando depois ao Impasse des Huit Anges.

— E o Caillé? — perguntou Latimer enquanto subiam as escadas poeirentas.

— Está fora. De momento, sou o único residente.

— Estou a ver.

O Sr. Peters, que estava ofegante quando chegaram ao segundo andar, parou um instante.

— Suponho que concluiu que o Caillé sou eu.

— Sim.

O Sr. Peters começou novamente a subir. Os degraus rangiam sob o seu peso. Latimer, que seguia dois ou três degraus atrás, pensou num elefante a subir a contragosto uma pirâmide de blocos coloridos para executar um número de equilibrismo. Chegaram ao quarto andar. O Sr. Peters parou e, a arfar à frente de uma porta degradada, puxou de um molho de chaves. Passado um momento, abriu a porta, carregou num interruptor e fez sinal a Latimer para entrar.

A sala ia da parte da frente às traseiras da casa e estava dividida em dois espaços por uma cortina do lado esquerdo da porta. A metade para lá da cortina tinha uma forma diferente, dado que incluía o espaço entre o fim do patamar, a parede das traseiras e a casa adjacente. O espaço formava uma alcova. Em cada uma das extremidades da sala havia uma grande porta envidraçada.

Embora, do ponto de vista arquitetónico, fosse o tipo de espaço que se esperaria encontrar num prédio francês daquele tipo e com aquela idade, em todos os outros aspetos era absolutamente fantástico.

A primeira coisa que Latimer viu foi a cortina divisória. Era uma imitação de tecido de ouro. As paredes e o teto estavam pintados a têmpera num azul agressivo salpicado de estrelas de cinco pontas douradas. Espalhados pelo chão, de modo que dele não se via um centímetro quadrado, havia tapetes marroquinos. Sobrepunham-se muitas vezes, pelo que, nalguns sítios, viam-se corcundas de três ou quatro espessuras de tapete. Havia três enormes divãs com altas pilhas de almofadas, algumas otomanas de couro trabalhado e uma mesa marroquina com uma bandeja de latão. Num canto, havia um enorme gongo de bronze. A iluminação provinha de lanternas de carvalho decoradas com um friso. No centro, havia um pequeno aquecedor elétrico cromado. Sentia-se um odor asfixiante a cabedais cheios de pó.

— Lar, doce lar! — disse o Sr. Peters. — Ponha-se à vontade, Sr. Latimer. Quer ver o resto do apartamento?

— Sem dúvida.

— Por fora, é apenas mais uma casa francesa desconfortável — disse o Sr. Peters enquanto subia de novo as escadas. — Na realidade, é um oásis num deserto de desconforto. Aqui é o meu quarto.

Latimer obteve um novo vislumbre do Marrocos francês. Desta feita, adornado com um pijama de flanela amarrotado.

— A casa de banho.

Latimer espreitou e ficou a saber que o seu anfitrião tinha uma dentadura postiça sobressalente.

— Agora — disse o Sr. Peters — vou mostrar-lhe uma coisa curiosa.

Avançou até ao patamar. Depararam com um grande guarda-fatos. Abriu a porta e acendeu um fósforo. Na parte de trás do guarda-fatos, havia uma fila de cabides de metal. O Sr. Peters agarrou o do centro, rodou-o como um ferrolho e puxou. O fundo do guarda-fatos moveu-se na sua direção e Latimer sentiu o ar da noite no rosto e ouviu os ruídos da cidade.

— Há uma plataforma de ferro estreita que corre ao longo da parede exterior até à casa adjacente — explicou o Sr. Peters. — E existe outro guarda-fatos igual a este. Não se vê nada porque temos à nossa frente paredes sem janelas. Se quiséssemos sair por aí, também não seríamos vistos. Foi o Dimitrios que mandou fazer isto.

— O Dimitrios!

— O Dimitrios era dono destas três casas. Eram mantidas desocupadas por razões de privacidade. Às vezes, eram usadas como armazéns. Estes dois andares eram usados para as reuniões. Moralmente, não há dúvida de que as casas ainda pertencem ao Dimitrios. Felizmente para mim, ele tomou a precaução de as comprar em meu nome. Eu tratei igualmente das negociações. A polícia nunca as descobriu, pelo que pude mudar-me para cá quando saí da prisão. Na eventualidade de o Dimitrios querer saber o que tinha acontecido ao seu património, *eu* precavi-me e comprei-as a mim próprio com o nome de Caillé. Gosta de café argelino?

— Gosto.

— Demora um bocadinho mais a fazer do que o francês, mas eu prefiro. Vamos descer novamente?

Desceram. Depois de sentar desconfortavelmente Latimer no meio de um mar de almofadas, o Sr. Peters sumiu-se para a alcova.

Latimer livrou-se de algumas almofadas e olhou em redor. Era estranho saber que a casa tinha pertencido a Dimitrios, mas as provas que o rodeavam de que o grotesco Sr. Peters ali residia eram muito mais estranhas. Acima da sua cabeça, havia uma pequena estante entalhada com livros de capa brochada: *Pérolas da Sabedoria Quotidiana*, que ele estava a ler no comboio de Atenas. Além de *O Banquete* de Platão, em francês e com as folhas seladas, uma antologia intitulada *Poèmes Érotiques*, sem indicação de autor, mas *desta vez* com as folhas abertas, as *Fábulas* de Esopo em inglês, *Robert Elsemere* da Sr.ª Humphry Ward em francês, um dicionário geográfico alemão e vários livros do Dr. Frank Crane numa língua que Latimer supôs ser dinamarquês.

O Sr. Peters regressou com uma bandeja marroquina, na qual trazia uma curiosa cafeteira, uma lamparina, duas chávenas e uma cigarreira marroquina. Acendeu a lamparina e colocou-a em baixo da cafeteira. Pousou os cigarros no divã, ao lado de Latimer. Depois, esticou-se acima da cabeça de Latimer, tirou um dos livros em dinamarquês e folheou uma ou duas páginas. Uma pequena fotografia ondulou até ao chão. Apanhou-a e passou-a a Latimer.

— Reconhece-o, Sr. Latimer?

Era uma fotografia desbotada da cabeça e dos ombros de um homem de meia-idade com...

Latimer ergueu os olhos.

— É o Dimitrios! — exclamou. — Onde é que arranjou isto?

O Sr. Peters tirou a fotografia de entre os dedos de Latimer.

— Reconhece-o? Ótimo.

Sentou-se numa otomana e ajustou a lamparina. Depois, olhou para Latimer. Se fosse possível os olhos húmidos e sem brilho do Sr. Peters cintilarem, Latimer diria que estavam a cintilar de prazer.

— Fume à vontade, Sr. Latimer — disse ele. — Vou contar-lhe uma história.

— 11 —

Paris, 1928–1931

— Muitas vezes, findo o dia de trabalho — refletiu o Sr. Peters em jeito de retrospectiva —, sento-me à lareira, assim, e pergunto-me se a minha vida foi tão bem-sucedida como poderia ter sido. É verdade que ganhei dinheiro, alguma propriedade, algumas *rentes*, algumas ações aqui e ali, mas não é de dinheiro que falo. O dinheiro não é tudo. Que fiz eu com a minha vida neste nosso mundo? Às vezes, penso que teria sido melhor se me tivesse casado e criado família, mas sempre fui demasiado irrequieto, demasiado interessado neste nosso mundo. Talvez tenha sido por nunca ter sabido o que queria da vida. Tantos de nós, pobres criaturas humanas, somos assim. Vamos andando ano após ano, sempre à procura, sempre na esperança... de quê? Não sabemos. Dinheiro? Só quando nos falta. Às vezes, penso que quem só tem uma migalha é mais feliz do que muitos milionários. O homem com uma migalha sabe o que quer: duas migalhas. A sua vida não é complicada pelas posses. Só sei que *existe* algo que quero mais do que tudo. Mas como vou saber o que é? Procurei consolo — fez um gesto na direção da estante — na filosofia e nas artes. Platão, H. G. Wells; sim, li muito. Estas coisas confortam, mas não satisfazem — sorriu corajosamente, qual vítima de uma quase insuportável *Weltschmerz*. — Temos todos de esperar até o Ser Supremo nos chamar.

Enquanto esperava que ele prosseguisse, Latimer interrogou-se se teria alguma vez antipatizado tanto com alguém como estava a antipatizar com o Sr. Peters. Era incrível que ele acreditasse naqueles disparates de mau gosto. Contudo, era evidente que acreditava. Era aquela crença que o tornava tão desprezível. Se fosse dado à ironia, ele seria um tipo com piada. Mas ele era tudo menos um tipo com piada. Tinha uma mente demasiado bem compartimentada. Com uma metade, traficava estupefacientes, comprava *rentes* e lia *Poèmes Érotiques*, e com a outra excretava um fluído quente e doentio para dissimular a sua alma obscena. Era impossível não antipatizar com ele.

Então Latimer dedicou-se a observar o sujeito das suas reflexões enquanto este ajustava cuidadosamente, quase com afeto, a cafeteira e pensou quão difícil era antipatizar com um homem enquanto ele nos fazia café. Os dedos anafados deram na tampa uma pancadinha gentil e de contentamento, o Sr. Peters endireitou as costas e virou-se novamente com um suspiro de satisfação.

— Sim, Sr. Latimer, a maior parte de nós anda pela vida sem saber o que quer dela. Mas o Dimitrios, percebe, não era assim. O Dimitrios sabia exatamente o que queria. Queria dinheiro e queria poder. Só estas duas coisas, e o máximo possível de cada uma. O curioso é que eu o ajudei a obtê-las.

«A primeira vez que vi o Dimitrios foi em 1928. Aqui, em Paris. Na altura, eu era coproprietário, com um homem chamado Giraud, de uma *boîte* na Rue Blanche. Chamámos-lhe Le Kasbah Parisien. Era um local muito bonito e acolhedor, com divãs, luzes ambarinas e tapetes. Tinha conhecido o Giraud em Marraquexe e decidimos que o clube devia ser em tudo idêntico a um lugar que frequentávamos lá. Era tudo marroquino; tudo, exceto o grupo de baile, que era sul-americano.

«Inaugurámos a casa em 1926, que foi um bom ano em Paris. Os americanos e os ingleses, mas principalmente os americanos, tinham dinheiro para gastar em champanhe, e também tínhamos muitos clientes franceses. Quase todos os franceses eram sentimentais em relação a Marrocos, exceto os que lá tinham cumprido o serviço militar. E o Kasbah *era* Marrocos. Tínhamos empregados árabes e senegaleses, e o champanhe vinha de Meknès. Era um bocadinho doce demais para os americanos, mas era bastante agradável e nada caro.

«Não sei se sabe, mas, com uma *boîte*, leva-se algum tempo a construir uma clientela e é preciso ter sorte. É curioso ver como, de repente, toda a gente começa a ir a outro sítio no mesmo bairro só porque toda a gente lá vai. É claro que há outras maneiras de encher a casa. Os guias turísticos trazem gente, mas têm de ser pagos e os lucros são menores. Outra maneira é tornar a casa conhecida como local de encontro para pessoas especiais. Mas demora tempo até sermos conhecidos pelo tipo de clientela e, apesar de não se infringir a lei, a polícia nem sempre é simpática. Ter sorte é melhor e mais barato. O Giraud e eu acabámos por ter sorte. É claro que tivemos de fazer por ela, mas chegou. Tínhamos um bom *chasseur* para nos angariar clientes, o tango era *chic* por causa do Valentino e os nossos sul-americanos não tardaram a aprender a tocar bem e as pessoas começaram a vir para dançar. Quando havia mais gente, púnhamos mais mesas e a pista de dança ficava pequena, mas não fazia diferença. As pessoas continuavam a vir para dançar. Estávamos abertos até às cinco da manhã e as pessoas vinham de outros lugares para o Kasbah.

«Ganhámos dinheiro durante dois anos e depois, como é usual neste tipo de lugares, o tipo de clientela começou a mudar. Tínhamos mais franceses e menos americanos, mais *maquereaux* e menos homens de classe, mais *poules* e menos senhoras elegantes. Ainda fazíamos lucro, mas menos, e tínhamos de trabalhar mais para o ganhar. Comecei a pensar que era chegada a altura de seguir em frente.

«Foi o Giraud que levou o Dimitrios ao Kasbah. Tal como lhe disse, conheci o Giraud em Marraquexe. Ele era mestiço, filho de uma árabe e de um soldado francês. Nasceu em Argel e tinha passaporte francês.

«Era difícil perceber que tinha sangue árabe. Só se descobria se o víssemos com árabes. Ele nunca gostou realmente dos árabes, e eu nunca gostei realmente dele. Não era por ele não ter confiança em mim, isso apenas me magoava, era por eu não ter confiança nele. Se eu tivesse tido dinheiro suficiente para abrir o Kasbah sozinho, não o teria convidado para sócio. Tentava enganar-me com as contas e, embora nunca tenha conseguido, eu não gostava. Não suporto a desonestidade. Na primavera de 1928, estava fartinho do Giraud.

«Não sei ao certo como ele conheceu o Dimitrios. Acho que foi nalguma *boîte* mais acima, na Rue Blanche; nós só abríamos às onze e, antes disso, o Giraud gostava de dançar noutros lugares. Mas uma noite ele levou o Dimitrios ao Kasbah e quis falar comigo a sós. Fez notar que os lucros eram cada vez menos e disse que poderíamos ganhar algum dinheiro se colaborássemos com o amigo dele, o Dimitrios Makropoulos.

«Não fiquei impressionado com o Dimitrios na primeira vez que o vi. Ele era, pensei eu, precisamente aquele tipo de *maquereau* como muitos que eu já tinha visto. Usava a roupa justa, o cabelo estava a ficar grisalho, tinha as unhas envernizadas e olhava para as mulheres de uma maneira que as pessoas que iam ao Kasbah não gostariam. Mas fui até à mesa dele com o Giraud e apertámos as mãos. Ele apontou para a cadeira que estava ao seu lado e disse-me para me sentar. Até parecia que eu era um empregado, e não o *patron*.»

O Sr. Peters ergueu os olhos lacrimosos na direção de Latimer.

— O Sr. Latimer é capaz de achar que, para quem não ficou impressionado, me recordo muito bem da ocasião. É verdade. Lembro-me nitidamente. Sabe, naquela altura, eu ainda não conhecia o Dimitrios tão bem como viria a conhecer mais tarde. Ele impressionava sem parecer impressionar. Naquela ocasião, irritou-me. Sem me sentar, perguntei-lhe o que queria.

«Olhou-me um instante. Tinha olhos castanhos muito doces. E depois disse: "Quero champanhe, meu amigo. Tem alguma objeção? Posso pagar, sabe? Vai ser educado comigo ou vou ter de fazer a minha proposta a pessoas mais inteligentes?"

«Eu não sou uma pessoa temperamental, e não gosto de sarilhos. Penso muitas vezes que o mundo seria melhor se as pessoas fossem educadas e simpáticas umas com as outras. Mas nem sempre é fácil.

Disse ao Dimitrios que não tinha de ser simpático com ele e que ele podia sair quando quisesse.

«Se não fosse o Giraud, ele ter-se-ia ido embora e eu não estaria aqui a falar consigo. O Giraud sentou-se à mesa com ele e pediu desculpa por mim. Enquanto ele falava, o Dimitrios observava-me, e eu percebi que ele estava com curiosidade acerca de mim.

«Fiquei absolutamente convencido de que não queria nenhum tipo de parceria com o Dimitrios, mas por causa do Giraud aceitei ouvi-lo, e sentei-me com eles, enquanto o Dimitrios nos apresentava a sua proposta. Falou de modo muito convincente e acabei por aceitar fazer o que ele queria. Um dia, quando já estávamos a colaborar com o Dimitrios há meses...»

— Um momento — interrompeu Latimer. — Que colaboração era essa? Foi o início do tráfico de drogas?

O Sr. Peters hesitou e franziu o sobrolho.

— Não, não foi — voltou a hesitar e depois, de repente, desatou a falar francês. — Se insiste, vou dizer-lhe qual era a nossa colaboração, mas é tão difícil explicar estas coisas a uma pessoa que não compreende o meio, que lhe tem aversão. Envolve coisas muito além da sua experiência.

O «Ah sim?» de Latimer foi um tanto ou quanto mordaz.

— Sabe, Sr. Latimer, li um dos seus livros e fiquei apavorado. Tinha uma atmosfera de intolerância, de preconceito, de feroz retidão moral que achei profundamente inquietante.

— Compreendo.

— Eu não sou uma daquelas pessoas — prosseguiu o Sr. Peters — que são contra a pena de morte. Tanto quanto sei, o senhor é. O aspeto prático da execução pela forca choca-o. No entanto, arrepiando-se de horror perante a sua própria barbaridade, o senhor perseguia o seu infeliz assassino com uma espécie de deleite compassivo que eu achei absolutamente repugnante. A sua atitude faz-me lembrar a de um jovem sentimental que acompanha o caixão da tia rica até à sepultura: está lavado em lágrimas, mas o coração salta-lhe de alegria. O espanhol acha muito estranhas as objeções dos anglo-saxões à tourada.

Mas o que o simplório não percebe é que não mostrou que tem a necessidade moral e legal de torturar os cavalos e o touro, e que não gosta de o fazer. Por favor, Sr. Latimer, não me interprete mal. Não receio a sua censura moral, mas fico ligeira, mas inequivocamente ressentido por o senhor ficar chocado.

— Como ainda não me disse o que me vai supostamente chocar — retorquiu Latimer com irritação —, é um bocadinho difícil para mim responder-lhe.

— Sim, sim, é claro que sim. Mas desculpe-me: o seu interesse pelo Dimitrios não decorre principalmente de ele o chocar?

Latimer refletiu um momento.

— Sim, é capaz de ser verdade. Mas precisamente por ele me chocar é que estou a tentar compreendê-lo e explicá-lo. Não acredito no demónio desumano e profissional dos romances policiais, mas tudo o que ouvi dizer acerca do Dimitrios indica que ele agia consistentemente com uma desumanidade completamente repugnante. Não apenas uma ou duas vezes, mas sempre.

— Desejar dinheiro e poder é desumano? Com dinheiro e poder, um homem vaidoso pode fazer tanta coisa para alcançar muito prazer. Uma das primeiras coisas que vi no Dimitrios foi a sua vaidade. Era aquela vaidade discreta e profunda que torna o vaidoso muito mais perigoso do que as pessoas comuns quando se pavoneiam. Vamos, Sr. Latimer, seja razoável! A diferença entre o Dimitrios e o empresário de sucesso mais respeitável reside apenas no método... legal ou ilegal. À sua maneira, são ambos implacáveis em igual medida.

— Disparate!

— Sem dúvida. Mas não é interessante que eu esteja a defender o Dimitrios do ataque das forças da retidão moral? Tenho a certeza de que ele não me agradeceria por nada disto. O Dimitrios, não obstante todo o seu aparente *savoir faire*, era irremediavelmente inculto. O conceito «retidão moral» não teria significado nenhum para ele. Ah! O café está pronto.

O Sr. Peters serviu o café em silêncio, levou a sua chávena ao nariz, cheirou e depois pousou-a.

— Na altura — disse ele —, o Dimitrios estava envolvido em algo que, creio eu, se designa por «tráfico de escravas brancas». Acho esta expressão interessantíssima. «Tráfico», uma palavra cheia de um significado horrível. «Escravas brancas», atente às implicações do adjetivo. Alguém fala hoje em dia em «tráfico de escravas *negras*»? Não me parece. No entanto, a maioria das mulheres envolvidas é de cor. Não vejo porque as consequências do tráfico haveriam de ser mais desagradáveis para uma branca de Bucareste do que para uma negra de Dacar ou uma chinesa de Harbin. A Comissão da Sociedade das Nações aprecia este aspeto da questão sem grandes preconceitos. É também suficientemente inteligente para desconfiar da palavra «escrava». Preferem dizer «tráfico de mulheres».

«Nunca gostei de tal atividade. Não se pode tratar um ser humano como se fosse uma simples mercadoria inanimada. Surgem sempre problemas. E existe também sempre a possibilidade de, num caso isolado, o adjetivo "branca" ter uma conotação religiosa e não meramente racial. Da minha experiência, julgo que é uma possibilidade remota, mas existe. Talvez eu seja ilógico e sentimental, mas não gostaria de ser associado a nada disso. Ademais, as despesas de um traficante no que é considerado um modo de negócio justo são enormes. São os certificados falsos de nascimento, casamento e óbito, são as despesas de viagem e são os subornos, além do custo da manutenção de diversas identidades. O Sr. Latimer não faz ideia do custo dos documentos forjados. Havia três fontes de abastecimento avalizadas: em Zurique, Amesterdão e Bruxelas. Tudo países neutros! Estranho, não é? Conseguia-se obter um passaporte dinamarquês verdadeiro falso (um passaporte verdadeiro, mas tratado quimicamente de modo a substituir os dados e a foto originais) por, se bem me lembro, uns dois mil francos ao câmbio atual. Um falso verdadeiro, forjado do princípio ao fim, custava um pouco menos, uns mil e quinhentos. Agora, custará o dobro. Hoje em dia, a maior parte deste tipo de atividade é desenvolvida aqui, em Paris, pelos refugiados, obviamente. A questão é que um traficante precisa de muito capital. Se for conhecido, há sempre muita gente disposta a financiá-lo, mas a troco de dividendos fabulosos. É melhor ter capital próprio.

«O Dimitrios tinha capital, mas também tinha acesso a capital de terceiros. Representava gente muito rica. Nunca tinha falta de dinheiro. Quando foi ter com o Giraud e comigo, o problema dele era outro. Devido a iniciativas da Sociedade das Nações, muitos países tinham modificado e apertado a legislação, e era muito mais difícil deslocar as mulheres de um lugar para o outro. Tudo muito louvável, mas um incómodo enorme para homens como o Dimitrios. Não foram impossibilitados de desenvolver a sua atividade, não, mas tornou-se mais complicada e dispendiosa.

«Antes de ir ter connosco, o Dimitrios utilizava uma técnica muito simples. Conhecia pessoas em Alexandria que lhe transmitiam os seus requisitos. Depois, deslocava-se à Polónia, por exemplo, recrutava as mulheres, levava-as para a França com os seus próprios passaportes e enviava-as de barco de Marselha. Era assim. Bastava dizer que as raparigas eram artistas de variedades e iam atuar. Mas quando os regulamentos foram apertados, deixou de ser assim tão simples. Na noite em que foi ao Kasbah, disse-nos que tinha tido o primeiro problema. Havia recrutado doze mulheres num bordel de Vilnius, mas os polacos não as deixavam sair sem garantias em relação ao destino e à respeitabilidade do seu futuro emprego. Respeitabilidade! Mas era a lei.

«Como seria de esperar, o Dimitrios disse às autoridades polacas que apresentaria as garantias. Se não o fizesse, seria fatal, pois tornar-se-ia suspeito. Fosse como fosse, tinha de obter as garantias. Foi aí que o Giraud e eu entrámos. Diríamos às autoridades que as raparigas iam atuar como bailarinas no Kasbah e lidaríamos com eventuais pedidos de informações por parte das autoridades consulares polacas. Desde que elas ficassem em Paris cerca de uma semana, não teríamos problema nenhum. Depois, se houvesse alguma investigação, diríamos que não sabíamos de nada: elas tinham cumprido o contrato e partido... Para onde, não tínhamos nada com isso.

«Foi assim que o Dimitrios nos apresentou a situação. Disse que pela nossa participação no negócio nos pagaria cinco mil francos. Era dinheiro fácil, mas eu fiquei com dúvidas, e foi o Giraud quem acabou por me convencer. Mas eu disse ao Dimitrios que a minha aceitação só se aplicava àquele caso específico e que não me considerava obrigado a ajudá-lo outra vez. O Giraud resmungou, mas aceitou as minhas condições.

«Passado um mês, o Dimitrios apareceu novamente, pagou-nos os cinco mil francos e disse que tinha outro trabalho para nós. Eu objetei, mas, como o Giraud observou imediatamente, não tínhamos tido problema nenhum no trabalho anterior, e a minha objeção não foi muito firme. O dinheiro dava-nos jeito. Pagava os sul-americanos durante uma semana.

«Hoje, acredito que o Dimitrios nos mentiu em relação aos primeiros cinco mil francos. Não acho que os tenhamos merecido, creio que ele nos deu o dinheiro apenas para ganhar a nossa confiança. Ele era assim. Outro era capaz de nos tentar enganar para servir os seus fins, mas o Dimitrios comprava-nos. Mas barato. Punha o nosso senso comum a lutar contra a nossa desconfiança instintiva em relação a ele.

«Como lhe disse, ganhámos facilmente os primeiros cinco mil francos. Os segundos já nos causaram imensos problemas. As autoridades polacas fizeram barulho e a polícia apareceu e interrogou-nos. Pior ainda, fomos obrigados a ter as mulheres no Kasbah para provar que eram nossas empregadas. Elas tinham pés de chumbo e foram um grande incómodo para nós porque tínhamos de ser amistosos com elas, não fosse alguma denunciar-nos à polícia. Passavam a vida a beber champanhe, e se o Dimitrios não tivesse aceitado pagar a despesa, teríamos perdido dinheiro.

«É óbvio que ele pediu muitas desculpas e disse que tinha havido um engano. Pagou-nos dez mil francos pelo incómodo e prometeu que, se continuássemos a ajudá-lo, não haveria mais polacas nem chatices com a polícia. Depois de alguma discussão, concordámos, e durante meses fomos recebendo os nossos dez mil francos. Nesse período, a polícia só apareceu ocasionalmente e não houve chatices. Mas, por fim, voltámos a ter problemas, desta vez, por causa das autoridades italianas. Fomos interrogados por um juiz de instrução e passámos um dia na esquadra. No dia seguinte, tive uma pega com o Giraud.

«Eu disse que discuti com ele, mas é mais correto dizer que o nosso desentendimento veio à superfície. Como já referi, eu não gostava do Giraud. Ele era grosseiro, estúpido e por vezes tentava enganar-me. E também era desconfiado, de um modo estridente e estúpido, como um animal, e encorajava um tipo de clientela que não interessava. Os amigos dele eram detestáveis: *maquereaux*, todos eles. Costumava tratar os clientes por *mon gar*. Ficava melhor como *patron* de uma tasca. E se calhar hoje até é, mas parece-me mais provável que esteja na cadeia. Muitas vezes, quando se zangava, tornava-se violento, e feriu gravemente algumas pessoas.

«Naquele dia, depois dos nossos problemas com a polícia, disse-lhe que devíamos deixar o negócio das mulheres. Ele zangou-se. Disse que seríamos parvos se descartássemos dez mil francos por mês por causa de uma coisa de nada com a polícia, e que eu era demasiado nervoso para o seu gosto. Compreendi o seu ponto de vista. Ele tinha tido muitos problemas com a polícia em Marraquexe e Argel, e desprezava-a. Desde que não fosse parar à cadeia e continuasse a ganhar dinheiro, estava satisfeito. Eu nunca pensei assim. Não gosto que a polícia esteja interessada em mim, mesmo que não me possa prender. O Giraud tinha razão. Eu estava nervoso. Mas apesar de compreender o ponto de vista dele, não o aceitava, e disse-lho. E também lhe disse que, se estivesse interessado, podia comprar a minha parte do Kasbah pela quantia que eu tinha investido inicialmente.

«Era um sacrifício da minha parte, mas eu estava farto do Giraud e queria livrar-me dele. E livrei-me. Ele concordou de imediato. Nessa noite, encontrámo-nos com o Dimitrios e explicámos-lhe a situação. O Giraud estava encantado com a pechincha e divertiu-se imenso com piadas parvas à minha custa. O Dimitrios sorriu ao ouvir as piadas, mas quando o Giraud nos deixou momentaneamente a sós, ele pediu-me para sair pouco depois dele e ir ter a um café, porque queria falar comigo.

«Estive quase para não ir. Mas feitas as contas, acho que fiz bem em ir. Beneficiei com a minha ligação ao Dimitrios. Julgo que poucos colaboradores do Dimitrios poderão dizer a mesma coisa, mas eu tive sorte. Além disso, acho que ele respeitava a minha inteligência. Geralmente, conseguia enganar-me, mas nem sempre.

«Ele estava no café à minha espera. Sentei-me à mesa e perguntei-lhe o que queria. Nunca fui cortês com ele.

«Ele disse: "Acho que fez bem em deixar o Giraud. O negócio das mulheres tornou-se demasiado perigoso. Foi sempre difícil. Para mim, acabou."

«Perguntei-lhe se fazia tenção de contar ao Giraud e ele sorriu.

«"Ainda não", disse ele. "Só depois de ele lhe pagar."

«Disse-lhe, desconfiado, que ele estava a ser muito amável, mas ele abanou a cabeça com impaciência. "O Giraud é um palerma", disse ele. "Se você não estivesse com ele, eu teria organizado o negócio das mulheres de outra maneira. Agora, ofereço-lhe a possibilidade de trabalhar comigo. Não sou idiota a ponto de começar por fazê-lo zangar-se comigo custando-lhe o seu investimento no Kasbah."

«E depois perguntou-me se eu percebia alguma coisa de tráfico de heroína. Eu percebia um bocadinho. Disse-me que tinha capital suficiente para comprar vinte quilos por mês e financiar a distribuição em Paris, e perguntou-me se estava interessado em trabalhar para ele.

«Vinte quilos de heroína não é brincadeira, Sr. Latimer. Vale muito dinheiro. Perguntei-lhe como se propunha ele distribuir uma quantidade tão grande. Ele disse-me que, para já, trataria ele disso. O que ele queria que eu fizesse era negociar as compras no estrangeiro e encontrar formas de introduzir o produto no país. Se eu aceitasse a proposta, começaria por me deslocar à Bulgária como seu representante para tratar com fornecedores que ele conhecia e organizar o transporte do produto para Paris. Ofereceu-me 10 % do valor de cada quilo que eu lhe fornecesse.

«Eu disse que ia pensar no assunto, mas já tinha decidido. Ao preço a que estava a heroína, sabia que ia ganhar quase vinte mil francos por mês. E também sabia que ele ia ganhar muito mais. Mesmo que ele tivesse de pagar quinze mil francos por quilo, incluindo a minha comissão e outras despesas, era um bom negócio. A vender heroína ao grama em Paris, fazia-se quase cem mil francos por quilo. Descontando as comissões aos vendedores de rua e a terceiros, ele não faria menos de trinta mil francos por quilo. Ou seja, mais de meio milhão de francos por mês. O capital é uma coisa maravilhosa quando sabemos utilizá-lo e não temos medo de correr alguns riscos.

«Em setembro de 1928, desloquei-me à Bulgária com instruções do Dimitrios no sentido de lhe enviar os primeiros vinte quilos até novembro. Ele já tinha começado a organizar as coisas com os agentes e os vendedores de rua. Quanto mais depressa eu lhe enviasse o produto, melhor.

«O Dimitrios tinha-me dado o nome de um homem em Sófia que me poria em contacto com os fornecedores. E assim foi. Também me disponibilizou o crédito que usaria para efetuar a compra. Ele...»

Latimer teve uma ideia. De repente, disse:

— Como se chamava ele?

O Sr. Peters franziu o sobrolho diante da interrupção.

— Acho que não me deve perguntar uma coisa dessas, Sr. Latimer.

— Não era Vazov?

Os olhos do Sr. Peters fixaram-se nele, humedecidos.

— Sim, era.

— E o crédito foi disponibilizado pelo Banco de Crédito Euroasiático?

— Vejo que sabe muito mais do que eu julgava — era evidente que o Sr. Peters não estava nada contente com aquilo. — Posso perguntar...?

— Foi apenas uma suposição. Mas não precisa de ficar com receio de comprometer o Vazov. Morreu há três anos.

— Estou ciente disso. E também supôs que o Vazov estava morto? Que mais suposições fez, Sr. Latimer?

— Mais nenhuma. Prossiga, por favor.

— A sinceridade... — começou o Sr. Peters, mas parou e bebeu um pouco de café. — Havemos de voltar a este assunto — disse ele por fim. — Sim, Sr. Latimer, admito que tem razão. Através do Vazov, fiz as compras para o Dimitrios com cheques sobre o Banco de Crédito Euroasiático, em Sófia. Não houve dificuldade nenhuma. A minha verdadeira missão era enviar o produto para França. Decidi enviá-lo de comboio para Salónica e de lá para Marselha, de barco.

— Sob a forma de heroína?

— É óbvio que não. Mas devo confessar que foi difícil disfarçá-lo. As únicas mercadorias que são enviadas regularmente da Bulgária para França, logo, que não são alvo de nenhuma investigação especial pela alfândega francesa, são coisas como os cereais, o tabaco e essência de rosas. O Dimitrios estava a fazer pressão para receber o material e eu já não sabia o que fazer — o Sr. Peters fez uma pausa dramática.

— Então *como* é que contrabandeou o produto?

— Num caixão, Sr. Latimer. Os franceses, pensei eu, são uma raça que respeita muito a solenidade da morte. Já esteve num funeral francês? *Pompe funèbre*. É muito impressionante. Acreditei plenamente que nenhum funcionário aduaneiro francês estaria disposto a fazer papel de vampiro. Comprei o caixão em Sófia. Era lindo, com entalhes muito bonitos. Também comprei um fato preto e acompanhei pessoalmente o caixão. Reajo muito às emoções e confesso que me senti bastante comovido com os humildes sinais de respeito pela minha dor mostrados pelos estivadores que manusearam o caixão. Nem a minha bagagem pessoal foi examinada na alfândega.

«Eu tinha avisado o Dimitrios e um carro fúnebre estava à minha espera e do caixão. Fiquei contente com o meu sucesso, mas o Dimitrios, quando o encontrei, encolheu os ombros. Com toda a razão, disse que eu não podia chegar a França com um caixão todos os meses. Julgo que ele achou aquilo pouco profissional. Obviamente, tinha razão. Mas fez uma sugestão. Havia uma companhia de navegação italiana que fazia uma rota mensal com um cargueiro entre Varna e Génova. Podia enviar-se o produto para Génova em malas pequenas declaradas como tabaco especial destinado a França, o que impediria a alfândega italiana de as abrir. Havia um homem em Nice que podia organizar o transporte a partir de Génova, subornando o pessoal do armazém para libertar o produto e depois contrabandeando-o por estrada. Perguntei-lhe em que medida este esquema afetaria os meus interesses financeiros nos fornecimentos. Ele disse que eu não ia perder nada porque tinha outro trabalho para mim.

«Curiosamente, nós aceitávamos a liderança dele de forma quase inquestionável. É verdade que ele tinha dinheiro, mas não era só isso. Ele dominava-nos porque sabia exatamente o que queria e como o obter com o mínimo de problemas e de custos. Também sabia encontrar pessoas para trabalharem para ele e, quando as encontrava, sabia manipulá-las.

«Éramos sete os que recebíamos ordens diretamente do Dimitrios, e nenhum era pessoa para receber ordens facilmente. Por exemplo, o Visser, o holandês, tinha vendido metralhadoras alemãs aos chineses, espiado por conta dos japoneses e cumprido pena pelo homicídio de um trabalhador na Batávia. Não era fácil lidar com ele. Era ele que negociava com os clubes e bares através dos quais chegávamos aos drogados.

«Entenda, o sistema de distribuição estava cuidadosamente organizado. O Lenôtre e o Galindo traficavam há anos drogas que compravam a um químico de uma grande farmacêutica francesa. Este tipo de coisa foi bastante fácil até ao aparecimento dos regulamentos de 1931. Estes dois homens conheciam bem os clientes que precisavam do produto e sabiam onde os encontrar. Antes de o Dimitrios aparecer, vendiam principalmente morfina e cocaína, mas nunca tinham produto suficiente. Quando o Dimitrios lhes ofereceu um fornecimento ilimitado de heroína, descartaram de imediato o homem da farmacêutica e começaram a vender heroína aos seus clientes.

«Mas isso era apenas uma parte do negócio. Os drogados, como sabe, estão sempre muito desejosos de levar outras pessoas a consumir também. Consequentemente, o círculo de consumidores está sempre a aumentar. Como pode imaginar, quando aparecem clientes novos, é muitíssimo importante certificarmo-nos de que não são agentes da Brigade des Stupéfiants ou outros indesejáveis similares. Era aqui que o Visser entrava. Por exemplo, o potencial cliente abordava o Lenôtre, por recomendação de um cliente habitual seu conhecido. Contudo, quando lhe pediam a droga, o Lenôtre fingia-se espantado. Drogas? Ele não sabia nada disso. Aliás, nem sequer era consumidor. Mas tinha ouvido falar de um sítio onde as vendiam, o Bar tal e tal. No Bar tal e tal, que estava na lista do Visser, o potencial cliente ouvia uma resposta parecida. Drogas? Não. No Bar tal e tal não havia nada disso. Mas se ele aparecesse na noite seguinte, talvez estivesse lá alguém que o poderia ajudar. Na noite seguinte, estava lá a Grã-Duquesa.

«Era uma mulher curiosa. Tinha sido levada para o negócio pelo Visser, acho que de nós todos foi a única não recrutada pelo Dimitrios. Era extremamente inteligente. Tinha uma capacidade extraordinária para avaliar os estranhos. Acho que conseguia detetar um inspetor bem disfarçado só de olhar para ele do outro lado da sala. A função dela era analisar o potencial cliente e decidir se lhe devíamos ou não vender e por quanto. Ela tinha muito valor para nós.

«O outro homem era o belga, o Werner. Lidava com os pequenos vendedores. Tinha sido químico em tempos e, segundo creio, costumava diluir a heroína. O Dimitrios nunca mencionou esta parte do negócio.

«Não tardou a tornar-se necessária alguma diluição. Seis meses depois de começarmos a funcionar, tive de aumentar o fornecimento mensal de heroína para cinquenta quilos. E eu também tinha outra tarefa. O Lenôtre e o Galindo tinham dito no início que, para ficarmos com todos os consumidores que eles conheciam, teriam de vender também morfina e cocaína, além da heroína. Nem todos os viciados em morfina gostam de heroína, e às vezes os consumidores de cocaína recusavam-na quando podiam comprar cocaína a outros traficantes. Por conseguinte, tive de garantir fornecimentos de morfina e cocaína. O problema da morfina foi simples porque podia ser fornecida ao mesmo tempo e pelas mesmas pessoas que forneciam a heroína, mas a cocaína era uma questão diferente. Era necessário ir à Alemanha. Eu não tinha mãos a medir.

«É claro que também tivemos problemas, geralmente na minha área. No primeiro ano de funcionamento das operações, montei diversos esquemas alternativos para a receção do produto. Além da rota de Génova para a heroína e a morfina, que eram vendidas pelo Lamare, entendi-me com um camareiro de uma carruagem-cama do Expresso do Oriente. Ele metia o produto no comboio em Sófia e entregava-o quando o comboio era deslocado para a linha de serviço, em Paris. Não era uma rota muito segura, tive de tomar precauções bastante complexas para me proteger, mas era rápida. A cocaína chegava da Alemanha em caixas de maquinaria. Também começámos a receber heroína de um laboratório de Istambul. Vinha num cargueiro que a deixava a flutuar em contentores ancorados ao largo do porto de Marselha, e o Lamare recolhia-os de noite.

«Tivemos uma semana desastrosa. Na última semana de junho de 1929, foram apreendidos quinze quilos de heroína no Expresso do Oriente e a polícia prendeu seis dos meus homens, incluindo o camareiro da carruagem-cama. Já teria sido suficientemente mau, mas na mesma semana o Lamare teve de abandonar um carregamento de quarenta quilos de heroína e morfina perto de Sospel. Ele conseguiu escapar, mas ficámos numa situação muito difícil porque a perda dos cinquenta e cinco quilos nos deixou com apenas oito para fazermos face a compromissos de mais de cinquenta. E nos dias seguintes não estava prevista a chegada de produto no barco de Istambul. Entrámos em desespero. O Lenôtre, o Galindo e o Werner passaram por momentos terríveis. Dois clientes do Galindo suicidaram-se e o Werner foi esfaqueado na cabeça numa zaragata num dos bares que utilizávamos.

«Eu fiz o melhor que pude. Fui pessoalmente a Sófia e trouxe dez quilos num baú, mas não era suficiente. Devo dizer que o Dimitrios não me culpou. Teria sido injusto. Mas ficou furioso. Decidiu então que, de futuro, deveriam ser constituídas reservas. Foi pouco depois daquela semana que ele comprou estas casas. Até essa altura, encontrávamo-nos sempre com ele numa sala por cima de um café próximo da Porta de Orleães. Ele disse então que as casas seriam o nosso quartel-general. Nunca soubemos onde ele vivia e nunca podíamos entrar em contacto com ele, tínhamos de esperar que ele telefonasse a um de nós. Mais tarde, compreendemos que a nossa ignorância da sua morada nos colocou numa desvantagem desastrosa. Mas outras coisas aconteceram até chegarmos a essa conclusão.

«Fui incumbido de constituir as reservas. Não foi nada fácil. Para criarmos reservas e mantermos os fornecimentos, tínhamos de aumentar os carregamentos, ou seja, o risco de apreensão era maior. E também tínhamos de encontrar novas formas de importar o produto. Além disso, as coisas complicaram-se quando as autoridades búlgaras fecharam o laboratório de Radomir, que era o nosso principal fornecedor. O laboratório recomeçou a funcionar pouco depois, noutra parte do país, mas houve as inevitáveis demoras. Fomos obrigados a depender cada vez mais de Istambul.

«Foi um período muito difícil. Em dois meses, apreenderam-nos nada menos do que noventa quilos de heroína, vinte de morfina e cinco de cocaína. Contudo, apesar dos altos e baixos, as reservas foram aumentando. No fim de 1930, tínhamos escondidos debaixo dos soalhos das casas ao lado duzentos e cinquenta quilos de heroína, uns duzentos de morfina, noventa de cocaína e uma pequena quantidade de ópio turco pronto a consumir.»

O Sr. Peters serviu o resto do café e apagou a lamparina. Pegou num cigarro, humedeceu a ponta com a língua e acendeu-o.

— Alguma vez conheceu algum drogado, Sr. Latimer? — perguntou ele de repente.

— Julgo que não.

— Ah, *julga*. Não tem a certeza. Sim, é possível um consumidor esconder a sua pequena fraqueza durante bastante tempo. Mas não a consegue esconder para sempre... especialmente se for *mulher*. O processo é quase sempre o mesmo. Começa como uma experiência. Meio grama, talvez, consumido pelas narinas. Na primeira vez, pode causar mal-estar, mas volta-se a tentar e tudo corre bem. Uma sensação deliciosa, quente, brilhante. O tempo para, mas a mente parece funcionar a uma velocidade tremenda, com uma eficiência incrível. Éramos estúpidos, agora somos inteligentíssimos. Éramos infelizes, agora não temos preocupações. O que não gostamos, esquecemos;

o que gostamos, passamos a experimentar com uma intensidade absolutamente inaudita. Três horas de paraíso. E depois, não é muito mau; bem melhor do que se tivéssemos bebido demasiado champanhe. Queremos estar sossegados; sentimos algum desconforto, mais nada. Voltamos rapidamente a ser nós próprios. A única coisa que nos aconteceu foi um prazer espantoso. Se não tencionamos voltar a drogar-nos, dizemos a nós próprios que não precisamos de o fazer. Somos inteligentes, somos superiores à droga. Ora, se é assim, não há razão nenhuma para não sentirmos novamente prazer, pois não? E repetimos. Mas, desta vez, ficamos relativamente desiludidos. Meio grama não foi suficiente. E não pode haver desilusões. Temos de ir uma última vez ao paraíso antes de decidirmos não voltar a drogar-nos. Só mais um bocadinho, talvez quase um grama. Voltamos ao paraíso e, ainda assim, não nos sentimos pior por causa disso. E se não nos sentimos pior, porque não continuar? Toda a gente sabe que aquilo acaba por ter efeitos nocivos, mas quando os detetarmos, *paramos*. Só os tontos se viciam. Um grama e meio. É mesmo uma das coisas boas da vida. Há apenas três meses, tudo era tão cinzento, mas agora... Dois gramas. Como estamos a consumir um bocadinho mais, é absolutamente natural que depois nos sintamos um pouco indispostos e deprimidos. Já lá vão quatro meses. Temos de parar. Dois gramas e meio. Nos últimos tempos, o nariz e a garganta estão tão secos... E as outras pessoas mexem-nos com os nervos. Talvez seja por andarmos a dormir mal. São muito barulhentas. Falam tão alto... E o que é que estão a dizer? Sim, *o quê*? Coisas sobre *nós*, mentiras nojentas. Vê-se nas caras delas. Três gramas. E há outras coisas a ter em conta, outros perigos. Temos de ter cuidado. A comida sabe pessimamente. Não nos lembramos das coisas importantes que temos para fazer. E se por acaso nos lembramos, há tantas coisas com que nos preocuparmos sem ser a bestialidade da vida. Por exemplo, o nariz está constantemente a escorrer, aliás, não está, mas nós pensamos que está, por isso tocamos-lhe constantemente para termos a certeza. Outra coisa: há uma mosca que não nos larga, que *nunca* nos vai deixar em paz. Pousa-nos na cara, na mão, no pescoço.

Temos de nos recompor. Três gramas e meio. Está a ver a coisa, Sr. Latimer?

— O senhor não parece aprovar o consumo.

— Aprovar! — o Sr. Peters encarou-o, horrorizado. — É uma coisa terrível, *terrível*! Há vidas arruinadas. Deixam de conseguir trabalhar, mas têm de arranjar dinheiro para pagar o vício. As pessoas entram em desespero e até podem recorrer ao crime para terem dinheiro. Eu percebo o seu pensamento, Sr. Latimer. Acha estranho que eu tenha estado ligado ao tráfico, que eu tenha ganhado dinheiro com uma coisa que condeno inequivocamente. Mas pense no seguinte: se *eu* não tivesse ganhado dinheiro com aquilo, outros teriam. Nenhum daqueles desgraçados estaria melhor e eu teria perdido dinheiro.

— E a sua clientela cada vez maior? Não me diga que todos os clientes que a sua organização abastecia eram consumidores habituais antes de vocês começarem a trabalhar.

— É claro que não. Mas *eu* não tinha nada que ver com essa parte do negócio. Quem tratava disso eram o Lenôtre e o Galindo. E acrescento que o Lenôtre e o Galindo, e também o Werner, eram consumidores. De cocaína. Faz pior ao organismo, mas enquanto uma pessoa se pode transformar num heroinómano perigoso em poucos meses, a cocaína leva anos a matar-nos.

— Que consumia o Dimitrios?

— Heroína. Ficámos espantados quando descobrimos. Normalmente, encontrávamo-nos com ele neste quarto, por volta das seis da tarde. Foi num desses encontros, na primavera de 1931, que tivemos a nossa surpresa!

«O Dimitrios chegou atrasado. Isso só por si já era invulgar, mas não ligámos muito. Por norma, nas reuniões, ele sentava-se muito calado, com os olhos semicerrados, com um ar incomodado, como se estivesse com dores de cabeça, e por isso, mesmo depois de nos habituarmos a ele, queríamos sempre perguntar-lhe se estava tudo bem. Às vezes, quando eu olhava para ele, ficava espantado comigo próprio por deixar que ele mandasse em mim. Mas depois via a cara dele alterar-se quando se virava para responder a uma objeção do Visser (era sempre ele quem colocava objeções) e percebia. O Visser era um homem violento, rápido e manhoso, mas ao pé do Dimitrios parecia uma criança. Uma vez, quando o Dimitrios tinha gozado com ele, o Visser sacou de uma pistola. Estava lívido de raiva. Vi o dedo apertar o gatilho. No lugar do Dimitrios, eu teria começado a rezar. Mas o Dimitrios limitou-se a sorrir à sua maneira insolente, virou--lhe as costas e começou a falar comigo sobre um qualquer assunto de negócio. O Dimitrios era sempre calmo, mesmo quando estava zangado.

«Foi por isso que ficámos tão admirados naquela noite. Chegou atrasado e ficou ao pé da porta a olhar para nós durante quase um minuto. Depois, caminhou até ao lugar dele e sentou-se. O Visser estava a dizer qualquer coisa sobre o *patron* de um café que estava a causar problemas e prosseguiu. Não estava a dizer nada de especial. Acho que estava a dizer ao Galindo para deixar de usar o café por já não ser seguro.

«De repente, o Dimitrios inclinou-se sobre a mesa, gritou "*Imbécile!*" e cuspiu na cara do Visser.

«O Visser ficou tão espantado como nós. Abriu a boca para falar, mas o Dimitrios não lhe deu hipóteses. Antes de percebermos o que se estava a passar, ele começou a acusar o Visser de coisas absolutamente fantásticas. Jorrou uma torrente de palavras e voltou a cuspir como um garoto de rua.

«O Visser ficou lívido e levantou-se com a mão no bolso onde tinha a pistola, mas o Lenôtre, que estava ao lado dele, também se levantou e sussurrou-lhe alguma coisa ao ouvido que o fez tirar a mão do bolso. O Lenôtre estava habituado a pessoas que tinham tomado drogas e ele, o Galindo e o Werner reconheceram os sinais logo que o Dimitrios entrou na sala. Mas o Dimitrios viu o Lenôtre sussurrar e desancou-o, e depois caiu em cima dos outros. Disse-nos que éramos parvos se julgávamos que ele não sabia que estávamos a conspirar contra ele. Chamou-nos muitos nomes desagradáveis em francês e grego. Depois começou a gabar-se de ser mais inteligente do que nós todos juntos, que se não fosse ele estaríamos a morrer de fome, que ele era o único responsável pelo nosso sucesso (o que era verdade, mas nós não gostámos de ouvir) e que podia fazer o que quisesse connosco. Esteve assim durante uma meia hora, ora a insultar-nos, ora a gabar-se. Nós não abrimos a boca. E depois, tão subitamente como começou, parou, levantou-se e foi-se embora.

«Acho que, depois daquilo, deveríamos ter estado preparados para uma traição. Os heroinómanos têm fama de traidores. Mas não estávamos preparados, julgo que por sabermos a quantidade de dinheiro que ele estava a ganhar. Sei apenas que, depois de ele se ir embora, o Lenôtre e o Galindo riram-se e perguntaram ao Werner se o chefe pagava o que consumia. Até o Visser sorriu. Transformámos aquilo numa anedota.

«Na vez seguinte que vimos o Dimitrios, ele estava completamente normal e ninguém falou do seu acesso de fúria. Mas com o passar dos meses, apesar de não ter havido novos acessos, ele tornou-se mal-humorado e irritava-se com qualquer dificuldade menor. E o aspeto dele também foi mudando. Estava magro e tinha um ar adoentado, com os olhos baços. E nem sempre aparecia nas reuniões.

«E depois tivemos o segundo aviso.

«No princípio de setembro, o Dimitrios anunciou subitamente que pretendia reduzir os fornecimentos nos três meses seguintes e usar as reservas. Ficámos espantados e houve muitas objeções, incluindo minhas. Eu tinha tido dificuldades enormes para constituir as reservas e não as queria ver distribuídas sem razão. Os outros recordaram-lhe os problemas que tinham tido quando não havia reservas. Mas o Dimitrios não quis ouvir. Disse que tinha sido avisado de uma ofensiva policial. Além de as nossas enormes reservas nos comprometerem gravemente caso fossem descobertas, a sua apreensão seria uma perda financeira enorme. Também não lhe agradava ficar sem reservas, mas era melhor jogar pelo seguro.

«Acho que não ocorreu a ninguém a ideia de que ele estava a liquidar os seus ativos antes de desaparecer e pode dizer-se que, para pessoas experientes, fomos demasiado confiantes. É verdade. Com exceção do Visser, quando lidávamos com o Dimitrios, estávamos sempre na defensiva. Até a Lydia, que sabia tanto sobre as pessoas, foi vencida por ele. Quanto ao Visser, estava demasiado paralisado pela sua presunção para acreditar que alguém, até mesmo um drogado, o conseguisse trair. Além do mais, porque deveríamos desconfiar dele? Estávamos a ganhar dinheiro, mas ele ganhava mais, muito mais. Que motivo lógico havia para suspeitarmos dele? Quem teria previsto que ele ia agir como um louco?»

Encolheu os ombros.

— Já conhece o resto da história. Ele tornou-se um informador. Fomos todos presos. Eu estava em Marselha, com o Lamare, quando fomos detidos. A polícia foi bastante inteligente. Vigiaram-nos durante uma semana antes de nos capturarem. Julgo que estavam à espera de nos apanhar a todos com as mãos na massa. Por sorte, detetámo-los na véspera de recebermos um grande carregamento enviado de Istambul. O Lenôtre, o Galindo e o Werner não tiveram tanta sorte. Tinham produto nos bolsos. Os polícias tentaram obviamente que eu lhes falasse sobre o Dimitrios e mostraram-me o dossiê que ele lhes tinha enviado. Era como se me estivessem a pedir a Lua. Mais tarde, descobri que o Visser sabia mais do que nós, mas não disse nada à polícia. Tinha outras ideias. Disse à polícia que o Dimitrios tinha um apartamento no 17.º bairro, mas era mentira. O Visser queria uma sentença mais leve do que as nossas. Mas não teve. Morreu há pouco tempo, pobre tipo — o Sr. Peters suspirou e sacou de uma cigarrilha.

Latimer bebeu a segunda chávena de café. Estava frio. Pegou num cigarro e acendeu-o no fósforo aceso oferecido pelo seu anfitrião.

— Então? — perguntou ele, quando viu a cigarrilha acesa. — E agora? Continuo à espera de saber como é que vou ganhar meio milhão de francos.

O Sr. Peters sorriu como se estivesse a presidir a uma festa da catequese e Latimer lhe tivesse pedido um segundo bolinho com passas.

— Isso, Sr. Latimer, faz parte de outra história.

— Que história?

— A história do que aconteceu ao Dimitrios depois de ele desaparecer.

— Pois bem, o que lhe *aconteceu*? — exigiu Latimer saber com irritação.

Em vez de responder, o Sr. Peters pegou na fotografia que estava em cima da mesa e entregou-a outra vez a Latimer.

Latimer olhou para a foto e franziu o sobrolho.

— Sim, já vi. É o Dimitrios, não há dúvida. E?

O Sr. Peters sorriu com muita doçura e meiguice.

— Isto, Sr. Latimer, é uma fotografia do Manus Visser.

— Mas que raio de conversa é essa?

— Eu disse-lhe que o Visser tinha outras ideias em relação aos conhecimentos que tinha inteligentemente adquirido acerca do Dimitrios. Quem o senhor viu na morgue de Istambul foi o Visser, depois de ter tentado pôr essas ideias em prática.

— Mas era o Dimitrios. Eu vi...

— Viu o cadáver do Visser, Sr. Latimer, depois de o Dimitrios o ter assassinado. Apraz-me dizer que o Dimitrios está vivo e bem de saúde.

— 12 —

Monsieur C. K.

Latimer ficou de olhos arregalados. O queixo caiu-lhe e sabia que estava com um ar ridículo e que não havia nada a fazer. Dimitrios estava vivo. Nem sequer lhe ocorreu contestar a notícia, soube instintivamente que era verdadeira. Era como se um médico lhe tivesse dito que sofria de uma doença perigosa de cujos sintomas ele só vagamente se apercebera. Não conseguiu expressar a sua surpresa com palavras, e sentiu-se ressentido, curioso e ligeiramente assustado, enquanto a sua mente começou a funcionar febrilmente para se ajustar a uma situação nova e estranha. Fechou a boca, mas depois abriu-a novamente para dizer, debilmente:

— Não acredito.

O Sr. Peters ficou nitidamente deliciado com o efeito da sua notícia.

— Não estava à espera — disse ele — de que o senhor não tivesse suspeitado minimamente da verdade. O Grodek, obviamente, percebeu. Ele andava intrigado com algumas perguntas que eu lhe tinha feito há algum tempo. Quando o senhor apareceu, ficou ainda mais curioso. Foi por isso que ele quis saber tantas coisas. Mas logo que o senhor lhe disse que tinha visto o cadáver em Istambul, ele percebeu. Viu imediatamente que a única coisa que tornava o Sr. Latimer único para mim era ter visto o rosto do homem enterrado como Dimitrios. Era evidente. Não para si, talvez. Suponho que quando vemos um desconhecido numa morgue e um polícia nos diz que ele se chama

Dimitrios Makropoulos, partimos do princípio, se tivermos o respeito que o senhor tem pela polícia, de que é a pura verdade. Eu *sabia* que o senhor não tinha visto o Dimitrios mas... não tinha como prová-lo. Mas *o senhor* pode; *o senhor* pode identificar o Manus Visser.

Fez uma pausa significativa e depois, na ausência de um comentário de Latimer, acrescentou:

— Como é que eles o identificaram como sendo o Dimitrios?

— Havia uma *carte d'identité* francesa, emitida em Lyon há um ano, em nome de Dimitrios Makropoulos, tinha sido cosida dentro do forro do casaco.

Latimer falou mecanicamente. Estava a pensar no brinde de Grodek ao romance policial inglês e no facto de não ter conseguido evitar rir-se da sua própria piada. Céus! O homem deve tê-lo achado um idiota chapado!

— Uma *carte d'identité* francesa? — repetiu o Sr. Peters. — Que divertido. Mesmo muito divertido.

— As autoridades francesas disseram que era genuíno, e tinha uma fotografia.

O Sr. Peters sorriu com tolerância.

— Eu posso arranjar-lhe uma dúzia de *cartes d'identité* francesas genuínas, Sr. Latimer, todas em nome de Dimitrios Makropoulos e cada uma com uma fotografia diferente. Veja! — tirou do bolso um *permis de séjour* verde, abriu-o, tapou os dados de identificação com os dedos e mostrou a fotografia em cima. — Pareço eu, Sr. Latimer?

Latimer abanou a cabeça negativamente.

— No entanto — observou o Sr. Peters —, é uma fotografia minha, tirada há três anos. Não procurei enganar ninguém. Acontece simplesmente que não sou *photogénique*, mais nada. Poucos homens são. A máquina fotográfica mente muito. O Dimitrios pode ter usado uma foto de qualquer homem com o tipo de cara do Visser. A fotografia que lhe mostrei há momentos é de alguém parecido com o Visser.

— Então se o Dimitrios está vivo, onde está?

— Aqui, em Paris — o Sr. Peters inclinou-se para a frente e deu uma palmadinha no joelho de Latimer. — O Sr. Latimer tem sido bastante compreensivo — disse ele com simpatia. — Vou contar-lhe tudo.

— Agradeço imenso — disse Latimer com azedume.

— Não! Não! O senhor tem o *direito* de saber — disse calorosamente o Sr. Peters e franziu os lábios com o ar de quem sabe o que é a justiça. — Vou contar-lhe tudo — repetiu ele, e reacendeu a cigarrilha. — Como imaginará — prosseguiu —, ficámos todos furiosos com o Dimitrios. Alguns disseram que se iam vingar, mas eu, Sr. Latimer, nunca fui de bater com a cabeça na parede. O Dimitrios tinha desaparecido e não havia maneira de o encontrar. Fiz por me esquecer das indignidades da vida na prisão, purguei o meu coração da malícia e fui para o estrangeiro para recuperar o meu sentido da proporção. Tornei-me um errante, Sr. Latimer. Um pequeno negócio aqui, outro ali, viagens e meditação... Era assim a minha vida. Podia dar-me ao luxo, quando queria, de me sentar num café a ver o nosso mundo girar e a tentar compreender os outros. Há tão pouca verdadeira compreensão! Às vezes, Sr. Latimer, enquanto vou andando por esta nossa vida, questiono-me se tudo isto não será talvez um sonho e se, um dia, não acordaremos todos e descobriremos que estivemos a dormir como bebés num berço embalado pelo Ser Supremo. Seria um grande dia. Sei que fiz coisas das quais me envergonho, mas o Ser Supremo vai compreender. É assim que vejo o Ser Supremo: alguém que compreende que por vezes é necessário, por razões de negócios, fazer coisas desagradáveis; alguém que compreende, não como o juiz num tribunal — acrescentou ele, com algum despeito —, mas como *amigo*.

O Sr. Peters limpou os cantos da boca.

— O Sr. Latimer pensará seguramente que sou uma espécie de místico. Talvez seja. Não acredito em coincidências. Quando o Ser Supremo deseja que conheçamos uma pessoa, nós conhecemo-la. Isto não tem nada de estranho. Por conseguinte, quando reencontrei o Visser, não fiquei surpreendido. Foi há pouco menos de dois anos, em Roma.

«Não o via, evidentemente, havia cinco anos. Desgraçado! Tinha passado um mau bocado. Poucos meses depois de sair da prisão, estava aflito de dinheiro e falsificou um cheque. Recambiaram-no para a cadeia por três anos e depois, quando foi libertado, deportaram-no. Ele não tinha dinheiro quase nenhum e não podia trabalhar na França, onde tinha contactos úteis. Compreendi o ressentimento dele.

«Pediu-me dinheiro emprestado. Encontrámo-nos num café e ele disse-me que tinha de ir a Zurique para comprar um passaporte, mas não tinha dinheiro. O seu passaporte holandês não servia de nada porque estava no seu nome verdadeiro. Teria gostado de o ajudar porque, apesar de nunca ter simpatizado muito com ele, tive pena dele. Mas hesitei. Tantas vezes, o nosso instinto generoso é mais forte do que nós. Devia ter sido mais sensato, devia ter dito logo que não tinha dinheiro para emprestar, mas hesitei e ele percebeu que eu tinha dinheiro. Na altura, pensei que tinha cometido um erro estúpido, mas mais tarde descobri que a minha generosidade me tinha sido benéfica.

«Ele insistiu e jurou que me pagava. Às vezes, esta nossa vida é tão difícil, não é? Uma pessoa jura que vai pagar o que deve e nós sabemos que ela está a ser sincera. Contudo, também sabemos que amanhã ela pode dizer para si própria, com igual sinceridade, que o nosso dinheiro é dela porque ela precisou dele, que nós podemos dar-nos ao luxo de prescindir de uma quantia tão insignificante e que, além disso, temos de pagar pela nossa magnanimidade. Depois começa a antipatizar connosco e, além de ficarmos sem o dinheiro, ficamos sem um amigo. Decidi dizer que não ao Visser.

«Ele ficou furioso e acusou-me de não acreditar que ele pagasse uma dívida de honra, uma coisa disparatada de se dizer. Depois implorou. Disse que podia provar que conseguia pagar o empréstimo e começou a contar-me coisas interessantes.

«Já referi que o Visser sabia um pouco mais do que nós acerca do Dimitrios. Era verdade. Tinha-se esforçado muito para o conseguir. Foi logo depois daquela noite em que ele sacou da pistola para ameaçar o Dimitrios e este lhe virou as costas. Nunca ninguém antes o tratara assim e ele quis saber mais sobre o homem que o tinha humilhado... Pelo menos, acredito que foi isto. Ele mesmo disse que tinha desconfiado de que o Dimitrios nos ia trair, mas eu sei que isto é um disparate. Contudo, independentemente do motivo, ele decidiu seguir o Dimitrios assim que ele saísse do Impasse des Huit Anges.

«Na primeira noite, não conseguiu. O Dimitrios entrou num carro enorme que estava à saída do beco, que arrancou antes de o Visser conseguir apanhar um táxi para o seguir. Na segunda noite, o Visser alugou um carro. Não foi à reunião e ficou à espera do Dimitrios na Rue de Rennes. Quando o carro apareceu, o Visser arrancou atrás dele. O Dimitrios parou em frente a um grande edifício de apartamentos na Avenue de Wagram e entrou, enquanto o carro arrancou. O Visser tomou nota da morada e, cerca de uma semana depois, numa altura em que ele sabia que o Dimitrios estaria na reunião, entrou no prédio e perguntou pelo *Monsieur* Makropoulos. Como seria de esperar, o *concièrge* não conhecia ninguém com esse nome, mas o Visser deu-lhe dinheiro, descreveu o Dimitrios e ficou a saber que ele tinha um apartamento alugado em nome de Rougemont.

«Ora, o Visser podia ser presunçoso, mas não era parvo nenhum. Ele sabia que o Dimitrios podia ter previsto a possibilidade de ser seguido e calculou que o apartamento em nome de Rougemont não seria o único que tinha. Por conseguinte, tratou de vigiar as idas e vindas do *Monsieur* Rougemont. Não tardou a descobrir que o prédio tinha uma saída nas traseiras e que o Dimitrios costumava sair por aí.

«Uma noite, quando o Dimitrios saiu pelas traseiras, o Visser seguiu-o, e não teve de andar muito. Descobriu que o Dimitrios vivia num casarão perto da Avenue Hoche. Descobriu que a casa pertencia a uma senhora nobre e muito *chic*. Vou chamar-lhe "Condessa". Mais tarde, o Visser viu o Dimitrios sair com ela para a ópera. O Dimitrios estava *en grande tenue* e, para se deslocarem até lá, tinham à sua espera um grande *Hispano*.

«Nessa altura, o Visser perdeu o interesse. Sabia onde o Dimitrios vivia. Terá sem dúvida pensado que, de algum modo, a sua descoberta era a sua vingança. E também devia estar farto de andar a segui-lo pelas ruas. Tinha satisfeito a curiosidade. O que tinha descoberto era, afinal de contas, mais ou menos o que tinha pensado que ia descobrir.

O Dimitrios tinha muito dinheiro. E gastava-o como gastavam outros homens com muito dinheiro.

«Disseram-me que, quando o Visser foi detido em Paris, revelou muito pouco acerca do Dimitrios. Mas deve ter tido pensamentos maus, pois era por natureza um homem violento e muito presunçoso. Seja como for, teria sido inútil tentar que o Dimitrios fosse detido, já que conseguiria apenas indicar à polícia o apartamento na Avenue de Wagram e a casa da Condessa ali perto, sendo que o Dimitrios não estaria lá. Tal como disse, ele tinha outras ideias para dar uso ao que tinha descoberto.

«Julgo que, no início, ele terá tencionado matar o Dimitrios quando o encontrasse, mas depois começou a ficar sem dinheiro e o seu ódio ao Dimitrios tornou-se mais pragmático. Ter-se-á provavelmente lembrado do *Hispano* e do luxo da casa da Condessa. Talvez ela ficasse assustada ao saber que o seu amigo tinha ganhado dinheiro a vender heroína e talvez o Dimitrios estivesse disposto a pagar bem para lhe poupar preocupações. Mas era mais fácil pensar no Dimitrios e no dinheiro dele do que encontrá-los. Depois de sair da prisão, no princípio de 1932, o Visser procurou-o durante meses. O apartamento da Avenue de Wagram já não estava ocupado. A casa da Condessa estava fechada e o *concièrge* disse que ela tinha ido para Biarritz. O Visser foi a Biarritz e descobriu que ela estava em casa de amigos. Regressou a Paris. Mas depois acho que teve uma ideia bastante boa. Ele próprio estava muito satisfeito. Infelizmente para ele, chegou-lhe tarde demais. Um dia, lembrou-se de que o Dimitrios era toxicodependente e ocorreu-lhe que talvez tivesse feito o mesmo que muitos drogados ricos quando a dependência chega a uma fase avançada. Poderia ter dado entrada numa clínica de reabilitação.

«Nos arredores de Paris, existem cinco clínicas privadas especializadas neste tipo de cura. Com o pretexto de pedir informações em nome de um irmão toxicodependente inexistente, o Visser deslocou-se a cada uma das clínicas, dizendo que tinha sido recomendado por amigos do *Monsieur* Rougemont. Na quarta clínica, a ideia dele deu frutos. O médico responsável perguntou como ia a saúde do *Monsieur* Rougemont.

«Penso que o Visser terá retirado alguma satisfação vulgar de o Dimitrios se ter curado de uma dependência de heroína. É que estamos a falar de uma cura terrível. Os médicos continuam a administrar a droga ao doente, mas reduzem gradualmente a quantidade. É uma tortura quase insuportável. O doente boceja e sua e treme dias a fio, não dorme nem consegue comer. Anseia pela morte e balbucia ideias de suicídio, mas já não lhe restam forças para o cometer. Grita e guincha a pedir droga, mas não lha dão... Mas não quero incomodá-lo com horrores, Sr. Latimer. A cura dura três meses e custa cinco mil francos por semana. No fim, às vezes, o doente esquece a tortura e começa outra vez a drogar-se. Ou então, é mais sensato e esquece o paraíso. Parece que o Dimitrios foi sensato.

«Saiu da clínica quatro meses antes de o Visser aparecer, pelo que o Visser foi obrigado a ter outra boa ideia. E *teve*, mas implicava ir novamente a Biarritz e ele não tinha dinheiro. Forjou um cheque, descontou-o e pôs-se a caminho. Pensou que, como o Dimitrios e a Condessa eram amigos, era possível que ela conhecesse o seu paradeiro. Mas o Visser não podia aparecer sem mais nem menos e pedir a morada do Dimitrios. E mesmo que tivesse inventado um pretexto, não sabia o nome pelo qual a Condessa conhecia o Dimitrios. Como vê, as dificuldades eram muitas. Mas ele encontrou maneira de as ultrapassar. Durante dias, vigiou a *villa* onde ela estava a residir. E depois de descobrir o suficiente, uma tarde, quando não havia ninguém em casa, exceto dois criados sonolentos, entrou no seu quarto e vasculhou-lhe a bagagem. Procurava cartas.

«O Dimitrios nunca gostou de registos escritos do nosso negócio e nunca se correspondeu com nenhum de nós. Mas o Visser lembrou-se de uma ocasião em que o Dimitrios tinha escrito uma morada para o Werner num pedaço de papel. Eu também me lembrava dessa ocasião. Era numa caligrafia curiosa: completamente inculta, com letras toscas e muitos floreados. Era dessa caligrafia que o Visser estava à procura. E encontrou-a. Havia nove cartas com aquela caligrafia.

Todas enviadas de um hotel caro de Roma. Peço desculpa, Sr. Latimer, disse alguma coisa?»

— Posso dizer-lhe o que ele estava a fazer em Roma. Estava a organizar o assassinato de um político jugoslavo.

O Sr. Peters não pareceu impressionado.

— É muito provável — disse ele com indiferença. — Ele não estaria onde está hoje sem o seu talento especial para a organização. Onde é que eu ia? Ah, sim! As cartas.

«Tinham sido todas enviadas de Roma e estavam assinadas com as iniciais "C. K.". As cartas, em si, não eram o que o Visser estava à espera. Eram muito formais, afetadas e breves. A maior parte dizia apenas que o autor estava bem de saúde, que os negócios estavam a correr bem e que ele esperava rever a sua querida amiga em breve. Nada de a tratar por "tu". Mas uma carta dizia que ele tinha conhecido um parente por casamento da família real italiana, e outra que tinha sido apresentado a um diplomata romeno com um título de nobreza. Parece que estava muito satisfeito com aqueles contactos. Era tudo muito snobe e o Visser ficou com a certeza de que o Dimitrios estaria interessado em comprar a sua amizade. Anotou o nome do hotel, deixou tudo como estava e regressou a Paris para depois rumar a Roma. Chegou a Paris na manhã seguinte. E tinha a polícia à sua espera. Julgo que não era um falsário muito competente.

«Imagine como se terá o desgraçado sentido. Durante os três anos intermináveis que se seguiram, só pensou no Dimitrios: que tinha chegado tão perto dele e que agora estava tão longe. Por alguma razão estranha, o Visser terá considerado o Dimitrios o responsável por ele estar novamente preso. Esta ideia serviu para lhe alimentar o ódio e reforçar a determinação em se vingar do Dimitrios. Acho que, de certa forma, endoideceu. Logo que se viu em liberdade, arranjou algum dinheiro na Holanda e foi para Roma. Estava mais de três anos atrasado em relação ao Dimitrios, mas apostado em recuperar a distância. Foi ao hotel e, fazendo-se passar por um detetive particular holandês, pediu autorização para examinar as fichas dos hóspedes de três anos antes. As *affiches* tinham obviamente sido enviadas à polícia, mas eles tinham as faturas do período em causa e ele tinha as iniciais. Conseguiu assim descobrir o nome que o Dimitrios tinha usado. O Dimitrios tinha também deixado uma morada para lhe remeterem a correspondência. Era um apartado postal em Paris.

«Mas o Visser esbarrou então com outra dificuldade. Sabia o nome, mas isso não lhe servia de nada se não conseguisse entrar em França para lhe seguir o rasto. E não valia a pena escrever-lhe a exigir dinheiro. O Dimitrios já não estaria a receber correspondência passados três anos. Mas o Visser não podia entrar em França: arriscava-se a ser recambiado na fronteira ou a ir parar à cadeia outra vez. De algum modo, tinha de adotar um novo nome e arranjar um novo passaporte, mas não tinha dinheiro.

«Emprestei-lhe três mil francos e, confesso-lhe, Sr. Latimer, que me senti completamente estúpido. Mas tive pena dele. Ele não era o Visser que eu tinha conhecido em Paris. A prisão tinha-o quebrado. Dantes, ele tinha as emoções nos olhos, agora estavam na boca e nas bochechas. Via-se que estava a ficar velho. Dei-lhe o dinheiro por pena e para me ver livre dele. Não acreditei na história que me contou e pensei que nunca mais voltaria a ouvir falar dele. Por conseguinte, imagine o meu espanto quando, há um ano, recebi aqui uma carta dele com uma ordem de pagamento no valor de três mil francos.

«A carta era muito breve: "Encontrei-o, como disse que encontraria. Devolvo, com o meu mais fundo agradecimento, o dinheiro que me emprestaste. Causar-te esta surpresa vale bem três mil francos." Mais nada. Não assinou, nem deu nenhuma morada. A ordem de pagamento foi enviada de Nice.

«A carta fez-me pensar, Sr. Latimer. O Visser tinha recuperado a presunção, a ponto de abrir mão de três mil francos. Isto significava que tinha muito mais dinheiro. Os presunçosos sonham com este tipo de gestos, mas raramente os fazem. O Dimitrios deve ter-lhe pagado e, não sendo ele parvo, teria havido uma razão muito forte.

«Na altura, Sr. Latimer, eu não tinha nada para fazer; estava ocioso e um pouco irrequieto. Tinha os meus livros, é certo, mas a gente farta-se dos livros, das ideias, das afetações dos outros. Pensei que talvez fosse interessante eu próprio descobrir o Dimitrios e partilhar da sorte do Visser. Mas não fui movido pela ganância, Sr. Latimer, não quero que pense isso. Fiquei *interessado*. Além disso, achei que o Dimitrios estava em dívida para comigo por causa do desconforto e das indignidades que me tinha causado. Ponderei a ideia durante dois dias. Ao terceiro, decidi-me: parti para Roma.

«Como imaginará, Sr. Latimer, tive muitas dificuldades e desilusões. Tinha as iniciais, que o Visser, na sua ânsia de me convencer, me tinha revelado, mas a única coisa que eu sabia acerca do hotel era que era caro. Infelizmente, Roma tem muitos hotéis caros. Comecei a investigá-los um a um, mas no quinto, por algum motivo, não me deixaram ver as faturas referentes a 1932, e eu desisti. Fui ter com um amigo meu italiano que trabalha num ministério. Ele conseguiu usar a sua influência a meu favor e, depois de muitas chatices e despesas, fui autorizado a inspecionar o arquivo do Ministério do Interior referente a 1932. Descobri o nome que o Dimitrios estava a usar e descobri o que o Visser não tinha descoberto: o Dimitrios, tal como eu também fiz em 1932, tinha comprado a cidadania de uma certa república sul-americana que atende a este tipo de solicitações quando se tem a carteira bem recheada. Ou seja, o Dimitrios e eu tornámo-nos concidadãos.

«Devo confessar, Sr. Latimer, que regressei a Paris esperançado, mas tive uma amarga desilusão. O nosso cônsul não ajudou nada. Disse que nunca tinha ouvido falar do *Señor* C. K. e que, mesmo que eu fosse o melhor amigo do *Señor* C. K., ele não me podia revelar o seu paradeiro. Foi insultuoso, teve uma atitude muito desagradável, mas percebi que ele mentiu quando disse que não conhecia o Dimitrios. Foi desesperante. Mas esperava-me ainda outra desilusão. A casa da Condessa, na Avenue Hoche, estava desocupada havia dois anos.

«Seria de imaginar que descobrir o paradeiro de uma mulher rica e chique devia ser fácil, não é? Pois foi dificílimo. O *Bottin*[10] não tinha

[10] Anuário das famílias da alta sociedade francesa. [*N. do T.*]

nada. Aparentemente, ela não era proprietária de nenhuma casa em Paris. Admito que estava prestes a desistir da busca quando descobri uma saída. Pensei que uma mulher da alta sociedade como a Condessa teria certamente ido passar a estação do esqui, que estava quase no fim, a algum lugar. Por conseguinte, encomendei à livraria Hachette todas as revistas de desportos de inverno e sociais francesas, suíças e alemãs publicadas nos três meses anteriores.

«Foi uma ideia desesperada, mas deu resultado. O Sr. Latimer não faz ideia da quantidade de revistas que há. Levei mais de uma semana a examiná-las a todas minuciosamente e garanto-lhe que, a meio da semana, quase me transformei num social-democrata. Mas no fim, recuperei o meu sentido de humor. Se a repetição banaliza as palavras, banaliza ainda mais os rostos sorridentes, mesmo os dos ricos. E além do mais, encontrei o que procurava. Uma revista alemã de fevereiro dizia num pequeno parágrafo que a Condessa estava a passar a estação de esqui em St. Anton. Uma revista francesa trazia uma foto de uma marca de alta-costura em que ela se apresentava com roupa para esquiar. Fui a St. Anton. Não tem muitos hotéis e eu descobri rapidamente que o *Monsieur* C. K. tinha estado em St. Anton ao mesmo tempo e que tinha dado uma morada de Cannes.

«Em Cannes, descobri que o *Monsieur* C. K. tinha uma moradia no Cabo Esterel, mas estava no estrangeiro em negócios. Não fiquei desagradado. Mais cedo ou mais tarde, o Dimitrios regressaria à sua moradia. Entretanto, tratei de descobrir mais coisas sobre o *Monsieur* C. K.

«Eu digo sempre, Sr. Latimer, que a arte do sucesso nesta vida é a arte de conhecer pessoas que nos podem ser úteis. Já conheci e fiz negócios com muitas pessoas importantes, gente que sabe o que está a acontecer e porquê, e tive sempre o cuidado de lhes ser útil. E tenho beneficiado com isso. Por exemplo, um homem interessado em vender peças de artilharia ao governo grego vai querer saber quais são as expectativas pessoais do funcionário grego responsável. Por sua vez, o funcionário vai querer que as suas expectativas sejam bem compreendidas sem ter de passar pela indignidade e pelo risco de as explicar em pessoa. Ao realizar esta delicada troca de cortesias, eu garanto a gratidão de ambas as partes. E fico então numa posição que me permite pedir-lhes favores.

«Ou seja, enquanto o Visser teve de tatear às escuras em busca das informações, eu obtive-as de um amigo. Revelou-se mais fácil do que eu estava à espera, pois descobri que, em determinados meios, o Dimitrios, com o nome de *Monsieur* C. K., tornara-se uma pessoa bastante importante. Aliás, quando descobri até que ponto se tornara importante, fiquei agradavelmente surpreendido. Comecei a compreender que o Visser devia estar a viver do dinheiro do Dimitrios. Mas que sabia o Visser? Só sabia que o Dimitrios tinha sido traficante de drogas ilícitas, mas não podia facilmente prová-lo. Não sabia nada do tráfico de mulheres. Eu sabia. E devia haver mais coisas, pensei eu, às quais o Dimitrios não gostaria de ser associado. Se antes de abordar o Dimitrios eu conseguisse descobrir algumas dessas coisas, a minha posição financeira tornar-se-ia muito forte. Por conseguinte, decidi contactar outros amigos meus.

«Dois conseguiram ajudar-me. Um foi o Grodek, outro foi um amigo romeno. Como sabe, o Grodek conheceu o Dimitrios quando ele se chamava Talat. O romeno disse-me que, em 1925, o Dimitrios tinha tido uns negócios financeiros questionáveis com o Codreanu, o lamentado líder da Guarda de Ferro romena, e que era conhecido, mas não procurado, da polícia búlgara.

«Ora, não havia nada de criminoso nos tais negócios. Aliás, as informações que o Grodek me deu deixaram-me algo deprimido. Era muito pouco provável que, depois de tantos anos, o governo jugoslavo solicitasse a extradição do Dimitrios e os franceses poderiam dizer que, devido aos serviços prestados pelo Dimitrios à República em 1926, ele tinha direito a alguma tolerância na questão das drogas e das mulheres. Decidi ver o que conseguia descobrir na Grécia. Uma semana depois de chegar a Atenas, e quando ainda estava a tentar, em vão, encontrar nos registos oficiais uma referência ao *meu* Dimitrios, li num jornal de Atenas sobre a descoberta, pela polícia de Istambul, do cadáver de um grego de Esmirna chamado Dimitrios Makropoulos.»

O Sr. Peters olhou para Latimer.

— Começa a perceber, Sr. Latimer, porque é que achei o seu interesse pelo Dimitrios um bocadinho difícil de explicar? — Latimer anuiu com a cabeça, e ele prosseguiu. — É óbvio que eu também consultei o dossiê da Comissão de Socorro, mas, em vez de ir para Esmirna, segui-o até Sófia. É capaz de me dizer agora o que descobriu no arquivo da polícia de Esmirna?

— O Dimitrios era suspeito do homicídio de um usurário chamado Sholem em Esmirna, em 1922. Fugiu para a Grécia. Dois anos depois, esteve envolvido numa conspiração para assassinar o Ataturk. Fugiu outra vez, mas os turcos usaram o homicídio como pretexto para emitirem um mandado de captura.

— Um homicídio em Esmirna! Isso torna tudo ainda mais claro — o Sr. Peters sorriu. — O Dimitrios é maravilhoso, não é? Tão económico.

— Não estou a perceber.

— Deixe-me acabar a história e já percebe. Logo que li aquilo no jornal, enviei um telegrama a um amigo em Paris a pedir-lhe que me informasse do paradeiro do *Monsieur* C. K. Passados dois dias, respondeu que o *Monsieur* C. K. tinha acabado de regressar a Cannes depois de um cruzeiro no Egeu com um grupo de amigos num iate grego a motor que tinha alugado dois meses antes.

«Já percebe o que aconteceu, Sr. Latimer? Disse-me que a *carte d'identité* encontrada no cadáver tinha um ano. Isso significa que foi obtida poucas semanas antes de o Visser me enviar os três mil francos. É que a partir do momento em que o Visser encontrou o Dimitrios, ficou condenado. O Dimitrios deve ter decidido imediatamente matá-lo. Percebe-se porquê. O Visser era perigoso. Era um tipo tão presunçoso. Poderia falar demais quando estivesse embriagado e se quisesse gabar. Tinha de ser morto.

«Mas veja como o Dimitrios foi esperto! Podia ter logo matado o Visser, seguramente. Mas não o fez. A sua mente económica congeminou um plano melhor. Se fosse necessário matar o Visser, não poderia ele ver-se livre do cadáver de forma vantajosa? Porque não usá-lo para se salvaguardar contra as consequências do antigo percalço de Esmirna? Não era provável que houvesse consequências, mas ali estava a sua oportunidade para garantir em definitivo que não haveria. O cadáver do vilão Dimitrios Makropoulos seria entregue à polícia turca. Dimitrios, o assassino, estaria morto, e o *Monsieur* C. K. estaria vivo, a cultivar o seu jardim. Mas tal exigia uma certa cooperação do próprio Visser. Era necessário incutir-lhe um sentimento de segurança. Por conseguinte, o Dimitrios sorriu e pagou-lhe, e tratou de obter o bilhete de identidade que acompanharia o seu cadáver. Nove meses depois, em junho, convidou o seu bom amigo Visser para um cruzeiro num iate.»

— Sim, mas como poderia ele ter cometido o homicídio durante o cruzeiro? E a tripulação? E os outros passageiros?

O Sr. Peters fez um ar de entendido.

— Deixe-me dizer-lhe, Sr. Latimer, o que eu teria feito se fosse o Dimitrios. Começaria por alugar um iate grego, e por uma razão: o porto de origem seria o Pireu.

«Organizaria as coisas de modo que os meus amigos, incluindo o Visser, embarcassem em Nápoles. Levá-los-ia no cruzeiro e regressaria a Nápoles um mês depois, tendo previamente anunciado que seria ali o fim da viagem. Eles desembarcariam, mas eu ficaria a bordo com o pretexto de que ia regressar com o iate ao Pireu. Depois, falaria a sós com o Visser e dir-lhe-ia que tinha de tratar de coisas muito secretas em Istambul, que pretendia ir até lá no iate e que gostaria de ter a companhia dele. Pedir-lhe-ia para não dizer nada aos demais passageiros, que poderiam zangar-se por não os convidar para irem até Istambul, e dir-lhe-ia para regressar ao iate depois de eles se irem embora. Seria um convite irresistível para o pobre e convencido do Visser.

«Ao capitão, diria que eu e o Visser desembarcaríamos em Istambul e regressaríamos por terra a Paris, depois de tratarmos dos nossos negócios. O capitão levaria o iate para o Pireu. Em Istambul, eu e o Visser desembarcaríamos juntos. Teria dito à tripulação que mandaríamos buscar as nossas bagagens depois de escolhermos um hotel para pernoitarmos. Depois, levaria o Visser a uma *boîte* que conheço numa perpendicular da Grande Rue de Pera e, ao fim da noite, eu estaria dez mil francos mais pobre e o Visser estaria no fundo do Bósforo, num local onde a corrente o levaria, quando estivesse suficientemente putrefacto para flutuar, até à Ponta do Serralho. De seguida, alojar-me-ia num hotel, dando o nome e o passaporte do Visser e enviaria um moço de fretes ao iate com um bilhete a autorizá-lo a recolher a minha bagagem e a do Visser. De manhã, ainda disfarçado de Visser, deixaria o hotel e rumaria à estação de comboios. A bagagem dele, que teria revistado durante a noite para me certificar de que não tinha nada que a identificasse como sendo do Visser, deixá-la-ia no depósito. Depois, apanharia o comboio para Paris. Se alguém perguntasse pelo Visser em Istambul, tinha seguido de comboio para Paris. Mas quem iria perguntar? Os meus amigos julgam que ele desembarcou em Nápoles. O capitão e a tripulação não estão minimamente interessados. O Visser tem um passaporte falso, é um criminoso, logo, tem motivos óbvios para se sumir de livre vontade. Fim da história!»

O Sr. Peters abriu as mãos.

— Seria assim que eu lidaria com a situação. Talvez o Dimitrios tenha feito as coisas de maneira ligeiramente diferente, mas pode muito bem ter sido assim. Há contudo uma coisa que, tenho a certeza, ele fez. Lembra-se de me dizer que, meses antes da sua chegada a Esmirna, alguém examinou os mesmos registos policiais que o senhor? Foi de certeza o Dimitrios. Ele foi sempre muito cauteloso. De certeza que estava interessado em verificar o que sabiam eles do seu aspeto antes de lhes entregar o Visser.

— Mas o homem que mencionei tinha ar de francês.

O Sr. Peters fez um sorriso de admoestação.

— Então o Sr. Latimer não foi *totalmente* franco comigo em Sófia. O senhor *procurou* informar-se sobre esse homem misterioso — encolheu os ombros. — Agora, o Dimitrios parece um francês. Usa roupa francesa.

— Viu-o recentemente?

— Ontem. Mas ele não me viu.

— Então sabe onde ele está em Paris?

— Sim. Logo que descobri o novo negócio dele, soube onde o encontrar.

— E agora que o encontrou, o que se segue?

O Sr. Peters franziu o sobrolho.

— Então, Sr. Latimer? Tenho a certeza de que o senhor não é assim tão obtuso. O senhor sabe, e pode provar, que o homem enterrado em Istambul não é o Dimitrios. Se for necessário, pode identificar as fotografias do Visser que estão no dossiê da polícia. E eu, da minha parte, sei o nome que o Dimitrios usa e onde encontrá-lo. O nosso silêncio vale muito dinheiro para o Dimitrios. E tendo ambos presente o destino do Visser, saberemos lidar com a questão. Vamos exigir um milhão de francos. O Dimitrios vai pagar, na convicção de que lhe voltaremos para exigir mais. Mas nós não vamos ser idiotas, não vamos pôr as nossas vidas em perigo. Vamos contentar-nos com meio milhão cada um, quase três mil libras, Sr. Latimer, e desaparecer discretamente.

— Percebo. Chantagem por dinheiro. Nada de crédito. Mas porque é que me está a incluir no negócio? A polícia turca pode identificar o Visser sem a minha ajuda.

— Como? Identificaram-no como Dimitrios e enterraram-no. Desde essa altura, já devem ter visto mais de uma dúzia de cadáveres. Passaram-se semanas. Será que se vão lembrar da cara do Visser o suficiente para darem início a um dispendioso processo de extradição contra um estrangeiro rico por causa de suspeitas com catorze anos em relação a um homicídio com dezasseis anos? Meu caro Latimer! O Dimitrios rir-se-ia de mim e far-me-ia o que fez ao Visser: dava-me uns milhares de francos de vez em quando para eu não falar com a polícia francesa e para me manter sossegado até me poder matar, em nome da segurança. Mas o senhor viu o cadáver do Visser e identificou-o. Viu o dossiê da polícia em Esmirna. O Dimitrios não sabe da sua existência. Terá de pagar para não correr riscos desconhecidos. É demasiado cauteloso para isso. Ouça. Em primeiro lugar, é essencial que o Dimitrios não descubra quem somos. É certo que ele me conhece, mas não sabe o meu nome atual. E inventamos um nome para si. Talvez Sr. Smith, já que é inglês. Vou contactar o Dimitrios com o nome Petersen e combinamos encontrar-nos com ele fora de Paris, num local escolhido por nós, para recebermos o nosso milhão de francos. E ele nunca mais nos voltará a ver.

Latimer riu-se, mas com pouca convicção.

— E acha mesmo que ele vai concordar com esse seu plano?

— Se a sua mente treinada gizar um plano mais engenhoso, Sr. Latimer, por mim…

— A minha mente treinada, Sr. Peters, está a pensar na melhor forma de passar à polícia as informações que o senhor me deu.

O sorriso do Sr. Peters apertou-se.

— À polícia? Que informações, Sr. Latimer? — perguntou ele brandamente.

— Ora essa, as informações que… — disse Latimer com impaciência, mas depois parou, franzindo o sobrolho.

— É isso mesmo — disse o Sr. Peters, fazendo que sim com a cabeça. — O senhor não possui nenhuma informação real para dar. Se for à polícia turca, eles vão de certeza pedir à polícia francesa as fotografias do Visser e registar a identificação feita por si. E depois? Vão descobrir que o Dimitrios está vivo, mais nada. Não se esqueça de que eu não lhe revelei o nome que o Dimitrios usa agora, nem as suas iniciais. É impossível o senhor dar com ele a partir de Roma como eu e o Visser fizemos. E também não sabe o nome da Condessa. Quanto à polícia francesa, não me parece que estejam interessados no que aconteceu a um criminoso holandês deportado, nem que fiquem excitados por saberem que existe em França um grego com um nome falso que matou um homem em Esmirna em 1922. Como vê, Sr. Latimer, não pode agir sem mim. Obviamente, se o Dimitrios se revelar difícil, talvez seja aconselhável falarmos com a polícia, mas não acredito que o Dimitrios vá ser difícil. Ele é muito inteligente. Seja como for, Sr. Latimer, porquê deitar fora três mil libras?

Latimer refletiu durante um momento, e depois disse:

— Por acaso ocorreu-lhe que eu possa não querer *essas* três mil libras? Estou em crer, meu amigo, que a sua associação prolongada a criminosos lhe dificulta seguir certas linhas de pensamento.

— Essa sua retidão moral... — começou o Sr. Peters, com um ar cansado. Mas depois pareceu mudar de ideias, e aclarou a voz. — Se quiser — disse ele, com a *bonhommie* calculista de quem está a convencer um amigo embriagado —, podemos informar a polícia *depois* de termos o dinheiro. Mesmo que o Dimitrios consiga provar que nos pagou, não pode, por muito desagradável que queira ser, dizer à polícia os nossos nomes ou como nos encontrar. Aliás, acho que isto seria uma jogada muito sensata da nossa parte, Sr. Latimer. Certificamo-nos de que o Dimitrios já não pode ser perigoso. Podemos enviar anonimamente um dossiê à polícia, como o Dimitrios fez em 1931. Seria uma vingança justa — mas depois desanimou-se. — Ah, não. É impossível. Receio que os seus amigos turcos venham a desconfiar de si, Sr. Latimer. Não podemos arriscar isso, pois não?

Mas Latimer mal estava a ouvi-lo. Sabia que tinha dito um disparate e estava a tentar justificar a sua patetice. Peters tinha razão. Não havia nada que ele pudesse fazer para levar o Dimitrios à justiça. Restava-lhe uma escolha: regressar a Atenas e deixar Peters a tentar fazer o melhor negócio possível com o Dimitrios, ou ficar em Paris para assistir ao último ato da comédia grotesca na qual era um dos protagonistas. Sendo a primeira opção impensável, optou pela segunda. Na realidade, não tinha escolha. Para ganhar tempo, pegou num cigarro e acendeu-o. E levantou os olhos na direção do Sr. Peters.

— Está bem — disse ele lentamente. — Farei o que quer. Mas tenho algumas condições.

— Condições? — os lábios do Sr. Peters apertaram-se. — Acho que metade do dinheiro é mais do que generoso, Sr. Latimer. Só com o trabalho e as despesas que tive...!

— Um momento. Como eu estava a dizer, tenho algumas condições, Sr. Peters. A primeira deve ser muito fácil para si. Consiste simplesmente em o senhor ficar com todo o dinheiro que conseguir sacar ao Dimitrios. A segunda... — prosseguiu, mas fez uma pausa.

Teve a satisfação momentânea de ver o Sr. Peters desconcertado. Observou então como os seus olhos lacrimosos se estreitaram consideravelmente. As palavras do Sr. Peters, à medida que a sua boca as proferia, vinham carregadas de desconfiança.

— Não estou a perceber, Sr. Latimer. Se isso é algum truque tosco...

— Oh, não, tosco ou não, não é truque nenhum, Sr. Peters. «Retidão moral», foi a sua expressão, não foi? Serve. É que eu estou disposto a ajudar a chantagear alguém quando esse alguém é o Dimitrios, mas não estou disposto a beneficiar do ganho. Melhor para si, obviamente.

O Sr. Peters assentiu pensativamente.

— Sim, percebo que possa pensar assim. Melhor para mim, como diz. E qual é a outra condição?

— Igualmente inofensiva. O senhor mencionou misteriosamente que o Dimitrios se tinha tornado uma pessoa importante. Só o ajudo a deitar a mão ao milhão de francos se me disser exatamente *no* que é que ele se tornou.

O Sr. Peters refletiu durante um momento e depois encolheu os ombros.

— Muito bem. Não vejo razão nenhuma para não lhe dizer, até porque esta informação também não lhe servirá de nada para descobrir a identidade atual dele. O Banco de Crédito Euroasiático está registado no Mónaco, logo, os detalhes do registo não são de consulta pública. O Dimitrios é um dos administradores.

— 13 —
Rendez-vous

Eram duas da manhã quando Latimer saiu do Impasse des Huit Anges e começou a caminhar lentamente em direção ao Quai Voltaire.

Tinha os olhos a arder e a boca seca e não parava de bocejar, mas o cérebro estava a funcionar com a nitidez febril induzida pelo excesso de café demasiado forte, aquela nitidez que encontra sentido naquilo que não tem sentido. Latimer sabia que ia passar a noite em claro. Os círculos de pensamento tornar-se-iam cada vez mais largos e ridículos até ele se levantar e beber um copo de água. Depois, ficaria um momento a ouvir o sangue a latejar-lhe na cabeça, e o processo recomeçaria. Mais valia ficar na rua.

Havia um café aberto na esquina do Boulevard St. Germain. Entrou e o homem mudo enfastiado que estava atrás do balcão serviu-lhe uma sanduíche e um copo de cerveja. Depois de terminar a sanduíche e de fumar um cigarro, olhou para o relógio de pulso. Duas e vinte: faltavam três horas para a alvorada. Um táxi regressou à paragem em frente do café. Latimer hesitou um instante e depois decidiu-se. Deitando fora o cigarro, pôs umas moedas em cima do balcão e dirigiu-se ao táxi.

Pagou ao motorista na estação de metro da Trinité e subiu a Rue Blanche. Sim, lá estava o Kasbah, ainda lá estava, a meio da subida. Conseguia ver o néon a cintilar muito antes de lá chegar.

A rua tinha um ambiente algo profissional. Parecia um corredor de uma feira empresarial, mas, em vez de uma linha dupla de bancas, tinha uma linha dupla de clubes noturnos, e em vez de vendedores que examinavam os visitantes lá das profundezas de cadeirões alugados, havia porteiros com a barba por fazer, de uniformes coloridos que lhes assentavam mal, e *chasseurs* vestidos de *smokings* manchados que se punham a andar ao lado de Latimer e lhe iam falando rápida e persuasivamente enquanto passava.

De fora, a julgar pelo retrato do Sr. Peters, o Kasbah mudara muito pouco. O porteiro, um negro, usava uma túnica às riscas e fez, enquanto o *chasseur*, um anamita, usava um fez vermelho com o *smoking*. O facto de o anamita ter decidido apelar às boas graças tanto de Brama como de Alá, ostentando também uma marca de casta hindu, era mais do que compensado pelo retrato em tamanho real de um marroquino da tribo *Ouled Naïl* pintado nas duas portas que o dividiam exatamente ao meio. No interior, todavia, o tempo causara muitas mudanças. Os tapetes, os divãs e as luzes ambarinas do Sr. Peters haviam sido substituídos por cadeiras e mesas de aço tubular, uma carpete com um padrão vorticista e faixas de luz indireta. A orquestra de tango também já não existia. Fora substituída por um amplificador e um altifalante que, quando não estavam a reproduzir discos de dança franceses, emitiam um estalido ténue que parecia o som de um barco a motor ao longe. Estavam lá cerca de vinte clientes, mas os lugares sentados davam para três ou quatro vezes mais. O consumo mínimo era trinta francos. Latimer pediu uma cerveja e perguntou pelo *patron*. O empregado, um italiano, disse que ia ver e foi-se embora. O altifalante deixou de emitir estalidos e quatro casais levantaram-se para dançar.

Latimer pensou no que diria o Sr. Peters ao ver o seu Kasbah agora. Era tudo menos «acolhedor». Latimer tentou imaginar como teria sido nos seus tempos áureos, com os divãs, os tapetes e as luzes ambarinas, o ambiente denso de fumo dos cigarros, e com os sul-americanos a tocarem um tango para mulheres com saias até aos joelhos, de cintura nas ancas e chapéus em forma de sino sobre o cabelo curto. O Sr. Peters teria provavelmente passado a maior parte do tempo em pé, mesmo à entrada, junto do *vestiaire*, ou sentado na saleta do lado oposto, com um letreiro que dizia «*Direction*», a ouvir vozes inglesas e americanas, a emitir encomendas de champanhe de Meknès e a inspecionar as contas do sócio. Talvez ele estivesse na saleta naquela noite, há dez anos, quando Giraud trouxera Dimitrios para falar com ele. Talvez...

O *patron* aproximou-se. Era forte, alto e careca, e tinha o rosto inexpressivo de um homem habituado e indiferente à antipatia e à hostilidade dos outros.

— O senhor deseja falar comigo?

— Sim, sim. Gostaria de saber se por acaso conhece o *Monsieur* Giraud. Foi *patron* desta casa há dez anos.

— Não, não conheço. Só estou aqui há dois anos. Porquê?

— Por nada de especial. Gostava de o rever, mais nada.

— Não, não o conheço — repetiu o *patron*, e depois, com uma olhadela para a cerveja de Latimer. — Quer dançar? Espere um pouco, daqui a nada vão aparecer muitas mulheres bonitas. Ainda é cedo.

— Não, obrigado.

O *patron* encolheu os ombros e foi-se embora. Latimer bebeu um pouco de cerveja e olhou distraidamente em redor como alguém que entrou num museu para se abrigar da chuva. Pensou que, afinal, devia ter ido para a cama e ficou irritado consigo próprio por ali ter vindo. A visita fora uma tentativa lastimavelmente ingénua de eliminar a sensação de irrealidade com que se despedira do Sr. Peters, mas apenas servira para a acentuar. Latimer fez sinal ao empregado, pagou a cerveja e apanhou um táxi de volta para o hotel.

Estava cansado, evidentemente: era esse o problema. Um estudante a quem se dê vinte e quatro horas para ler os seis volumes do *Cours de Philosophie Positive* de Comte e se preparar para um exame, pensou ele, não se teria sentido mais confuso e impotente. Tinha de se habituar a tantas ideias novas e de esquecer tantas ideias antigas, tinha muitas perguntas para fazer e tantas sem resposta. E a pairar sobre a confusão surgia a ideia sinistra de que Dimitrios, o assassino de Sholem e Visser, traficante de drogas, chulo, ladrão, espião, esclavagista de brancas, rufião e financeiro, Dimitrios, cuja única atenuante era supostamente ter-se deixado assassinar, estava vivo e próspero.

No quarto, Latimer sentou-se à janela e olhou para o outro lado do rio escuro, para as luzes refletidas na água e para o ténue brilho do céu além do Louvre. A sua mente era assombrada pelo passado, pela confissão do negro Dhris e pelas recordações de Irana Preveza, pela tragédia de Bulić e pela história dos cristais brancos enviados do Oriente para Paris que tinham enriquecido o embalador de figos de Esmirna. Três seres humanos haviam sofrido mortes horríveis e inúmeros outros haviam vivido horrores em benefício de Dimitrios. Se o Mal existia, então este homem…

Mas era inútil tentar explicá-lo em termos do Bem e do Mal. Não passavam de abstrações barrocas. Os elementos da nova teologia eram os Bons Negócios e os Maus Negócios. Dimitrios não era maléfico. Era lógico e consistente, tão lógico e consistente na selva europeia como o gás venenoso chamado lewisite e os corpos despedaçados das crianças mortas no bombardeamento de uma cidade. A lógica do *David* de Miguel Ângelo, dos quartetos de Beethoven e da física de Einstein fora substituída pela do *Anuário da Bolsa* e do *Mein Kampf* de Hitler.

Todavia, refletiu Latimer, embora fosse impossível impedir alguém de comprar e vender lewisite, embora não se pudesse fazer mais do que «lamentar» as crianças chacinadas, existiam meios para impedir que um aspeto específico do princípio da conveniência causasse demasiados danos. A maior parte dos criminosos internacionais não estava ao alcance das leis do homem, mas acontecia que Dimitrios estava ao alcance de uma lei. Cometera pelo menos dois homicídios, logo, infringira a lei de forma tão inequívoca como se estivesse faminto e roubasse um pão.

Contudo, se era fácil dizer que ele estava ao alcance da Lei, era difícil ver como poderia a Lei ser informada do facto. Como o Sr. Peters cuidadosamente observara, Latimer não dispunha de informações para dar à polícia. Mas seria este um retrato inteiramente verdadeiro da situação? Ele *dispunha* de algumas informações. Sabia que

Dimitrios estava vivo e que era um dos administradores do Banco de Crédito Euroasiático, que conhecia uma condessa francesa que tivera uma casa na Avenue Hoche, e que ele, ou ela, fora proprietário de um carro *Hispano Suiza*, que ambos haviam passado a estação de esqui em St. Anton no inverno daquele ano, que ele alugara um iate grego em junho, que possuía uma moradia no Cabo Esterel e que se tornara cidadão de uma república sul-americana. Ou seja, deveria seguramente ser possível encontrar uma pessoa com todos estes atributos. Mesmo que não se conseguisse obter os nomes dos administradores do Banco de Crédito Euroasiático, deveria ser possível conseguir os nomes dos homens que alugaram iates gregos em junho, ou dos sul-americanos ricos com moradias no Cabo Esterel ou dos sul-americanos que visitaram St. Anton em fevereiro. Na posse destas listas, bastaria ver quais os nomes (se houvesse mais do que um) eram comuns a todas.

Mas como obter as listas? Além do mais, mesmo que se convencesse a polícia turca a exumar o corpo de Visser e a solicitar oficialmente todas estas informações, que provas se teria de que o homem que se concluíra ser Dimitrios era realmente Dimitrios? E mesmo que se convencesse o coronel Haki da verdade, teria ele provas suficientes para que os franceses extraditassem um administrador do poderoso Banco de Crédito Euroasiático? Se tinham sido precisos doze anos para garantir a absolvição de Dreyfuss, poderia levar outros tantos a garantir a condenação do Dimitrios.

Cansado, Latimer despiu-se e meteu-se na cama.

Ao que parecia, estava comprometido com o esquema de chantagem do Sr. Peters. Deitado numa cama confortável, de olhos fechados, constatou que o facto de daí a alguns dias ele vir a tornar-se, tecnicamente falando, um dos piores tipos de criminosos, era apenas um facto normal. Contudo, no fundo da sua mente, havia um certo desconforto. Quando percebeu porquê, ficou ligeiramente chocado. A pura verdade era que tinha medo de Dimitrios. Dimitrios era um homem perigoso; mais perigoso, de longe, do que fora em Esmirna, em Atenas e em Sófia, porque agora tinha mais a perder. Visser chantageara-o e estava morto. E agora, ele, Latimer, ia chantagear Dimitrios. Dimitrios nunca hesitara em matar um homem se o considerasse necessário e, se para ele fora necessário no caso de um homem que ameaçara expô-lo como narcotraficante, será que hesitaria no caso de dois homens que ameaçavam expô-lo como assassino?

Era importantíssimo garantir que, com ou sem hesitações, ele não tivesse a oportunidade. O Sr. Peters propusera precauções rebuscadas.

O primeiro contacto com Dimitrios seria por carta. Latimer lera o esboço e achara o tom gratificantemente similar ao de uma carta que ele escrevera para um chantagista num dos seus livros. Começava, com uma cordialidade sinistra, por esperar que passados tantos anos o *Monsieur* C. K. não tivesse esquecido o autor nem os tempos agradáveis e lucrativos que haviam passado juntos; de seguida, dizia que era agradabilíssimo saber que o *Monsieur* C. K. era um homem cheio de sucesso e esperava sinceramente que ele se pudesse encontrar com o autor no Hotel X, na quinta-feira seguinte, às nove da noite. O autor concluía com a expressão da sua «*plus sincère amitié*» e com um breve pós-escrito significativo dizendo que encontrara alguém que conhecia muito bem um amigo comum, Visser, que estava desejoso de se encontrar com o *Monsieur* C. K. e que seria uma pena se o *Monsieur* C. K. faltasse ao encontro de quinta-feira à noite.

Dimitrios receberia a carta na quinta-feira de manhã. Às oito e meia da noite de quinta-feira, o «Sr. Petersen» e o «Sr. Smith» chegariam ao hotel escolhido para o encontro e o «Sr. Petersen» alugaria um quarto. Ficariam aí à espera de Dimitrios. Depois de explicada a situação, Dimitrios seria informado de que receberia instruções para o pagamento de um milhão de francos na manhã seguinte e seria mandado embora. Depois, o «Sr. Petersen» e o «Sr. Smith» deixariam o hotel.

Teriam então de tomar precauções para se certificarem de que não eram seguidos nem identificados. O Sr. Peters não especificara que tipo de precauções, mas garantira que não haveria problemas.

Nessa mesma noite, seria enviada uma segunda carta a Dimitrios, dizendo-lhe para enviar um intermediário com o milhão de francos, em notas de *mille*, a um local especificado na estrada do cemitério de Neuilly, na sexta-feira, às onze da noite. Um carro alugado estaria à espera do intermediário, com dois homens no interior. Os dois homens teriam sido contratados pelo Sr. Peters para este fim. Recolheriam o intermediário e seguiriam pelo Quai National rumo a Suresnes, até terem a certeza de que não estavam a ser seguidos, e depois rumariam a um ponto na Avenue de la Reine, perto da Porta de Saint-Cloud, onde o «Sr. Petersen» e o «Sr. Smith» estariam à espera do dinheiro. De seguida, os dois homens regressariam com o intermediário a Neuilly. A carta especificaria que o intermediário deveria ser uma mulher.

Latimer ficou confuso com este requisito. O Sr. Peters justificara-o, assinalando que, se Dimitrios aparecesse em pessoa, havia a possibilidade de se revelar demasiado inteligente para os homens do carro e que o «Sr. Petersen» e o «Sr. Smith» acabariam estendidos na Avenue de la Reine com balas nas costas. As descrições não eram fiáveis e os dois homens não teriam maneira de saber, na escuridão, se o intermediário era ou não Dimitrios. Não cometeriam esse erro com uma mulher.

Sim, refletiu Latimer, era absurdo imaginar que Dimitrios pudesse ser perigoso. A única coisa em que tinha de se concentrar era no encontro com aquele homem curioso em cujo caminho ele se atravessara. Seria estranho, depois de tanto ouvir falar dele, encontrá-lo frente a frente; seria estranho ver a mão que tinha embalado figos e espetado a faca na garganta de Sholem, os olhos dos quais Irana Preveza, Vladislav Grodek e o Sr. Peters se recordavam tão bem. Seria como se uma estátua da câmara dos horrores de um museu de cera tivesse ganhado vida.

Durante algum tempo, Latimer ficou a olhar para a frecha estreita entre os cortinados. Estava a amanhecer. Pouco depois, adormeceu.

Por volta da onze, Latimer foi acordado por um telefonema do Sr. Peters, dizendo que a carta havia sido enviada a Dimitrios e perguntando se podiam jantar juntos «para discutirmos o nosso plano para amanhã». Latimer ficara com a impressão de que o plano já fora discutido, mas concordou. Passou a tarde sozinho no jardim zoológico de Vincennes. O jantar foi entediante. Falaram pouco no plano e Latimer concluiu que o convite fora outra precaução do Sr. Peters: certificar-se de que o seu colaborador, que não tinha nenhum interesse financeiro na questão, não tinha mudado de ideias. Latimer passou duas horas a ouvir o Sr. Peters a relatar a sua descoberta das obras do Dr. Frank Crane e a explicação do seu argumento de que *Lame and Lovely* e *Just Human* eram os contributos mais importantes para a literatura desde *Robert Elsmere*.

Alegando uma dor de cabeça, pouco depois das dez Latimer escapuliu-se e foi dormir. De manhã, quando acordou, estava mesmo com dores de cabeça e concluiu que a garrafa de Borgonha que o seu anfitrião calorosamente recomendara ao jantar fora ainda mais rasca do que soubera. Quando a sua mente regressou lentamente à consciência, teve igualmente a sensação de que algo desagradável acontecera. E depois lembrou-se. É claro! Entretanto Dimitrios já recebera a primeira carta.

Latimer sentou-se na cama para pensar e, passado um momento, chegou à conclusão profunda de que, embora fosse bastante fácil odiar e desprezar a chantagem quando se escrevia ou lia sobre ela, o ato em si exigia mais força moral e mais determinação do que ele possuía. Era irrelevante pensar que Dimitrios era um criminoso. Chantagem era chantagem, tal como homicídio era homicídio. Macbeth teria provavelmente sentido a mesma hesitação no último minuto antes de matar um Duncan criminoso ou um Duncan de virtudes angelicais. Felizmente, ou infelizmente, ele, Latimer, tinha uma Lady Macbeth na pessoa do Sr. Peters. Latimer decidiu sair para tomar o pequeno-almoço.

O dia parecia interminável. O Sr. Peters dissera que ia tratar do carro e dos dois homens que o iriam levar, e que se encontraria com Latimer às oito menos um quarto, depois do jantar. Latimer passou a manhã a vaguear sem destino pelo Bosque de Bolonha e à tarde foi ao cinema.

Por volta das seis da tarde, depois do cinema, Latimer começou a sentir uma ligeira sensação de falta de ar na zona do plexo solar, como se alguém ali o tivesse esmurrado. Concluiu que era o Borgonha corrosivo do Sr. Peters a travar um combate de retaguarda e entrou num café dos Campos Elísios para beber uma *infusion*. Mas a sensação persistia e ele deu por si cada vez mais consciente da sua presença. De repente, quando o seu olhar pousou casualmente num grupo de quatro homens e mulheres que falavam excitadamente e se riam de uma piada, percebeu qual era o seu problema. Não se queria encontrar com o Sr. Peters. Não queria embarcar naquela expedição de chantagem. Não queria enfrentar um homem decidido a matá-lo o mais rápida e discretamente possível. O seu problema não era de estômago: tinha era arrepios de medo na espinha.

Ficou irritado. Mas porque haveria de estar com medo? Não havia nada a temer. Dimitrios era um criminoso inteligente e perigoso, mas estava longe de ser sobre-humano. Se alguém como Peters conseguia... Mas Peters estava habituado àquelas coisas. Ele, Latimer, não estava. Devia ter ido à polícia logo ao descobrir que Dimitrios estava vivo, mesmo que se arriscasse a ser considerado um excêntrico incomodativo. Devia ter percebido que, com as revelações do Sr. Peters, todo aquele assunto assumira um aspeto completamente diferente, já não era assunto em que um criminologista amador (e, já agora, romancista) se devesse intrometer. Não se podia lidar com assassinos a sério daquela maneira irresponsável. Por exemplo, o seu acordo com o Sr. Peters: que diria àquilo um juiz inglês? Quase conseguia ouvir as palavras:

> «Quanto aos atos deste homem, o Sr. Latimer, ele justificou-os com uma explicação na qual talvez tenham dificuldade em acreditar. Ele é, como ouvimos, um homem inteligente, um académico que ocupou cargos universitários importantes neste país e escreveu obras académicas. Além disso, é um autor de sucesso de um género de ficção que, apesar de corretamente considerado pelo homem comum um simples alimento de mentes adolescentes, tem pelo menos a virtude de aceitar a premissa de que os homens e mulheres com princípios têm o dever de ajudar a polícia, em caso de oportunidade, na

prevenção da criminalidade e na captura dos criminosos. Se aceitarem a explicação do Sr. Latimer, terão de concluir que ele conspirou intencionalmente com o Sr. Peters para derrotar os fins da justiça e para agir como cúmplice no crime de chantagem, com o único objetivo de levar a cabo uma investigação que, segundo ele, se destinou exclusivamente a satisfazer a sua curiosidade. Poderão perguntar-se se terá sido o comportamento de uma criança mentalmente desequilibrada e não o de um homem inteligente. E também deverão ponderar cuidadosamente a sugestão da acusação de que o Sr. Latimer beneficiou dos ganhos deste esquema de chantagem, e de que a sua explicação não passa de uma tentativa de minimizar o seu papel.»

E sem dúvida um juiz francês colocaria a questão de forma ainda pior.

Era cedo para jantar. Saiu do café e rumou à Ópera. Fosse como fosse, refletiu ele, era tarde demais para fazer alguma coisa. Estava comprometido a ajudar o Sr. Peters. Mas seria mesmo tarde demais? Se ele fosse imediatamente à polícia, de certeza que se poderia fazer alguma coisa.

Latimer parou. Imediatamente! Vira um *agent* a deambular pela rua que acabara de percorrer. Latimer deu meia-volta. Sim, lá estava ele, encostado a uma parede, a girar o cassetete e a falar com alguém na soleira de uma porta. Latimer voltou a hesitar, mas depois atravessou a rua e pediu indicações para se dirigir ao *Poste* de polícia mais próximo. Ficava a três ruas de distância. Latimer começou a andar.

A entrada para o *Poste* era estreita e estava quase inteiramente tapada por três *agents* embrenhados numa conversa que não interromperam quando se afastaram para ele passar. No interior, uma placa de esmalte indicava que os pedidos de informações deviam ser feitos no primeiro andar e apontava para uma escadaria com um fino corrimão de ferro de um lado e uma parede com uma longa mancha de gordura no outro. Cheirava intensamente a cânfora e ligeiramente a excrementos. De uma sala adjacente ao átrio, chegou um murmúrio de vozes e o som de uma máquina de escrever.

Com a sua determinação a sumir-se a cada passo, subiu as escadas e chegou a uma sala dividida em duas por um alto balcão de madeira cuja borda exterior estava desgastada e luzidia devido ao efeito das palmas de inúmeras mãos. Atrás do balcão, um homem uniformizado perscrutava o interior da boca com um espelho de mão.

Latimer parou. Tinha ainda de decidir como começar. Se dissesse: «Eu ia chantagear um assassino esta noite, mas decidi entregá-lo à polícia», era mais do que provável que o achassem maluco ou bêbedo. Não obstante a necessidade urgente de ação, ele teria de mostrar que estava a começar do princípio. «Estive em Istambul há algumas semanas e falaram-me num homicídio que lá foi cometido em 1922. Por acaso, descobri que o assassino está em Paris e que está a ser chantageado». Qualquer coisa assim. O polícia vislumbrou-o no espelho e virou-se de repente.

— Que deseja?

— Gostaria de falar com o *Monsieur Le Commissaire*.

— A propósito de quê?

— Tenho informações para lhe dar.

O homem franziu o sobrolho com impaciência.

— Que informações? Seja específico, por favor.

— Tem que ver com um caso de chantagem.

— Está a ser chantageado?

— Não. Mas outra pessoa está. É um assunto muito complicado e muito sério.

— A sua *carte d'identité*, por favor.

— Não tenho *carte d'identité*. Sou um visitante temporário. Cheguei a França há quatro dias.

— Então, o seu passaporte.

— Está no hotel.

O polícia assumiu uma atitude mais rígida. A expressão de irritação desapareceu-lhe do rosto. Estava perante uma situação que compreendia e com a qual a sua longa experiência lhe permitia lidar. Falou com toda a certeza.

— Isso é muito grave, *monsieur*. Compreende isso? É inglês?

— Sou.

O polícia inspirou fundo.

— Perceba, *monsieur*, que tem de andar sempre com os seus documentos no bolso. É a lei. Se o senhor assistir a um acidente na rua e tiver de testemunhar, o *agent* vai pedir-lhe os documentos antes de o autorizar a deixar o local. Se o senhor não os tiver consigo, ele pode, se assim o entender, detê-lo. Se estiver numa *boîte de nuit* e a polícia aparecer para verificar documentos, será de certeza detido se não os tiver consigo. É a lei, compreende? Vou ter de tomar nota dos elementos necessários. Preciso do seu nome e do nome do seu hotel, por favor.

Latimer forneceu os dados solicitados. O polícia tomou nota, pegou num telefone e pediu para falar com o «*Septième*». Houve uma pausa e depois ele leu o nome e a morada de Latimer e pediu a confirmação de que eram genuínos. Mais uma pausa, desta vez de um ou dois minutos. Depois ele fez que sim com a cabeça e disse: «*Bien, bien.*» Ficou a ouvir durante um momento, disse «*Oui, c'est ça*» e pousou novamente o telefone no descanso. Depois, olhou para Latimer.

— Está tudo em ordem — disse ele —, mas vai ter de se apresentar no Comissariado do Sétimo Bairro no prazo de vinte e quatro horas, munido do seu passaporte. Em relação à sua queixa, poderá fazê-la nessa altura. E não se esqueça, por favor — prosseguiu ele, batendo com o lápis no balcão para dar ênfase —, que tem de ter sempre o passaporte consigo. É obrigatório. Dado que o senhor é inglês, não é preciso mais nada, mas tem de se apresentar no Comissariado do seu bairro, e doravante não se esqueça de andar sempre com o passaporte. *Au 'voir, monsieur* — acenou com a cabeça com um ar de quem tinha cumprido bem o seu dever.

Latimer saiu com muito mau humor. Asno de burocrata! Mas era evidente que o homem tinha razão. Fora absurdo ir à esquadra sem o passaporte. Que bela queixa! De certa forma, ele tinha escapado à justa. Podia ter sido obrigado a contar a sua história ao polícia, e agora podia estar preso. Assim, não tinha contado nada e continuava a ser um chantagista.

Contudo, a ida ao *Poste* aliviara-lhe consideravelmente a consciência. Já não se sentia tão irresponsável como antes. Fizera um esforço para envolver a polícia no caso, um esforço infrutífero, mas a menos que fosse buscar o passaporte ao outro lado de Paris e começasse de novo (e ele decidiu confortavelmente que isso estava fora de questão), não podia fazer mais nada. Tinha encontro marcado com o Sr. Peters às oito menos um quarto, num café do Boulevard Hausmann. Porém, depois de um jantar muito ligeiro, a mesma sensação curiosa regressou-lhe ao plexo solar, e as duas aguardentes com que acompanhou o café não foram só para passar o tempo. Era pena, refletiu ele enquanto rumava ao local de encontro, não poder aceitar nem uma pequena parte do milhão de francos. O custo da satisfação da sua curiosidade estava a revelar-se, no que toca a nervos esfrangalhados e peso na consciência, quase proibitivo.

O Sr. Peters chegou dez minutos atrasado, com uma mala de aspeto vulgar e o ar demasiado descontraído de um cirurgião prestes a iniciar uma operação difícil.

— Ah, Sr. Latimer — sentou-se à mesa e pediu um licor de framboesa.

— Está tudo bem? — Latimer pensou que a pergunta era um tanto ou quanto teatral, mas queria muito ouvir a resposta.

— Até agora, sim. Naturalmente, não tive notícias dele porque não deixei morada nenhuma. Logo veremos.

— Que tem na mala?

— Jornais velhos. É melhor chegarmos ao hotel com uma mala. Só quero preencher uma *affiche* se for obrigado. Acabei por escolher um hotel perto da estação de metro de Ledru-Rollin. É bastante conveniente.

— Porque não vamos de táxi?

— Vamos de táxi, mas — frisou o Sr. Peters — voltamos de metro. Logo verá — o licor chegou. Bebeu-o de um trago, estremeceu, lambeu os lábios e disse que era altura de se porem a caminho.

O hotel escolhido pelo Sr. Peters para o encontro com Dimitrios ficava numa perpendicular da Avenue Ledru. Era pequeno e sujo.

Um homem em mangas de camisa saiu de uma sala com uma tabuleta que dizia «*Bureau*», a mastigar comida de boca cheia.

— Telefonei a reservar um quarto — disse o Sr. Peters.

— *Monsieur* Petersen?

— Sim.

O homem mirou-os de cima a baixo.

— É um quarto grande. Quinze francos por um, vinte francos pelos dois. O serviço de quartos custa 12,5 %.

— Este cavalheiro não se vai alojar.

O homem tirou uma chave do chaveiro do *Bureau*, pegou na mala do Sr. Peters e conduziu-os a um quarto no segundo andar. O Sr. Peters olhou para o interior e assentiu com a cabeça.

— Serve. Um amigo meu virá à minha procura daqui a pouco. Diga-lhe para subir, por favor.

O homem retirou-se. O Sr. Peters sentou-se na cama e olhou em redor com ar de aprovação.

— Bastante agradável — disse ele — e muito barato.

— É verdade.

Era um quarto comprido e estreito com uma velha carpete felpuda, uma cama com armação de ferro, um guarda-roupa, duas cadeiras de madeira com as costas onduladas, uma mesinha, um biombo e um bidé de ferro esmaltado. A carpete era vermelha, mas a zona ao pé do lavatório estava puída, preta e reluzente do uso. O papel de parede mostrava uma treliça que sustentava uma trepadeira, alguns discos cor de púrpura e objetos cor-de-rosa disformes, de tipo vagamente clínico. Os cortinados azuis eram espessos e estavam suspensos de aros de latão.

O Sr. Peters olhou para o relógio.

— Faltam vinte e cinco minutos para ele aparecer. Mais vale pormo-nos à vontade. Quer ficar com a cama?

— Não, obrigado. Suponho que o senhor se encarregue de falar.

— Acho que é melhor — o Sr. Peters tirou a *Lüger* do bolso do peito, certificou-se de que estava carregada e deixou-a cair no bolso direito do sobretudo.

Latimer observou aqueles preparativos em silêncio. Sentia-se muito enjoado. De repente, disse:

— Não estou a gostar disto.

— Nem eu — disse tranquilizadoramente o Sr. Peters —, mas temos de tomar precauções. Não é provável, penso eu, que venham a ser necessárias. Não precisa de ter medo.

Latimer lembrou-se de um filme de *gangsters* americano que vira.

— O que o impede de chegar aqui e matar-nos aos dois?

O Sr. Peters sorriu com tolerância.

— Então, então? Não se deixe levar pela imaginação, Sr. Latimer. O Dimitrios não faria isso. Seria demasiado ruidoso e perigoso para ele. Não se esqueça de que ele vai ser visto pelo homem lá em baixo. E, além disso, ele não funciona assim.

— Como é que ele funciona?

— O Dimitrios é muito cauteloso. Pensa muito cuidadosamente antes de agir.

— Teve o dia inteiro para pensar cuidadosamente.

— Sim, mas ele ainda não sabe o que nós sabemos, nem se mais alguém sabe o que nós sabemos. Vai ter de descobrir. Deixe tudo comigo, Sr. Latimer. Eu sei como o Dimitrios funciona.

Latimer ia retorquir que o Visser também teria provavelmente pensado assim, mas optou por não o fazer. Estava com uma dúvida maior e mais pessoal.

— O senhor disse que depois de o Dimitrios nos pagar nunca mais vai ouvir falar de nós. Por acaso ocorreu-lhe que ele possa não querer deixar as coisas assim? Quando perceber que não lhe vamos pedir mais dinheiro, pode decidir vir à nossa procura.

— À procura do Sr. Smith e do Sr. Petersen? Vai ser difícil encontrar-nos com esses nomes, meu caro Sr. Latimer.

— Mas ele conhece a sua cara, e vai ficar a conhecer a minha. Pode reconhecer-nos, independentemente dos nomes que usarmos.

— Mas para isso teria de descobrir onde estamos.

— A minha fotografia já apareceu uma ou duas vezes nos jornais. Pode voltar a aparecer. Ou suponhamos que a minha editora decide pôr a minha fotografia na capa de um livro. O Dimitrios pode dar facilmente com ela. Já houve coincidências mais estranhas.

O Sr. Peters franziu os lábios.

— Acho que está a exagerar, mas — encolheu os ombros — se está assim tão nervoso, talvez seja melhor esconder a cara. Usa óculos?

— Para ler.

— Então ponha-os. E ponha também o chapéu, e puxe a gola para cima. Pode sentar-se no canto, onde há menos luz. Em frente do biombo. Fica com o contorno da cara menos nítido. Ali.

Latimer obedeceu. Depois de se colocar em posição, com a gola abotoada até ao queixo e o chapéu inclinado para a frente a tapar os olhos, o Sr. Peters observou-o da porta e assentiu com a cabeça.

— Serve. Continuo a achar que é desnecessário, mas serve. Depois destes preparativos todos, vamos sentir-nos uns idiotas se ele não aparecer.

Latimer, que já se estava a sentir um idiota, resmungou.

— Há alguma possibilidade de ele não aparecer?

— Quem sabe? — o Sr. Peters sentou-se de novo na cama. — Pode ser impedido por uma dúzia de coisas. Por algum motivo, pode não ter recebido a minha carta. Pode ter partido de Paris ontem. Mas se recebeu a carta, acho que vem — o Sr. Peters olhou novamente para o relógio. — Oito e quarenta e cinco. *Se vier*, está a chegar.

Calaram-se. O Sr. Peters começou a cortar as unhas com uma tesoura de bolso.

Com exceção dos sons da tesoura e da respiração pesada do Sr. Peters, o silêncio no quarto era total. Parecia quase tangível a Latimer, como um fluido cinzento-escuro a escorrer dos cantos do quarto. Começou a ouvir o tiquetaque do seu relógio de pulso. Esperou o que lhe pareceu ser uma eternidade para ver as horas. Quando finalmente viu, eram dez para as nove. Outra eternidade. Tentou pensar em alguma coisa para dizer ao Sr. Peters para passar o tempo. Tentou contar todos os paralelogramos no padrão do papel de parede entre o guarda-fatos e a janela. Agora achava que talvez estivesse a ouvir o relógio do Sr. Peters. Os sons abafados de alguém a deslocar uma cadeira e a andar no quarto por cima deles pareceram intensificar o silêncio. Quatro minutos para as nove.

De repente, tão de repente que pareceu o disparo de uma pistola, um dos degraus do outro lado da porta rangeu.

O Sr. Peters parou de aparar as unhas e, largando a tesoura em cima da cama, meteu a mão direita no bolso do sobretudo.

Houve uma pausa. Com o coração dolorosamente aos saltos, Latimer fixou rigidamente o olhar na porta. Ouviu-se uma batida suave.

O Sr. Peters levantou-se e, com a mão ainda no bolso, dirigiu-se à porta e abriu-a.

Latimer viu-o olhar durante um momento para a penumbra do corredor e depois dar um passo atrás.

Dimitrios entrou no quarto.

— 14 —

A máscara de Dimitrios

Os traços de um homem, a estrutura óssea e o tecido que a cobre resultam de um processo biológico; mas o rosto é criado por ele. É uma afirmação da sua atitude emocional habitual; a atitude de que os seus desejos necessitam para se realizarem e que os seus receios exigem para se protegerem da curiosidade de terceiros. Ele usa o rosto como uma máscara demoníaca, um dispositivo para causar nos outros emoções complementares às suas. Se tem medo, deve ser temido; se deseja, deve ser desejado. É um biombo para tapar a nudez da sua mente. Só alguns homens, pintores, conseguiram ver a mente através do rosto. Outros, na sua análise, procuram as palavras e os atos que expliquem a máscara que têm diante dos olhos. Todavia, apesar de compreenderem instintivamente que a máscara não pode ser o homem que a usa, ficam geralmente chocados com a demonstração deste facto. A duplicidade dos outros é sempre chocante quando não temos consciência da nossa.

Por conseguinte, quando Latimer viu finalmente Dimitrios e procurou ler, no rosto do homem a olhar para ele do outro lado do quarto, o mal que, sentia ele, deveria ali estar patente, teve consciência dessa sensação de choque. De chapéu na mão, com o seu elegante fato escuro francês, com a sua figura esguia e ereta e o seu lustroso cabelo grisalho, Dimitrios era a imagem da respeitabilidade distinta.

A sua distinção era a de um convidado pouco importante numa grande receção diplomática. Dava a impressão de ser ligeiramente mais alto do que o 1,82 m atribuído pela polícia búlgara. A pele tinha a macilência cremosa que sucede, na meia-idade, à palidez juvenil. Os malares elevados, o nariz fino e o lábio superior a evocar um bico faziam-no parecer um membro de uma embaixada da Europa Oriental. A única coisa que encaixava nos pressupostos de Latimer sobre o aspeto de Dimitrios era a expressão dos olhos.

Eram muito castanhos e, à primeira vista, pareciam ligeiramente tortos, como se fosse míope ou estivesse preocupado. Mas não se via o sobrolho franzido nem contraído correspondente e Latimer percebeu que a expressão de ansiedade ou miopia era uma ilusão de ótica devida à elevação dos malares e à posição dos olhos na cabeça. Na realidade, o rosto era totalmente inexpressivo, impassível como o de um lagarto.

Por um instante, os olhos castanhos fixaram-se em Latimer. Depois, quando o Sr. Peters fechou a porta atrás dele, Dimitrios virou-se para ele e disse, num francês com forte sotaque:

— Apresenta-me ao teu amigo. Não creio tê-lo visto antes.

Latimer quase deu um salto. O rosto de Dimitrios poderia não ser revelador, mas sem dúvida a voz era. Era muito grosseira e áspera, e tão cáustica que anulava qualquer graciosidade implícita nas palavras. Dimitrios falou baixinho e ocorreu a Latimer que aquele homem tinha a noção do quão desagradável era a sua voz e tentava dissimulá-la. Não conseguiu. O tom foi tão letal como o guizo de uma cobra-cascavel.

— Este é o *Monsieur* Smith — disse o Sr. Peters. — Tens uma cadeira atrás de ti. Podes sentar-te.

Dimitrios ignorou a sugestão.

— Sr. Smith! Um inglês. Parece que conheceu o Sr. Visser.

— Eu *vi* o Visser.

— É por isto que queremos falar contigo, Dimitrios — disse o Sr. Peters.

— Ai é? — Dimitrios sentou-se na cadeira vaga. — Então falem, mas sejam rápidos. Tenho um encontro e não posso andar a perder tempo com coisas destas.

O Sr. Peters abanou a cabeça com tristeza.

— Não mudaste nada, Dimitrios. Sempre impetuoso, sempre ligeiramente antipático. Passaram-se tantos anos, e nem uma saudação, nem uma palavra de arrependimento pela infelicidade que me causaste. Não sei se sabes, mas foi muito desagradável da tua parte denunciar-nos à polícia. Éramos teus amigos. Porque o fizeste?

— Continuas a falar que nem uma matraca — disse Dimitrios. — O que é que querem?

O Sr. Peters sentou-se cuidadosamente na beira da cama.

— Já que insistes em fazer disto um encontro estritamente de negócios... Queremos dinheiro.

Os olhos castanhos bruxulearam na sua direção.

— Pois querem. E que me dão em troca?

— O nosso silêncio, Dimitrios. É muito valioso.

— É? E quanto vale?

— Vale pelo menos um milhão de francos.

Dimitrios recostou-se na cadeira e cruzou as pernas.

— E quem é que vos vai pagar essa quantia?

— Tu, Dimitrios. E vais ficar contente por te sair tão barato.

Então Dimitrios sorriu.

Um leve aperto dos lábios pequenos e finos, nada mais. No entanto, tinha algo de indizivelmente selvagem e Latimer sentiu-se aliviado por o sorriso ter sido dirigido ao Sr. Peters. Naquele momento, sentiu ele, Dimitrios enquadrava-se muito melhor num encontro de tigres devoradores de homens do que numa receção diplomática. O sorriso desvaneceu-se.

— Acho bem — disse Dimitrios — que me expliques exatamente o que queres dizer com isso.

Aos olhos de Latimer, que sabia que teria respondido de imediato ao tom de ameaça na voz de Dimitrios, a hesitação tranquila do Sr. Peters foi exasperadamente temerária. Parecia estar a divertir-se!

— É tão difícil saber por onde começar...

Não houve resposta. O Sr. Peters fez uma pausa e depois encolheu os ombros.

— Existem muitas coisas — prosseguiu — que a polícia gostaria de saber. Por exemplo, posso dizer-lhes quem lhes enviou o dossiê, em 1931. Iam ficar admiradíssimos ao descobrirem que um respeitável administrador do Banco de Crédito Euroasiático é o mesmo Dimitrios Makropoulos que traficava mulheres para Alexandria.

Latimer julgou ver Dimitrios relaxar um pouco na cadeira.

— E esperas que eu pague um milhão de francos por isso? Petersen, meu caro, estás a ser infantil.

O Sr. Peters sorriu.

— Muito provavelmente, Dimitrios. Tu sempre desdenhaste a minha abordagem simples aos problemas da vida. Mas o nosso silêncio sobre estas questões vale muito para ti, não vale?

Dimitrios olhou para ele durante um momento, e depois disse:

— Porque é que não vais ao que interessa, Petersen? Ou será que estás só a preparar o terreno para o teu inglês? — Dimitrios rodou a cabeça. — Que tem a dizer, *Monsieur* Smith? Ou será que nenhum de vocês está seguro de si próprio?

— O Petersen fala por mim — balbuciou Latimer, desejando mais do que nunca que o Sr. Peters se despachasse de vez.

— Posso continuar? — perguntou o Sr. Peters.

— Podes.

— A polícia jugoslava também é capaz de estar interessada em ti. Se lhes disséssemos onde o *Monsieur* Talat...

— Esta agora! — Dimitrios riu-se malignamente. — Quer dizer que o Grodek abriu a boca! Isso não vale um chavo, meu amigo. E que mais?

— Atenas, 1922. Significa alguma coisa para ti, Dimitrios? O nome era Taladis, se bem te recordas. A acusação foi roubo e tentativa de homicídio. Onde está a piada?

O rosto do Sr. Peters adquiriu a expressão de maldade severa e sufocante que Latimer lhe vira uma ou duas vezes em Sófia. Dimitrios fixou-o intensamente. De um momento para o outro, o ambiente tornou-se letal com um ódio cru que Latimer achou horrível. Sentiu-se como na ocasião em que, em criança, assistira a uma luta de rua entre dois homens de meia-idade. Viu o Sr. Peters tirar a *Lüger* do bolso e sopesá-la nas mãos.

— Não tens nada a dizer, Dimitrios? Então prossigo. Nesse ano, antes desse caso, mataste um homem em Esmirna, um usurário. Como é que ele se chamava, *Monsieur* Smith?

— Sholem.

— É isso, Sholem. O *Monsieur* Smith descobriu isto, foi muito inteligente. Um belo trabalho, não achas? Não sei se sabes, mas o *Monsieur* Smith é muito amigo da polícia turca, quase podemos dizer que é íntimo deles. Ainda achas que um milhão de francos é muito, Dimitrios?

Dimitrios não olhou para nenhum deles.

— O assassino do Sholem foi enforcado — disse ele lentamente.

O Sr. Peters arqueou as sobrancelhas.

— É verdade, *Monsieur* Smith?

— Um negro chamado Dhris Mohammed foi enforcado pelo homicídio, mas fez uma confissão que implicou o *Monsieur* Makropoulos. Foi emitido um mandado de captura em seu nome, em 1924. A acusação foi de homicídio, mas a polícia turca queria muito capturá-lo por outro motivo, o envolvimento num atentado contra Ataturk, em Edirne.

— Como vês, Dimitrios, estamos muito bem informados. Continuamos? — fez uma pausa. Dimitrios continuou a olhar em frente, sem mexer um músculo do rosto. O Sr. Peters olhou para Latimer. — Parece-me que o Dimitrios está impressionado. Tenho a certeza de que quer que continuemos.

Hoje, quando Latimer pensa em Dimitrios, é daquela cena que se recorda: o quarto esquálido com o horrível papel de parede, o Sr. Peters sentado na cama, com os olhos lacrimosos semicerrados e a pistola na mão, a falar, e o homem sentado entre eles, a olhar em frente, com o seu rosto pálido imóvel e sem vida como o de uma figura de cera. A voz monótona do Sr. Peters era pontuada por silêncios. Para os nervos esfrangalhados de Latimer, eram silêncios de uma intensidade acutilante. Mas eram breves, e depois o Sr. Peters recomeçava na sua voz monótona, qual torcionário a repetir a pergunta depois de cada aperto do anjinho.

— O *Monsieur* Smith disse-te que viu o Visser. Foi numa morgue, em Istambul. Como disse, ele é muito amigo da polícia turca, e foram eles que lhe mostraram o cadáver. Disseram-lhe que era de um criminoso chamado Dimitrios Makropoulos. Foram uns patetas para se deixarem enganar assim, não foram? Mas o *Monsieur* Smith também andou enganado algum tempo. Felizmente, eu contei-lhe que o Dimitrios estava vivo — o Sr. Peters fez uma pausa. — Não dizes nada? Está bem. Talvez queiras saber como eu descobri onde estavas e quem eras — outro silêncio. — Não? Talvez queiras saber como eu descobri que estiveste em Istambul quando o desgraçado do Visser foi assassinado, ou como foi fácil ao *Monsieur* Smith associar uma fotografia do Visser ao cadáver que viu na morgue — silêncio. — Não? Talvez queiras saber o quão fácil é despertarmos o interesse da polícia turca no caso curioso de um assassino morto que afinal está vivo, ou da polícia grega no caso de um refugiado de Esmirna que se pirou de Tabouria. Julgas que é difícil para nós provarmos que *és* o Dimitrios Makropoulos, ou Taladis, ou Talat, ou Rougemont, depois de tanto tempo? Julgas isso, Dimitrios? Não respondes? Então deixa-me dizer-te que é bastante fácil. Posso identificar-te como Makropoulos, tal como podem o Werner, o Lenôtre, o Galindo ou a Grã-Duquesa. De certeza que um deles está vivo e ao alcance da polícia. Qualquer um deles gostará de te enviar para a forca. O *Monsieur* Smith pode jurar que o homem enterrado em Istambul é o Visser. Depois temos a tripulação do iate que alugaste em junho. Sabem que o Visser desembarcou contigo em Istambul. Há ainda o porteiro da Avenue de Wagram. Conhece-te por Rougemont. O teu passaporte atual não é proteção suficiente para alguém com tantos nomes falsos, pois não? E mesmo que te dedicasses a um pequeno suborno da polícia francesa ou grega, os amigos turcos do *Monsieur* Smith não vão ser tão compreensivos. Achas que um milhão de francos é muito para te salvar do carrasco, Dimitrios?

Parou. Durante alguns longos segundos, Dimitrios continuou de olhos fixos na parede. Depois, por fim, olhou para as suas pequenas mãos enluvadas. As suas palavras, quando surgiram, foram como pedras atiradas uma a uma para um charco estagnado.

— Pergunto-me — disse ele — porque é que pedem tão pouco. Só querem um milhão?

O Sr. Peters soltou um riso abafado.

— Queres dizer que não sabes se depois de termos o milhão vamos à polícia. Oh, não, Dimitrios. Vamos ser justos contigo. Este milhão é apenas um gesto preliminar de boa vontade. Vais ter mais oportunidades. Mas vais ver que não somos gananciosos.

— De certeza que não. Não me vão querer encostar à parede. Só vocês é que têm essa ilusão curiosa de que eu matei o Visser?

— Só. Quero o milhão em notas de *mille* amanhã.

— Já amanhã?

— Amanhã de manhã, vais receber pelo correio instruções sobre a entrega do dinheiro. Se não forem seguidas à risca, não vais ter uma segunda oportunidade. A polícia vai entrar imediatamente em ação. Compreendes?

— Perfeitamente.

O diálogo foi bastante contido. Um observador casual poderia julgar que estavam a fechar um vulgar negócio. Mas as vozes não eram totalmente firmes. Latimer sentiu que a única coisa que impedia Dimitrios de matar o Sr. Peters era a *Lüger* e que a única coisa que impedia o Sr. Peters de disparar contra Dimitrios era o milhão de francos. Duas vidas suspensas nos finos arames da sobrevivência e da ganância.

Dimitrios levantou-se, mas pareceu ter uma ideia. Virou-se para Latimer.

— O senhor esteve muito calado, *monsieur*. Pergunto-me se compreende que a sua vida está nas mãos do seu amigo Petersen. Por exemplo, se ele decidir revelar-me o seu nome verdadeiro e onde poderei encontrá-lo, é muito provável que o mande matar.

O Sr. Peters mostrou a sua dentadura postiça branca.

— Porque haveria eu de me privar da assistência do *Monsieur* Smith? O *Monsieur* Smith é valiosíssimo. Pode provar que o Visser está morto. Sem ele, respiravas de alívio.

Dimitrios não ligou à interrupção.

— O que diz, Sr. Smith?

Latimer ergueu o olhar na direção dos olhos castanhos e aparentemente ansiosos e pensou na expressão da Madame Preveza. Eram efetivamente os olhos de um homem prestes a magoar alguém, mas não eram os olhos de um médico. Eram de um homicida.

— Posso garantir-lhe — disse Latimer — que o Petersen não tem incentivo nenhum para me matar. É que…

— É que — interrompeu rapidamente o Sr. Peters — nós não somos parvos, Dimitrios. Podes ir-te embora.

— Mas é claro — Dimitrios dirigiu-se para a porta, mas parou no limiar.

— O que é? — perguntou o Sr. Peters.

— Gostava de fazer duas perguntas ao *Monsieur* Smith.

— Que perguntas?

— Quando viu o homem que tomou pelo Visser, como é que ele estava vestido?

— Tinha um fato barato de sarja azul. No forro, tinha uma *carte d'identité* francesa emitida em Lyon, um ano antes. O fato era grego, mas a camisa e as cuecas eram francesas.

— E como é que ele foi morto?

— Levou uma facada de lado e depois foi atirado à água.

O Sr. Peters sorriu.

— Satisfeito, Dimitrios?

Dimitrios olhou fixamente para ele.

— O Visser — disse ele devagar — era demasiado ganancioso. Tu não vais ser demasiado ganancioso, pois não, Petersen?

O Sr. Peters devolveu o olhar firme.

— Vou ser muito cuidadoso — disse ele. — Não tens mais perguntas? Ótimo. Amanhã de manhã recebes as instruções.

Dimitrios foi-se embora sem dizer mais nada. O Sr. Peters fechou a porta, esperou alguns instantes e abriu-a com muito cuidado. Fez sinal a Latimer para ficar onde estava e desapareceu para o patamar. Latimer ouviu as escadas a rangerem. Passado um minuto, o Sr. Peters regressou.

— Foi-se embora — anunciou ele. — E daqui a minutos, vamos nós.

Sentou-se outra vez na cama, acendeu uma cigarrilha e soprou o fumo tão deliciadamente como se tivesse sido libertado da servidão. O sorriso doce reapareceu como uma rosa depois da tempestade.

— Pois bem — disse ele —, aquele era o Dimitrios sobre o qual tanto ouviu falar. Que achou dele?

— Não sei o que pensar. Se não soubesse tanto sobre ele, talvez o tivesse detestado menos. Não sei. É difícil ser razoável acerca de alguém que está obviamente a pensar matar-nos o mais rapidamente possível — hesitou. — Nunca me apercebi de que o senhor o odiava tanto.

O Sr. Peters não sorriu.

— Garanto-lhe, Sr. Latimer, que eu também fiquei surpreendido. Eu não gostava dele. Não confiava nele. É compreensível, depois do modo como nos traiu a todos. Só quando o vi aqui neste quarto ainda agora é que percebi que o odiava o suficiente para o matar. Se eu fosse supersticioso, diria que talvez o espírito do pobre Visser se tenha apoderado de mim — fez uma pausa, e acrescentou baixinho. — *Salop*! — ficou calado durante um momento, e depois levantou os olhos. — Sr. Latimer, tenho de confessar uma coisa. Se o senhor tivesse aceitado a minha proposta, não teria recebido o seu meio milhão. Eu não lhe teria pagado — fechou firmemente a boca como se estivesse à espera de levar um soco.

— Também me pareceu — disse Latimer secamente. — Mas estive quase para aceitar a proposta para ver como me ia enganar. Suponho que combinaria a entrega efetiva do dinheiro, por exemplo, uma hora mais cedo do que me diria a mim e, quando eu chegasse ao local, o senhor e o dinheiro teriam desaparecido. Seria assim?

O Sr. Peters estremeceu.

— Foi muito sensato da sua parte não confiar em mim, mas também não é nada simpático. Mas acho que não lhe posso apontar o dedo — e depois esfregou sal na ferida. — O Ser Supremo entendeu fazer de mim aquilo a que se chama um criminoso, e eu tenho de seguir o meu caminho ao encontro do meu Destino com uma resignação paciente. Mas eu não confessei que ia tentar enganá-lo para me rebaixar. Foi para me justificar. Quero fazer-lhe uma pergunta.

— Diga.

— Peço desculpa, mas recusou a minha proposta de dividir o dinheiro consigo por pensar que eu o podia denunciar ao Dimitrios?

— Nem me passou pela cabeça.

— Fico contente — disse solenemente o Sr. Peters. — Não gostava que pensasse isso de mim. Pode não gostar de mim, mas não quero ser considerado insensível. E posso dizer-lhe que também não me passou pela cabeça. É a influência do Dimitrios! Nós discutimos esta questão. Desconfiámos um do outro e pensámos em traição. Mas foi o Dimitrios que nos meteu este pensamento na cabeça. Eu já conheci muitos homens malvados e violentos, Sr. Latimer, mas garanto-lhe que o Dimitrios é único. Porque acha que ele lhe sugeriu que talvez eu o fosse trair?

— Deve ter seguido o princípio de que a melhor maneira de lutar contra dois aliados é pô-los à bulha um com o outro.

O Sr. Peters sorriu.

— Não, Sr. Latimer. Isso teria sido um truque demasiado evidente para o Dimitrios. Ele sugeriu-lhe, de forma muito subtil, que *eu* era um parceiro desnecessário e que o senhor me podia eliminar facilmente dizendo-lhe onde me encontrar.

— Está a dizer que ele se ofereceu para o matar por mim?

— Exatamente. E depois só teria de lidar consigo. É óbvio que ele não sabe — acrescentou pensativamente o Sr. Peters — que o senhor desconhece o nome que ele usa agora — levantou-se e pôs o chapéu. — Não, Sr. Latimer, eu não gosto do Dimitrios. Mas, por favor, não me interprete mal. Eu não sou moralmente reto, mas o Dimitrios é uma fera selvagem. Mesmo agora, sabendo que tomei todas as precauções possíveis, tenho medo. Vou pegar no dinheiro e desaparecer. Se pudesse deixar o senhor entregá-lo à polícia depois de eu ter o dinheiro, fá-lo-ia. Se fosse ao contrário, ele não hesitaria. Mas não pode ser.

— Porquê?

O Sr. Peters olhou para Latimer com curiosidade.

— Parece que o Dimitrios teve um efeito estranho sobre si. Não, denunciá-lo à polícia é demasiado perigoso. Se nos pedissem para explicarmos o milhão de francos, e de certeza que o Dimitrios o iria mencionar, ficaríamos em maus lençóis. É pena. Vamos? Vou deixar o dinheiro do quarto em cima da mesa. Podem ficar com a mala, é o *pourboire*.

Desceram em silêncio. Quando devolveram a chave, o homem em mangas de camisa apareceu com uma *affiche* para o Sr. Peters preencher, mas ele mandou-o embora com a mão, dizendo que a preencheria quando regressasse.

Na rua, o Sr. Peters parou e virou-se para Latimer.

— Já foi seguido alguma vez?

— Que eu saiba, não.

— Então vai ser seguido agora. Não acredito que o Dimitrios esteja à espera de que o conduzamos às nossas moradas, mas ele é sempre minucioso — o Sr. Peters olhou por cima do ombro de Latimer. — Ah, sim. Aquele já cá estava quando chegámos. Não olhe para trás, Sr. Latimer. É um homem com uma gabardina cinzenta e um chapéu mole escuro. Já vai vê-lo daqui a um minuto.

A sensação de vazio, que tinha desaparecido com a partida de Dimitrios, reocupou subitamente a sua posição no estômago de Latimer.

— Que fazemos?

— Apanhamos o metro, como eu disse.

— Mas de que serve isso?

— Já vai ver, daqui a um minuto.

A estação de Ledru-Rollin ficava a cerca de cem metros. Ao aproximarem-se, os músculos das barrigas das pernas de Latimer retesaram-se e ele sentiu uma vontade ridícula de correr. Pareceu-lhe que estava a andar de forma rígida e constrangida.

— Não olhe para trás — repetiu o Sr. Peters.

Desceram as escadas até ao metro.

— Agora mantenha-se perto de mim — disse o Sr. Peters.

Comprou dois bilhetes de segunda classe e desceram o túnel em direção à gare.

O túnel era comprido. Quando passaram pelos torniquetes, Latimer achou que podia olhar para trás, e vislumbrou um jovem andrajoso com uma gabardina cinzenta a cerca de dez metros. Chegaram a uma bifurcação. Uma direção dizia «Pte. de Charenton», a outra indicava «Balard». O Sr. Peters parou.

— Agora vamos fingir — disse ele — que nos estamos a despedir um do outro — olhou de soslaio pelo canto do olho. — Sim, ele parou. Não sabe o que vai acontecer. Fale, Sr. Latimer, por favor, mas não muito alto. Eu preciso de ouvir.

— De ouvir o quê?

— Os comboios. Esta manhã, passei meia hora aqui a ouvi-los.

— Para quê? Não vejo...

O Sr. Peters agarrou-lhe no braço e ele calou-se. Ao longe, ouviu o troar surdo de um comboio a aproximar-se.

— Balard — murmurou subitamente o Sr. Peters. — Venha. Mantenha-se perto de mim e não ande muito depressa.

Meteram pelo túnel da direita. O som do comboio aumentou. Fizeram uma curva. Tinham à sua frente a porta automática verde.

— *Vite*! — gritou o Sr. Peters.

O comboio estava quase na estação. A porta automática começou a abrir-se lentamente na entrada para a gare. Quando Latimer a alcançou e passou à justa ouviu, por cima do guincho dos travões pneumáticos, o som de alguém a correr. Olhou para trás. O Sr. Peters, comprimindo o estômago, passara pela porta e estava na gare, mas o homem da gabardina cinzenta, apesar da sua arrancada, não chegou a tempo. Ficou parado, com o rosto vermelho de fúria, a acenar-lhes com os punhos do outro lado da porta automática.

Entraram na carruagem quase sem fôlego.

— Excelente! — disse alegremente o Sr. Peters. — Percebeu, Sr. Latimer?

— Muitíssimo engenhoso.

O barulho do metro impossibilitou a continuação da conversa. Latimer olhou apaticamente para um anúncio aos cigarros *Celtique*. Então era verdade. Afinal, o coronel Haki tinha razão. A história de Dimitrios não tinha fim. Dimitrios subornaria o Sr. Peters e a história era apenas interrompida. Algures, no futuro, era possível que Dimitrios encontrasse o Sr. Peters, que morreria como o Visser. Algures, no futuro, Dimitrios morreria, provavelmente de velhice. Mas ele, Latimer, não saberia desses acontecimentos. Estaria a escrever uma história de detetives com princípio, meio e fim; um cadáver, uma investigação e uma forca. Estaria a demonstrar que o homicídio era sempre exposto, que a justiça acabava sempre por triunfar e que as ervas daninhas crescem sempre por si só. Nunca mais recordaria Dimitrios nem o Banco de Crédito Euroasiático. Fora tudo uma enorme perda de tempo.

O Sr. Peters tocou-lhe no braço. Estavam em Châtelet. Saíram e apanharam a *correspondance* da Porta de Orleães para Saint-Placide. Enquanto desciam a Rue de Rennes, o Sr. Peters começou a cantarolar por entre dentes. Passaram por um café.

O Sr. Peters parou de trautear.

— Quer um café, Sr. Latimer?

— Não, obrigado. E a sua carta para o Dimitrios?

O Sr. Peters deu uma palmadinha no bolso.

— Já está escrita. Entrega do dinheiro às onze. Na esquina da Avenue de la Reine com o Boulevard Jean Jaurès. Quer estar presente ou vai-se embora de Paris amanhã?

E depois, sem deixar Latimer responder:

— Tenho pena de me despedir de si, Sr. Latimer. Acho-o muito simpático. Em geral, a nossa colaboração foi muitíssimo agradável e também foi lucrativa para mim — suspirou. — Sinto-me um pouco culpado, Sr. Latimer. O senhor foi tão paciente e prestável, e vai ficar sem recompensa. Não quer — perguntou ele um pouco ansiosamente — aceitar mil francos? Ajudava-lhe a pagar as despesas.

— Não, obrigado.

— Não, é claro que não. Então, pelo menos, Sr. Latimer, deixe-me pagar-lhe um copo de vinho. É isso! Uma celebração! Vá lá,

Sr. Latimer. Não se pode fazer nada por nada. Vamos recolher o dinheiro juntos amanhã à noite. Vai ter a satisfação de ver sangrar o porco do Dimitrios. E depois celebramos com um copo de vinho. O que diz?

Estavam na esquina da rua que dava para o Impasse des Huit Anges. Latimer olhou para os olhos lacrimosos do Sr. Peters.

— Parece-me — disse ele incisivamente — que o senhor está a pensar na possibilidade de o Dimitrios não alinhar e que talvez seja boa ideia ter-me em Paris até conseguir deitar a mão ao dinheiro.

Os olhos do Sr. Peters fecharam-se lentamente.

— Sr. Latimer — disse ele com ressentimento —, eu não pensei... Não estava à espera de que o senhor fosse entender dessa maneira...

— Muito bem, eu fico — interrompeu-o Latimer com irritação. Já tinha desperdiçado tantos dias que mais um não ia fazer diferença. — Vou consigo amanhã, mas nas seguintes condições: o vinho tem de ser champanhe francês, não de Meknès, e tem de ser um *cuvée vintage* de 1919, 1920 ou 1921. Uma garrafa — disse ele vingativamente — custa pelo menos cem francos.

O Sr. Peters abriu os olhos e sorriu corajosamente.

— Assim será, Sr. Latimer.

— 15 —

Uma cidade desconhecida

O Sr. Peters e Latimer assumiram as suas posições na esquina da Avenue de la Reine e do Boulevard Jean Jaurès às dez e meia da noite, a hora em que o carro alugado deveria recolher o intermediário de Dimitrios em frente do cemitério de Neuilly.

A noite estava fria e, dado que começou a chover pouco depois de chegarem, abrigaram-se debaixo do *porte-cochère* de um edifício uns metros adiante na avenida que dava para a Ponte de Saint-Cloud.

— Quanto tempo levam a chegar aqui? — perguntou Latimer.

— Disse-lhes que estava a contar com eles por volta das onze, o que lhes dá meia hora para fazerem o trajeto desde Neuilly. Podiam levar menos tempo, mas eu disse-lhes para se certificarem de que não são seguidos. Se tiverem dúvidas, regressam a Neuilly. Não vão correr riscos. O carro é um *Renault coupé de ville*. Temos de ter paciência.

Esperaram em silêncio. De quando em vez, o Sr. Peters ficava alerta sempre que um carro parecido com o *Renault* se aproximava do lado do rio. A chuva que escorria pelo sulco formado pelo abatimento das pedras da calçada formou poças em redor dos seus pés. Latimer pensou na sua cama quente e ficou com medo de apanhar uma constipação. Reservara um lugar na carruagem-cama do Expresso do Oriente que partia na manhã seguinte rumo a Atenas. Um comboio não seria o melhor lugar para passar três dias a curar uma constipação. Latimer lembrou-se de que tinha uma garrafinha de extrato de canela algures na bagagem e decidiu tomar uma dose antes de se deitar.

Estava absorto a pensar nestes assuntos domésticos quando, subitamente, o Sr. Peters resmungou:

— *Attention*!

— São eles?

— São.

Latimer olhou por cima do ombro do Sr. Peters. Um grande *Renault* aproximava-se do lado esquerdo. Começou aparentemente a abrandar, como se o condutor não tivesse a certeza do caminho. Passou por eles, com a chuva a cintilar sob os feixes dos faróis, e parou alguns metros à frente. A escuridão apenas deixava ver os contornos da cabeça e dos ombros do condutor, e as janelas de trás estavam tapadas com as cortinas. O Sr. Peters meteu a mão no bolso do sobretudo.

— Espere aqui, por favor — disse ele a Latimer, e dirigiu-se para o carro.

— *Ça va?* — Latimer ouviu-o perguntar ao condutor.

—Sim — foi a resposta. O Sr. Peters abriu a porta de trás e inclinou-se para a frente.

Quase imediatamente, recuou um passo e fechou a porta. Tinha um embrulho na mão esquerda.

— *Attendez* — disse ele, e regressou para junto de Latimer.

— Tudo em ordem? — perguntou Latimer.

— Acho que sim. É capaz de acender um fósforo, por favor?

Latimer fez o que lhe pediu. O pacote era do tamanho de um livro grande, com cerca de cinco centímetros de espessura, estava embrulhado em papel azul e atado com uma guita. O Sr. Peters rasgou o papel num dos cantos e mostrou um maço denso de notas de *mille*. Suspirou.

— Lindo.

— Não vai contar o dinheiro?

— Vou reservar esse prazer — disse seriamente o Sr. Peters — para o conforto do meu lar.

O Sr. Peters meteu o pacote debaixo do sobretudo, caminhou até ao passeio e levantou a mão. O *Renault* arrancou com um sobressalto, fez uma curva muito larga e empreendeu a viagem de regresso, lançando salpicos à passagem. O Sr. Peters assistiu a tudo com um sorriso.

— Uma mulher lindíssima — disse ele. — Quem será? Mas prefiro um milhão de francos. Agora, Sr. Latimer, um táxi e o seu champanhe predileto. Acho que merecemos.

Apanharam um táxi perto da Porta de Saint-Cloud. O Sr. Peters gabou-se do seu sucesso.

— Com um tipo como o Dimitrios, é preciso sermos firmes e circunspectos. Colocámos-lhe a questão preto no branco; fizemo-lo ver que a sua única alternativa era aceder às nossas exigências, e pronto. Um milhão de francos. Espectacular! Se calhar, devíamos ter pedido dois milhões. Mas teria sido insensato sermos demasiado gananciosos. Seja como for, ele julga que lhe vamos pedir mais dinheiro e que tem tempo para nos fazer o que fez ao Visser. Pois vai descobrir que se enganou. E isto é imensamente satisfatório para mim, Sr. Latimer, tão satisfatório para o meu orgulho como para o meu bolso. E também acho que, de alguma forma, vinguei a morte do desgraçado do Visser. É nestas alturas, Sr. Latimer, que compreendemos que, embora às vezes possa parecer que o Ser Supremo abandonou os Seus filhos, nós é que O esquecemos. Eu sofri, agora tenho a minha recompensa — deu uma palmadinha no bolso. — Seria divertido ver a cara do Dimitrios quando perceber finalmente que foi enganado. É pena que isso não seja possível.

— Vai-se já embora de Paris?

— Acho que sim. Apetece-me conhecer um pouco a América do Sul. Não a minha pátria adotada, obviamente. Uma das condições da minha cidadania foi eu nunca entrar no país. É uma condição dura, dado que eu, por razões sentimentais, gostava de conhecer a minha pátria adotiva, mas não há nada a fazer. Sou um cidadão do mundo e tenho de continuar a sê-lo. Talvez compre uma propriedade algures, um lugar para passar a velhice em paz. O Sr. Latimer é um jovem. Na minha idade, os anos parecem mais curtos e sentimos que estamos prestes a chegar ao nosso destino. É como se estivéssemos a aproximar-nos de uma cidade desconhecida a meio da noite: não gostamos de trocar o comboio acolhedor por um hotel desconhecido e desejamos que a viagem nunca acabe.

— A sua filosofia não aborda essa questão?

— A filosofia — respondeu o Sr. Peters — destina-se a explicar o que já aconteceu. Só o Ser Supremo sabe o que acontecerá. Somos apenas humanos. Como pode a nossa fraca mente tentar compreender o infinito? O Sol está a cento e sessenta milhões de quilómetros da Terra. Pense nisto! Nós não passamos de poeira insignificante. Que é um milhão de francos? Nada! É útil, sim, mas não é nada. Porque haveria o Ser Supremo de se preocupar com coisas tão pequenas? É um mistério. Pense nas estrelas. São aos milhões. É absolutamente notável.

O Sr. Peters continuou a falar sobre as estrelas enquanto o táxi atravessava a Rue Lecourbe e virava para o Boulevard de Montparnasse.

— Sim, somos insignificantes — estava o Sr. Peters a dizer. — Lutamos pela existência como as formigas. Contudo, se eu voltasse a viver, não quereria uma vida diferente. Tive momentos desagradáveis e o Ser Supremo achou por bem que eu fizesse algumas coisas repulsivas, mas ganhei algum dinheiro e sou livre de ir para onde quiser. Nem todos os homens da minha idade — acrescentou virtuosamente — podem dizer a mesma coisa.

O táxi virou à esquerda para a Rue de Rennes.

— Estamos a chegar a casa. Já comprei o champanhe. Tal como me avisou, foi bastante caro, mas eu não tenho objeções pedantes a um pequeno luxo. Às vezes, sabe bem, e mesmo quando é desagradável, faz-nos apreciar as coisas simples. Ah! — o táxi parou à entrada do beco. — Estou sem trocos, Sr. Latimer. Algo estranho para quem tem um milhão de francos no bolso, não é? Faz o favor de pagar?

Caminharam ao longo do beco.

— Parece-me — disse o Sr. Peters — que vou vender estas casas antes de ir para a América do Sul. Nunca devemos ter património que não rende.

— Não serão difíceis de vender? A vista das janelas é um bocado deprimente, não é?

— Não é preciso estar sempre à janela. Podem ser transformadas em casas muito simpáticas.

Começaram a subir a longa escadaria. No segundo patamar, o Sr. Peters parou para recuperar o fôlego, despiu o sobretudo e tirou a chave do bolso. Continuaram a subir, até chegarem à sua porta.

Ele abriu-a, acendeu a luz e então, avançando diretamente para o divã maior, tirou o pacote do sobretudo e desatou-o. Tirou o maço de notas com todo o carinho e ergueu-o. Daquela vez, o seu sorriso foi verdadeiro.

— Cá está, Sr. Latimer! Um milhão de francos! Já tinha visto tanto dinheiro junto? Quase seis mil libras! — levantou-se. — Mas temos de fazer a nossa pequena celebração. Dispa o casaco que eu vou buscar o champanhe. Espero que goste. Não tenho gelo, mas pus a garrafa numa taça com água. Vai estar fresquinho.

O Sr. Peters dirigiu-se à parte da sala atrás da cortina.

Latimer virou-se para despir o casaco. De repente, apercebeu-se de que o Sr. Peters ainda estava do seu lado da cortina e que estava ali parado, imóvel. Latimer voltou o olhar.

Por momentos, sentiu que ia desmaiar. O sangue parecia ter-lhe fugido da cabeça, deixando-a oca e leve. Sentiu uma faixa de ferro a apertar-lhe o peito. Quis gritar, mas só conseguia olhar.

O Sr. Peters estava de costas para ele, com as mãos ao alto. De frente para Latimer, na brecha entre a cortina dourada, estava Dimitrios, de revólver na mão.

Dimitrios avançou na diagonal para que Latimer deixasse de estar parcialmente encoberto pelo Sr. Peters. Latimer deixou cair o casaco e levantou as mãos. Dimitrios arqueou as sobrancelhas.

— Não é lisonjeiro — disse ele — estares tão admirado por me veres, Petersen. Ou devo chamar-te Caillé?

O Sr. Peters não disse nada. Latimer não lhe conseguia ver o rosto, mas viu-lhe a garganta mexer-se como se estivesse a engolir.

Os olhos castanhos cintilaram na direção de Latimer.

— Ainda bem que o inglês também cá está, Petersen. Poupa-me o trabalho de te convencer a dizeres-me o nome e a morada dele. O *Monsieur* Smith, que sabe tantas coisas e que estava tão desejoso de esconder a cara, revelou-se tão fácil de lidar como tu, Petersen. Congeminas sempre demais, Petersen. Já te disse isto antes. Quando trouxeste um caixão de Salónica. Lembras-te? O engenho não substitui a inteligência, pois não? Achaste mesmo que eu não te topava? — os seus lábios torceram-se. — Pobre Dimitrios! É um simplório. Vai julgar que eu, o esperto do Petersen, lhe vou pedir mais dinheiro, como um chantagista qualquer. Não vai adivinhar que poderei estar a atirar-lhe areia para os olhos. Mas para garantir que ele não percebe, vou fazer o que nunca nenhum chantagista fez. Vou-lhe dizer que *vou* pedir mais dinheiro. O pobre do Dimitrios é tão pateta que vai acreditar em mim. O pobre do Dimitrios não é inteligente. E mesmo que descubra na conservatória que eu, um mês depois de sair da prisão, consegui vender três casas invendáveis a um tal de Caillé, não vai suspeitar minimamente que eu, o inteligente Petersen, possa ser o Caillé. Por acaso sabias, Petersen, que quando comprei estas casas em teu nome, estavam desocupadas há dez anos? És tão idiota…

Fez uma pausa. Os ansiosos olhos castanhos estreitaram-se. Os lábios apertaram-se. Latimer percebeu que Dimitrios ia matar o Sr. Peters e que não podia fazer nada. A pulsação desabrida do seu coração pareceu sufocá-lo.

— Larga o dinheiro, Petersen.

O maço de notas caiu no tapete e abriu-se como um leque.

Dimitrios levantou o revólver.

O Sr. Peters pareceu aperceber-se subitamente do que ia acontecer, e gritou:

— Não! Tens de…

Dimitrios disparou. Disparou duas vezes e, juntamente com o ruído ensurdecedor das explosões, Latimer ouviu o ruído surdo de uma bala a penetrar no corpo do Sr. Peters.

O Sr. Peters emitiu um longo som de vómito e tombou para a frente, ficando de gatas, com sangue a escorrer-lhe do pescoço.

Dimitrios olhou para Latimer:

— Agora és tu.

Nesse momento, Latimer atirou-se a ele.

Nunca descobriu porque escolheu aquele preciso momento para se atirar a Dimitrios. Aliás, nunca descobriu porque sequer decidiu atirar-se. Supôs que foi uma tentativa instintiva para se salvar. Mas o facto de o seu instinto de sobrevivência o ter levado a atirar-se na direção do revólver que Dimitrios estava prestes a disparar não tem explicação. Mas foi o que fez e isso salvou-lhe a vida. Quando o seu pé direito se ergueu do chão, uma fração de segundo antes de Dimitrios carregar no gatilho, Latimer tropeçou num dos tapetes felpudos do Sr. Peters e a bala passou-lhe a rasar a cabeça e acertou na parede.

Meio atordoado e com a testa chamuscada pela explosão no cano do revólver, lançou-se sobre Dimitrios. Caíram juntos, agarrados à garganta um do outro, mas logo Dimitrios deu uma joelhada no estômago de Latimer e libertou-se.

Deixara cair o revólver e agora tentava agarrá-lo. Sem fôlego, Latimer arrastou-se até ao objeto móvel mais próximo, que por acaso era a pesada bandeja de latão que estava em cima de uma das mesas marroquinas, e atirou-o na direção de Dimitrios. A borda da bandeja acertou-lhe de lado na cabeça no momento em que se estendia para agarrar o revólver e ele cambaleou, mas a pancada só o travou por um escasso segundo. Latimer atirou-lhe a base de madeira da mesa e lançou-se sobre ele. Dimitrios titubeou para trás ao levar com a mesa no ombro. No instante seguinte, Latimer tinha o revólver na mão e mantinha-se afastado, ainda a tentar recuperar o fôlego, mas com o dedo no gatilho.

Dimitrios, lívido, avançou sobre ele. Latimer ergueu o revólver.

— Mais um passo e disparo.

Dimitrios imobilizou-se. Os olhos castanhos fixaram-se nos de Latimer. O cabelo grisalho estava despenteado; o lenço caíra--lhe do casaco; tinha um ar perigoso. Latimer começava a recuperar o fôlego, mas sentia os joelhos terrivelmente fracos, os ouvidos latejavam e o ar que respirava fedia doentiamente a vapores de cordite. Cabia-lhe a ele a próxima jogada e sentiu-se assustado e indefeso.

— Mais um passo — repetiu — e disparo.

Viu os olhos castanhos a cintilar na direção das notas caídas no chão, regressando depois a Latimer.

— Que vai fazer? — perguntou subitamente Dimitrios. — Se a polícia aparecer, teremos ambos de dar explicações. Se me der um tiro, vai ficar apenas com este milhão. Se me deixar ir embora, dou-lhe mais um. É um bom negócio para si.

Latimer ignorou-o. Moveu-se de lado, na direção da parede, até conseguir dar uma olhadela ao Sr. Peters.

O Sr. Peters tinha rastejado até ao divã onde estava o seu sobretudo e estava agora encostado ao divã com os olhos semicerrados. Respirava pesadamente pela boca. Uma bala rasgara-lhe um ferimento enorme no lado do pescoço, de onde o sangue escorria. A outra tinha-o atingido em cheio no peito, chamuscando-lhe a roupa. O ferimento era uma pasta violeta redonda com cerca de cinco centímetros de diâmetro, mas estava a sangrar pouco. Os lábios do Sr. Peters mexeram-se.

Sem deixar de olhar para Dimitrios, Latimer pôs-se ao lado do Sr. Peters.

— Como se sente? — perguntou.

Era uma pergunta estúpida, soube-o no momento em que as palavras lhe saíram da boca. Tentou desesperadamente recompor-se. Estava perante um homem alvejado a tiro e tinha capturado o autor dos disparos. Ele...

— A minha pistola — murmurou o Sr. Peters. — Dê-me a minha pistola. Sobretudo — e acrescentou alguma coisa inaudível.

Cuidadosamente, Latimer aproximou-se do sobretudo e remexeu em busca da pistola. Dimitrios observou-o com um sorriso fino e macabro nos lábios. Latimer encontrou a pistola e entregou-a ao Sr. Peters. Este pegou nela com as duas mãos e destravou a patilha de segurança.

— Agora — murmurou ele —, vá buscar a polícia.

— Alguém deve ter ouvido os tiros — disse Latimer para o tranquilizar. — A polícia deve estar a chegar.

— Não vão dar connosco — sussurrou o Sr. Peters. — Vá buscar a polícia.

Latimer hesitou. O Sr. Peters tinha razão. O beco estava rodeado de paredes sem janelas. Os tiros podiam ter sido ouvidos, mas a menos que alguém estivesse a passar pela entrada do beco no momento exato, ninguém saberia de onde tinham vindo.

— Está bem — disse ele. — Onde está o telefone?

— Não há.

— Mas...

Latimer voltou a hesitar. Ele poderia levar uns dez minutos até encontrar um polícia. Ia deixar o Sr. Peters, gravemente ferido, a vigiar um homem como Dimitrios? Mas não havia nada a fazer. O Sr. Peters precisava de um médico. Quanto mais depressa Dimitrios estivesse atrás das grades, melhor. Latimer sabia que Dimitrios não estava nada satisfeito com a sua situação. Olhou para o Sr. Peters, que tinha a *Lüger* apoiada no joelho e apontada a Dimitrios. O sangue continuava a escorrer-lhe do pescoço. Se não fosse rapidamente visto por um médico, ia sangrar até à morte.

— Está bem — disse ele. — Vou ser o mais rápido possível.

Dirigiu-se para a porta.

— Um momento, *monsieur* — o tom de urgência naquela voz áspera fez Latimer parar.

— Sim?

— Se se for embora, ele vai-me matar. Não percebe? Porque não aceita a minha proposta?

Latimer abriu a porta.

— Se tentar algum truque, aí sim, leva um tiro — Latimer olhou novamente para o ferido, agarrado à pistola. — Já volto com a polícia. Não dispare, só se for mesmo necessário.

Então, quando se preparava para sair, Dimitrios riu-se. Latimer virou-se involuntariamente.

— Se fosse a si, poupava essa gargalhada para o carrasco — dardejou. — Vai precisar dela.

— Eu estava a pensar — retorquiu Dimitrios — que, no fim das contas, acabamos sempre vencidos pela estupidez. Não a nossa, a estupidez dos outros — o seu rosto alterou-se. — Cinco milhões, *monsieur*! — gritou ele furiosamente. — Não chega? Ou quer que este abutre me mate?

Latimer olhou para ele durante um momento. O homem era quase convincente. Mas depois lembrou-se dos outros que tinham sido convencidos por ele. Não esperou mais. Ao fechar a porta, ouviu Dimitrios gritar alguma coisa nas suas costas.

Ia a meio das escadas quando ouviu os tiros. Quatro. Três foram numa sucessão rápida. Depois de uma pausa, ouviu o quarto. Com o coração na boca, deu meia-volta e correu de volta até ao quarto. Só mais tarde achou curioso que, ao subir as escadas a correr, receara principalmente pelo Sr. Peters.

Dimitrios não era uma visão agradável. Só uma das balas da *Lüger* do Sr. Peters falhara. Tinha duas alojadas no corpo. A quarta, obviamente disparada depois de ele cair, acertara-lhe entre os olhos, arrancando-lhe praticamente a parte de cima da cabeça. O corpo ainda se contorcia em convulsões.

A *Lüger* caiu das mãos do Sr. Peters, que tinha a cabeça encostada ao divã e estava a abrir e a fechar a boca como um peixe fora de água. Com Latimer de pé à sua frente, de repente engasgou-se e saiu-lhe sangue pela boca.

Quase sem saber o que estava a fazer, Latimer atravessou a cortina aos tropeções. Dimitrios estava morto; o Sr. Peters estava moribundo; mas tudo em que Latimer conseguia pensar era no esforço para não desmaiar ou vomitar. Tentou recompor-se. Tinha de fazer alguma coisa. Era preciso dar água ao Sr. Peters. Todos os feridos precisam de água. Havia um lavatório e, junto a ele, alguns copos. Encheu um e regressou à sala.

O Sr. Peters não se mexera. Tinha a boca e os olhos abertos. Latimer ajoelhou-se ao seu lado e deitou-lhe um pouco de água na boca, mas o líquido escorreu para fora. Latimer pousou o copo e tomou-lhe o pulso. Não sentiu nada.

Latimer pôs-se rapidamente de pé e olhou para as mãos. Estavam manchadas de sangue. Voltou ao lavatório, lavou-as e enxugou-as com uma pequena toalha suja que estava pendurada num cabide.

Sabia que devia chamar imediatamente a polícia. Dois homens tinham-se assassinado mutuamente. Era um caso de polícia. Mas... que ia ele dizer-lhes? Como ia explicar a sua presença no meio daquele massacre? Podia dizer que ia a passar pelo beco e ouvira os tiros? Mas alguém podia tê-lo visto com o Sr. Peters. O motorista do táxi que os trouxera. E quando descobrissem que Dimitrios tinha levantado nesse mesmo dia um milhão de francos do banco... não faltariam perguntas. E se suspeitassem dele?

De repente, o cérebro pareceu começar a funcionar. Tinha de sair dali imediatamente, sem deixar vestígios da sua presença. Pensou depressa. O revólver que tinha no bolso pertencia a Dimitrios, mas tinha as suas impressões digitais. Latimer tirou-o do bolso, calçou as luvas e limpou-o cuidadosamente com o lenço. Depois, cerrando os dentes, regressou à sala, ajoelhou-se ao lado de Dimitrios, pegou na sua mão direita e pôs os dedos à volta da coronha e no gatilho. Tirando os dedos e segurando no revólver pelo cano, pousou-o no chão, junto do corpo.

Latimer olhou para as notas de *mille* espalhadas em cima do tapete como papéis velhos. De quem eram? Dimitrios ou Sr. Peters? Estava ali o dinheiro de Sholem e o dinheiro roubado em Atenas, em 1922. O dinheiro ganho pela colaboração no assassinato de Stamboliyski e o dinheiro roubado a Madame Preveza. O valor pago pelas cartas náuticas roubadas pelo Bulić e os lucros do tráfico de brancas e de estupefacientes. A quem pertenciam? Bem, a polícia decidiria. Mais valia deixar tudo como estava, a polícia teria em que pensar.

Havia, contudo, o copo de água. Era preciso esvaziá-lo, secá-lo e colocá-lo junto dos outros copos. Olhou em volta. Faltava mais alguma coisa? Não. Nada? Sim, uma coisa. Tinha as suas impressões digitais na bandeja e na mesa. Limpou-as. Mais nada? Impressões digitais nas maçanetas das portas. Limpou-as. Mais alguma coisa? Não. Levou o copo para o lavatório. Depois de secar e arrumar o corpo no lugar, voltou-se para sair. Foi então que reparou no champanhe que o Sr. Peters comprara para a sua celebração, pousado numa taça com água. Era um *Verzy* de 1921 — meia garrafa.

Ninguém o viu sair do beco. Entrou num café da Rue de Rennes e pediu um conhaque.

Começou então a tremer dos pés à cabeça. Fora um idiota. Devia ter ido à polícia. Mas não era tarde demais. Suponhamos que ninguém descobria os cadáveres. Podiam ficar semanas naquela sala macabra com paredes azuis, estrelas douradas e tapetes, enquanto o sangue coagulava, endurecia e ganhava pó, e a carne ia apodrecendo. Era horrível pensar naquilo. Se houvesse maneira de informar a polícia... Uma carta anónima seria demasiado perigoso. A polícia ficaria imediatamente a saber do envolvimento de uma terceira pessoa e não se contentaria com a explicação simples de que os dois homens se tinham matado um ao outro. Teve então uma ideia. O essencial era conduzir a polícia até à casa. O motivo para lá irem era irrelevante.

Havia um vespertino na estante dos jornais. Levou-o para a mesa e leu-o febrilmente. Havia duas notícias que se adequavam ao seu propósito: um roubo de peles valiosas de um armazém na Avenue de la République e a destruição da montra de uma joalharia na Avenue de Clichy, seguida da fuga de dois homens com um expositor de anéis.

Decidiu que a primeira notícia era mais adequada e, chamando o empregado, pediu outro conhaque, bem como lápis e papel. Bebeu o conhaque de um trago e calçou as luvas. Pegou numa folha e examinou-a cuidadosamente. Era papel barato de café, completamente normal. Depois de se certificar de que o papel não tinha nenhuma marca distintiva, escreveu no meio da folha em letra maiúscula: *«FAITES DES ENQUÊTES SUR CAILLÉ — 3, IMPASSE DES HUIT ANGES».* Arrancou do jornal a notícia sobre o roubo das peles, dobrou-a dentro da missiva e meteu os dois pedaços de papel num envelope, que endereçou ao *Commissaire de Police* do Sétimo Bairro. Saiu do café, comprou um selo num quiosque de tabaco e meteu o envelope num marco do correio.

Só às quatro daquela manhã, quando já estava deitado sem dormir havia duas horas, os nervos do estômago sucumbiram finalmente à tensão a que haviam sido submetidos e ele teve de vomitar.

Dois dias depois, três matutinos parisienses publicaram a notícia de que o corpo de um sul-americano de nome Frederik Peters, bem como o de um homem, ainda por identificar, mas que se presumia ser também sul-americano, haviam sido encontrados num apartamento perto da Rue de Rennes. Ambos ter-se-iam assassinado mutuamente, prosseguia a notícia, num tiroteio durante uma zaragata relacionada com uma soma considerável de dinheiro encontrada no apartamento. Foi a única referência ao caso, a atenção do público estava dividida entre uma nova crise internacional e um homicídio à machadada nos subúrbios.

Latimer só viu a notícia dias mais tarde.

Pouco depois das nove da manhã do dia em que a polícia recebeu a missiva, Latimer deixou o hotel rumo à Gare de l'Est para apanhar o Expresso do Oriente. Recebera uma carta logo com o primeiro correio da manhã. Tinha selo búlgaro e carimbo de Sófia, obviamente enviada por Marukakis. Meteu-a no bolso sem a abrir. Só horas depois, quando o expresso acelerava por entre os montes a oeste de Belfort, se lembrou da carta. Abriu-a e começou a ler:

Meu caro amigo,

Fiquei deliciado com a sua carta. Gostei tanto de a receber. Mas também fiquei um pouco admirado — queira desculpar-me — porque não acreditei verdadeiramente que fosse ter êxito na sua difícil tarefa. Os anos enterram muita da nossa sabedoria e acabam por enterrar também muita da nossa loucura. Espero que um dia me conte como uma loucura enterrada em Belgrado foi desenterrada em Genebra.

A sua referência ao Banco de Crédito Euroasiático despertou-me o interesse. Eis algo que lhe vai interessar.

Como saberá, tem havido recentemente muita tensão entre a Bulgária e a Jugoslávia. Os sérvios têm motivos para se sentirem tensos. Se a Alemanha e a Hungria, sua vassala, atacarem do norte, se a Itália atacar do sul, através da Albânia, e de oeste, pelo mar, e se a Bulgária atacar de leste, rapidamente a Jugoslávia está acabada. A sua única hipótese é os russos flanquearem os alemães e os húngaros com um ataque através da Roménia, ao longo do caminho de ferro de Bucovina. Mas será que a Bulgária tem alguma coisa a temer da Jugoslávia? A Jugoslávia é uma ameaça para a Bulgária? É uma ideia absurda. Todavia, nos últimos três meses, tem havido uma torrente de propaganda a dizer que a Jugoslávia planeia atacar a Bulgária. A frase típica é: «A ameaça do outro lado da fronteira.»

Se estas coisas não fossem tão perigosas, teríamos vontade de rir. Mas é uma técnica conhecida. Este tipo de propaganda começa sempre com palavras, mas passa rapidamente aos atos. Quando não existem factos que sustentem as mentiras, há que criá-los.

Há duas semanas, ocorreu o inevitável incidente fronteiriço. Os jugoslavos (supostamente soldados) dispararam sobre camponeses búlgaros e mataram um. Existe uma enorme indignação popular contra os diabólicos sérvios. As redações dos jornais não têm mãos a medir. Uma semana depois, o governo anunciou a aquisição de peças de artilharia antiaérea para reforçar as defesas das províncias ocidentais. As compras foram feitas a uma empresa belga com a ajuda de um empréstimo negociado com o Banco de Crédito Euroasiático.

Ontem, recebemos uma notícia curiosa na redação.

Uma investigação minuciosa das autoridades jugoslavas apurou que os quatro homens que dispararam sobre os camponeses não são soldados jugoslavos, nem sequer cidadãos jugoslavos. São de diversas nacionalidades e dois deles estiveram presos na Polónia por atividades terroristas. Foram pagos para criar o incidente por um homem do qual a única coisa que sabiam era que tinha vindo de Paris.

Mas há mais. Uma hora depois de a notícia chegar a Paris, recebi instruções da sede no sentido de abafar a notícia e enviar um desmentido a todos os nossos assinantes. Divertido, não é? Não era de esperar que uma entidade tão rica como o Banco de Crédito Euroasiático fosse tão sensível.

Quanto ao seu Dimitrios: que dizer?

Um dramaturgo disse-me uma vez que há situações que não se podem usar no palco, situações que o público não aprova nem reprova, pelas quais não sente simpatia nem antipatia, situações que não têm uma saída que não seja humilhante ou inquietante, e das quais não se extrai verdade nenhuma, por mais amarga que seja. Pode dizer-se que ele era um daqueles infelizes que não percebem a diferença entre as banalidades estúpidas da vida real e a existência ideal da imaginação. Talvez. Mas tenho-me perguntado ultimamente se não concordo com ele. É possível explicar o Dimitrios ou temos de lhe virar as costas, enojados e derrotados? Estou tentado a encontrar razão e justiça no facto de ele ter morrido de forma tão violenta e indecente como viveu. Mas isto é uma saída demasiado intricada. Não explica o Dimitrios, desculpa-o. O tipo de criminoso que ele tipificou tem origem em condições especiais. Tentei defini-las — sem sucesso. Só sei que, enquanto o querer for poder e o caos e a anarquia se disfarçarem de ordem e esclarecimento, estas condições existirão.

Qual é o remédio? Mas estou a vê-lo a bocejar e tenho a noção de que se eu o enfastiar não me vai escrever outra vez, a dizer se está a gostar da sua estada em Paris, se encontrou mais Bulićs ou Prevezas, e se o veremos em Sófia brevemente. Segundo as minhas informações mais recentes, não haverá guerra até à primavera, pelo que haverá tempo para esquiar. O fim de janeiro é a altura ideal. As estradas são péssimas, mas as pistas, depois de lá chegarmos, são bastante boas. Fico ansiosamente à espera de que me diga quando vem.

Com os meus sinceros cumprimentos,

N. Marukakis

Latimer dobrou a carta e meteu-a no bolso. Marukakis era um tipo às direitas! Tinha de lhe escrever quando tivesse tempo. Para já, havia coisas mais importantes em que pensar.

Precisava desesperadamente de um motivo, de um método impecável para cometer homicídio e de um grupo de suspeitos cativantes. Sim, os suspeitos tinham de ser cativantes. O seu último livro fora algo pesado. Tinha de injetar um pouco mais de humor no próximo. Quanto ao motivo, a aposta menos arriscada era sempre o dinheiro. Era uma pena que os testamentos e os seguros de vida estivessem tão fora de moda. E se um homem assassinasse uma idosa para garantir um rendimento à sua mulher? Talvez fosse de ponderar. Cenário? As aldeias inglesas davam sempre para muita diversão, não davam? Estação do ano? O verão, com partidas de críquete no relvado da aldeia, convívios no jardim do presbitério, o tinido das chávenas de chá e o doce aroma da relva numa noite de julho. Era o tipo de coisa de que as pessoas gostavam de ouvir falar. Era o tipo de coisa de que ele próprio gostaria de ouvir falar.

Olhou pela janela. O Sol desaparecera e os montes esbatiam-se lentamente no céu noturno. Faltava pouco para começarem a desacelerar para a chegada a Belfort. Mais dois dias de viagem! Até lá, tinha de imaginar um enredo.

O comboio entrou num túnel.